TO.

아름다운 마음을 담아
소중한 이에게 이 책을 선물합니다.

FROM.

나는 우도
주민이
되기로 했다

지혜찬 지음

맑은샘

여행공동체를 만든
이방인의 고전분투
우도 정착기

우도는 아름다웠다. 섬 특유의 내음과 이 섬만이 가진 특별한 고요와 잔잔함이 있었다. 섬으로 밀려오는 파도 소리에 숨어 있는 고요는 적막과는 다른 묘한 분위기를 풍겼다. 우도는 그렇게 신비를 담고 있는 섬처럼 느껴졌다. 그러나 햇살이 바삭거리는 아침이 고개를 들면 잔잔함과 고요는 금세 흩어지고, 섬은 활력과 생동이 넘치는 팔색조의 얼굴로 변한다. 온갖 탈것과 관광객이 몰려들며 섬은 북적북적 도시로 변신했다. 마치 방금 심폐 소생술에서 깨어난 사람처럼, 급한 숨을 토해내며 살아있음을 증명하려는 섬 같았다.

연간 이백만 명 이상의 관광객이 쏟아져 들어오는 이 섬을 역동적으로 돌아가게 하는 원동력은 결국 사람이라는 사실을 깨닫는다. 내게 이 섬은 생과 사를 넘나들기를 반복하는 묘한 공간으로 다가왔다.

오늘도 나는 이 섬에서 이방인으로 살아간다. 토착민들과 부대끼며 진짜 우도 주민이 되기 위해 치열하면서도 즐거운 일상을 살아가고 있다.

이 책은 여행자에서 우도 주민이 되어 살아온 시간을 일기처럼 기록한 이야기다. 이방인이기에 느끼는 괴리감과 고독, 그리고 그 속에서 마주한 삶의 단면을 담았다. 동시에 이방인의 시선으로 토착민 사회를 바라보며 던지는 쓴소리도 숨기지 않았다. 토착민에게는 바깥세상을 바라보는 또 하나의 시선이 필요하다고 생각했기 때문이다. 이런 목소리가 전혀 없다면 우도의 미래를 성찰할 기회조차 놓칠 수 있다고 느꼈다. 이 글이 토착민들에게는 잠시 멈춰 서서 바깥을 바라보는 시간이 되고, 정착민들에게는 토착민의 생각과 삶의 방식을 이해하는 계기가 되었으면 한다.

이 섬은 토착민과 정착민이 경제 공동체로 살아가야 한다는 사실을 잊은 듯 보인다. 함께 손잡지 않으면 미래가 불확실하다는 것을 알면서도 애써 외면하는 모습을 보면 마음이 아프다. 정착민과 토착민이라는 말로 경계를 긋기보다, 그저 '우도 주민'이라는 이름으로 한마음이 되길 바라는 마음이 간절하다. 그럼에도 불구하고 협력과 연대를 위해 고전분투해 주는 분들이 있다는 사실에서 희망을 발견하기도 한다. 이런 분들이 함께 모여 중지를 모을 수 있을 때 이 섬의 미래가 있다고 믿는다. 우도 주민으로 살아가며 얻은 행복한 추억만큼, 이방인으로서 겪어야 하는 아픔과 상처의 흔적도 있다. 이 글은 그 모든 삶의 이야기다.

　여행공동체를 꾸려 이끌어 가기 위해 먼저 세 가지 질문을 던져야 했다.

　첫째, 이 일을 한다면 나는 행복할 수 있는가? 이 질문은 온전히 개인의 행복에 집중할 수 있는지를 스스로에게 진중하게 묻는 것이다. 내가 행복하지 않은 상태에서 일을 한다면 그 일은 결국 힘든 노동으로 귀결될 가능성이 높기 때문이다.

　둘째, 이 일은 올바른 방향인가? 라는 질문은 개인을 벗어나 다수를 향한 것이라 할 수 있다. 조금 더 확장된 세계를 두고 질문을 해 보면 일에 대한 보람이나 성취를 올바르게 받아들일 수 있다고 믿었다.

　마지막으로, 공공의 선을 지향하며 선한 영향력을 줄 수 있는 일인가? 라는 질문은 다수에서 공동체라는 더 넓은 영역에 대한 문제로 인식하는 부분이 된다. 이런 점에서 이 일이 더욱더 진중하고 신중한 영향력을 가진다는 점에서 대상의 넓이만큼 깊은 숙고의 질문이라고 보았다.

　이 질문에 모두 "예스"라고 답할 수만 있다면, 어떤 어려움이 있어도 뒷걸음치지 않을 수 있겠다 싶었다. 이방인이 낯선 마을에서 여행공동체를 이끌어 간다는 일은 절대 만만치 않았다. 그렇지만 우도 주민으로 살아오는 동안의 과정을 글로 남긴다면, 이 섬을 찾는 누군가에게 작은 길잡이가 될 수 있으리라 여겼다. 또 지금 이곳에서 살아가는 사람들에게도 새로운 기회가 있으니 세상을, 사람을, 일을 바라보는 또 다른 시각이 필요하다는 말을 전하고 싶었다.

다만 이 글 속에는 이 고장의 문화와 전통을 지켜온 분들께 결례가 되지 않을까 하는 조심스러운 마음도 담겨 있다. 정착민의 입장을 충분히 헤아리지 못해 오해나 왜곡이 있었을지도 모른다. 이런 표현들은 나의 단견에서 비롯된 부족함으로 이해하며 읽어주면 좋겠다.

나는 이 섬에서 주민으로 살아보지 않고서는 속살을 알기 어렵다는 사실을 체득하면서 이 글을 썼다. 이 책에 실린 사진 한 장 한 장 모두 직접 촬영한 것이며, 2년여 동안 찍어온 사진을 골라내는 과정 또한 쉽지 않았다. 우도가 그저 환상의 섬이 아니라, 다른 도시들처럼 사람들이 살아가는 현실의 마을임을 전하고 싶다. 나의 글과 사진이 이 섬에서 살아보고 싶은 이들에게 실학적인 정보가 되었으면 한다. 우도를 동경하는 사람에게는 따뜻한 마음으로 다가가는 글이 되면 더욱 좋겠다. 무엇보다 우도를 지키며 살아가는 모든 분께 작은 지혜와 위로가 되기를 바란다.

끝으로 이 척박한 섬에서 여행공동체를 시작하겠다고 했을 때 아무 말 없이 지지해 주고 묵묵히 따라준 많은 분께 감사의 마음을 전하고 싶다. 그들의 지지와 응원이 없었다면 이 길을 시작할 용기도, 지금까지 버텨낼 힘도 없었을 것이다. 늘 진심 어린 조언과 믿음 덕분에 오늘도 나는 행복하게 이 일을 이어가고 있다.

2025년 제주로 확장된 여행공동체를 바라보면서

 나는 우도 주민이 되기로 했다

차례

PART 2

사람이 섬이다
함께 살아보는 연습

PART 3

우도에서 삶을 다시 짓다
여행공동체의 기록

PART 1

이방인으로
살아보기

섬이 나를
부르는 시간

섬 속에 섬,
우도 여행기

제주도 부속 섬 중에는 서쪽으로 비양도, 남쪽으로 가파도와 마라도, 동쪽으로 추자도 그리고 우도가 있다. 가파도와 마라도는 청보리가 익어가는 4월과 5월 여행지로 제격이다. 모슬포항에서 출발하는 마라도행 배는 가파도를 경유하니 배 노선과 시간을 잘 맞추어야 한다. 비양도를 여행하려

면 한림항에서 하루에 한 번 왕래하는 배를 이용해야 하는데, 주민 교통수단이라 배 시간에 특히 주의를 기울여야 한다. 최근에는 운항 횟수가 한 차례 더 늘어났다는 전언이 있으니 비양도를 찾는 여행자라면 꼼꼼히 챙겨봐야 한다.

근처에는 동양의 하와이라 불리는 협재해수욕장이 있다. 협재해수욕장 바로 옆에는 조금 더 작은 해변인 금능해수욕장이 자리하고 있다. 이곳은 비양도를 정면으로 바라볼 수 있는 해변이라 더욱 좋다. 소박한 해변이 주는 정겨움은 한층 낭만적인 느낌을 더한다. 금능해수욕장을 떠나 한림공원으로 향하는 것도 좋다. 약 2분 거리의 지척에 있으니 말이다. 기후에 따라 다르게 자라는 다채로운 식물과 워싱턴 야자가 즐비해 마치 동남아 여행을 하는 기분이 들기도 한다. 이 공원에서는 제주도가 형성된 과정을 사실감 있게 보여주는 쌍용굴과 협재굴이 있어 특별한 여행 경험을 할 수 있다. 서쪽 지역에서는 가장 큰 수목원으로, 식물원으로도 유명하다. 그러나 제주는 잘 알려진 관광지보다 숨은 비경을 찾아 나서는 여행이 더 행복한 섬이라 여긴다.

제주 여행은 여러 차례 했지만, 우도는 한 번도 방문하지 못했다. 뱃멀미를 잘 견디지 못하는 개인적 체질 때문이기도 했다. 그러다 제대로 마음을 먹고 우도로 향했다. 주민 1,700여 명이 살고 있는 우도는 제주 부속 섬 중 가장 큰 섬이라고 한다. 도항선이 하루 14차례 이상 오가고 본 섬에서 15분이면 도착하다 보니 연간 200만 명이 넘는 관광객이 찾아온다. 우도는 오전 7시 무렵부터 분주해진다. 이 시간부터 도항선은 관광객을 실어 나르며 이 섬에 이방인들을 내려두기를 반복한다.

　방문객들은 전동차(2인용)나 전기자전거를 빌려 섬 투어를 시작한다. 계절별로 약간의 차이는 있지만, 오후 5시 30분이면 도항선 운항이 끝나기 때문에 짧은 관광 일정을 소화하려면 전동차나 전기자전거가 필수 교통수단이다. 그래서인지 좁은 해안도로에서 자동차와 부딪히는 사고가 종종 발생하며, 인사 사고로 이어지는 경우도 있어 주의가 필요하다. 우도의 대표 관광지 중 하나는 산호사 해수욕장으로 알려진 '서빈백사(西濱白沙)'로 우도 팔경 중 하나이자 천연기념물 438호로, 전 세계에 세 군데밖에 없는 해변으로 알려져 있다. 홍조단괴로 이루어진 모래는 다른 해변에서는 보기 힘든 독특한 모래로 이루어져 있다. 하지만 여행객들은 이런 사실에는 별반 관심이 없는 것이 안타깝다. 에메랄드빛 바다를 배경으로 인증 사진을 찍는 일에만 몰두한다. 대부분 해안도로를 따라 조성된 하고수동 해변, 검멀레 해변, 비양도, 망루등대 등을 돌며 사진을 찍고, 블로그에서 검색한 식당이나 카페를 들러 식도락 여행을 즐긴다.

　그러나 우도는 마을 속으로 걸음을 옮겨야 진짜를 볼 수 있다. 교통수단을 대여하는 업체들은 해안도로만 따라 돌면 우도 여행을 전부 볼 수 있다는 식으로 안내하지만, 세계 어디를 가든 그 지역을 제대로 알기 위해서는 마을 속으로 들어가야 한다. 우도 여행도 다르지 않다고 생각했다. 해안도로를 벗어나 마을길로 들어서자 더 아름다운 풍경이 펼쳐졌다. 돌과 바람, 여자가 많다는 제주도다. 그러나 우도의 바람은 더 거세게 느껴진다. 그런 곳에서 발견한 해바라기는 더욱 신

　　　　나는 우도 주민이 되기로 했다

기하다. 거센 바람을 견디지 못하는 해바라기는 키만큼의 슬픔을 안고 있다. 그런데 운 좋게도 하고수동 해변 돌담 아래에서 거센 바람을 견디며 피어난 해바라기를 만났다. 첫 우도 여행에 이런 희귀한 풍경을 마주하니 운이 트인 기분이 들었다. 이것이 진짜 여행이라고 읊조리면서.

우도를 돌아보며 이 섬이 누군가에게는 기회의 땅이 될 수 있겠다는 생각이 들었다. 연간 200만 명의 관광객이 찾는 섬은 흔치 않다. 방문객 수가 매년 증가하는 추세를 보면, 앞으로도 십수 년 이상은 상승 곡선을 그릴 가능성이 커 보였다. 마을 주민들의 이야기를 들어보니 최근에는 둘러보는 관광에서 머무는 관광으로 흐름이 바뀌고 있다고 했다. 대규모 리조트가 들어서고 도항선 운항 횟수가 늘어난 덕분에 체류형 관광이 자연스럽게 늘어났다는 것이다. 야간 운항도 시범적으로 이어지고 있어 우도의 환경은 분명 더 나아질 것이라 짐작됐다. 자본주의적 시선으로 바라본 우도에는 틈새시장이 많아 보였다. 아이디어를 잘 실행할 수 있다면 기회는 무한대라 할 수 있다. 상업을 염두에 둔 이라면 3년 정도 기반을 다지면 '우도 드림'이라는 말이 나올 법도 했다. 청년들에게는 새로운 도전의 장이 될 수 있고, 시니어 층에게는 제2의 인생을 설계할 만한 곳이라는 생각도 들었다.

벼르던 우도 여행에서 섬의 아름다움뿐 아니라 경제적 가능성까지 보이자, 이 섬이 자석처럼 나를 끌어당기고 있는 게 맞지 싶었다. 15년 전쯤 괌을 여행했을 때 원주민들이 일하지 않고 지내는 모습이 의

아했던 기억이 떠올랐다. 당시에는 미국이라는 나라의 사회보장제도를 잘 몰랐고 제도와 환경이 결합하면 사람을 다르게 만든다는 사실이 꽤 충격이었다. 그렇지만 그 척박한 환경에서도 한국인들이 근면과 성실을 무기로 섬의 주인으로 우뚝 서고 있는 모습을 보며 많은 생각을 하게 됐다. 우도를 보며 괌을 떠올린 것은, 성실을 바탕으로 기회의 섬을 만들어 온 한국인의 모습과 아름다운 풍광이 자원이 된다는 점에서 닮은 결을 발견했기 때문일 것이다.

우도에는 단 하나밖에 없는 막걸리 양조장이 있다. 양조장 바로 앞에는 막걸리를 시음할 수 있는 매장이 마련되어 있는데, 우도면사무소가 있는 중앙동으로 들어오지 않으면 쉽게 찾기 어렵다. 또 우도에는 하나뿐인 마트가 있다. 가까이에 농협 마트가 있지만, 주민 대다수는 하나뿐인 G 마트를 이용하는 편이라고 한다. 우도에는 약국도, 한약방도, 병원도 없다. 그래서 불편한 것이 넘친다. 그렇지만 섬에서 산다는 것은 이런 불편을 감수하는 일까지 포함한다. 우도 드림을 이루는 길이 그리 쉬울 리 만무하다. 그럼에도 이런 불편을 받아들일 수 있다면, 우도에서의 삶은 아름다운 환경과 함께 성공적인 인생이 될 수 있지 않을까 싶다. 맑은 새벽 공기는 도시에서 찌든 삶을 살아온 사람에게 금세 다른 감각을 전해온다. 계절마다 바뀌는 풍광, 바람에 따라 시시각각 달라지는 하늘은 걷는 이에게 늘 새로운 풍경을 선물한다. 오래 벼르던 우도 여행이 결국 나를 이곳에 머물게 할 모양이다.

우도를 찾는 사람,
우도를 살아가는 사람

여행공동체를 조직하여 운영하는 일은 사명감과 자부심이 교차하는 일이다. 가장 보람 있는 일을 꼽아보라고 한다면 여행자들이 돌아가며 다시 우도를 찾겠다고 말해 줄 때다. 우도의 문화와 역사, 그리고 삶의 모습을 보여

주고, 들려주면 진심 어린 반응이 돌아온다. 그럴 때마다 감사와 기쁨

이 절로 생긴다.

처음 여행자들에게 가이드를 자처한 이유는 단순했다. 전동차나 전기자전거를 타고 해안도로로만 돌다가 돌아가는 모습이 안타까워서였다. 마을 안으로 들어와 조금만 느리게 걸으면 훨씬 더 아름다운 우도를 발견할 수 있는데, 진짜 우도를 보지 못하고 떠나는 것 같았다. 걷기 전문가로서 걷는 여행을 통해 얻는 충만감을 전하고 싶은 마음도 없지 않았다.

4월 끝자락에 우도를 찾은 여행자님들은 제주 S고등학교를 졸업한 동문들이었다. 우도면장을 지낸 Y 님의 고교 선배들로 우도 마을 가꾸기를 이어가고 있는 후배의 근황을 살피고 격려하기 위해 여행 겸 방문하셨다고 한다. 정겨운 선후배의 마음 덕분에 나도 기꺼이 우도를 안내하게 되었다.

선배님 중에는 중학교 시절 이후 처음으로 우도를 찾았다는 분들이 많았다. 오래전의 우도만 기억하던 그들은 달라진 마을 풍경에 연신 놀라워했다. 특히 식수 문제에 대한 이야기에 귀를 귀울였다. 생명수처럼 여겨지던 양방통이 사라지고, 해저터널로 상수도가 연결된 지금은 세월의 변화를 실감하게 했다. 텅 빈 마을의 기억 위에 겹친 현재의 우도는 낯설고도 생경해 보였을 것이다. 지척인 제주에 살면서도 십수 년 만에 찾게 된 섬이라는 사실은, 삶이 얼마나 여유를 허락하지 않았는지를 보여주는 듯했다. 어쩌면 거리보다 마음이 더 멀어졌던 것인지도 모를 일이다.

나는 우도 주민이 되기로 했다

종달리 이장을 맡고 있다는 동문회 회장님도 종달리를 수국마을로 가꾸고 있다며, 우도가 수국 섬으로 자리 잡는 데에도 힘을 보태겠다고 약속했다. 1986년 우도중학교에서 교편생활을 했던 시간을 반추하면서 바뀌어 버린 우도 이야기에 눈물과 기쁨을 교차하며 즐거워했다.

"일 년 중 가장 큰 일 하나가 억새로 지붕을 개량하는 일이었지. 억새를 구하려고 바다를 건너다 배가 뒤집혀서 생을 마감하는 일도 왕왕 있었어. 또 새벽부터 우두봉에 올라 말똥, 소똥을 주우러 다녔지. 난방 연료였으니 늦게 오면 구할 수 없으니까 완전 쟁탈전이었지. 하하하! 우도뿐만 아니라 제주에서도 그렇게 살았어!"

이야기를 풀어놓는 선배들의 표정은 일흔의 나이에도 어린아이 같았다. 유년의 기억 앞에서는 성별도, 나이도 중요하지 않았다. 제주에서 유일한 남녀공학 학교 출신이라는 말처럼, 그들의 우정은 오랫동안 함께 살아온 부부 같기도 하고 때로는 허물없는 친구 같기도 했다. 여행하는 내내 어느 한 사람도 인상을 찌푸리고 짜증을 부리는 일 없이 늘 웃음보따리를 풀어 놓고 있다. "이번에 돌아가면 언제 다시 우도를 와보겠냐"는 말로 안타까움만 연신 내뱉는다.

그 모습을 보며 선배들에게 우도에서의 시간이 멋진 선물이 되기를 바랐다. 우도의 토산 재료를 활용한 특별한 식도락 여행을 즐길 수 있도록 배려했다. 잊지 못할 추억을 만들어 드리기 위해서는 계절에 피어난 핫플레이스를 골라 안내했고 사진을 촬영해 드리면서 조금이라도 불편이 없도록 미리미리 준비했다. 그렇게 일정을 마치고 우도를 떠나는 순간, 내 손을 꼭 잡으면서 가족과 다시 오겠다는 말씀을 주시니 얼마나 기쁜 일인지 모른다. 우도를 올바르게 소개하고 다시 찾고 싶은 섬으로 남겼다는 자부심이 느껴지는 순간이다. 여행공동체를 향한 응원까지 주시니 감동스러워 눈시울이 붉어졌다. 여행자나 우도를 지키는 사람이나 서로에게 감동을 건네는 순간, 우도는 사람이 있는 섬으로 더욱 아름다워질 수 있을 것이다. 진짜 우도 여행이 되도록 안내해 줄 마을 주민이 많아져야 한다는 문제의식도 생겨나는 하루였다.

한 번은 Y 전 면장님과 제주에 다녀오는 길, 도항선에서 세 분의 여행자를 만난 적이 있다. 추운 겨울 날씨여서 따뜻하게 데워진 자리가 필요해 보이는 여행자들에게 Y 님이 선뜻 자리를 양보하셨다. 덕분에 훈훈한 분위기 속에서 여행자들과 이야기를 나눌 기회가 있었다. 우도에 대한 정보가 전혀 없는 중년 여행자님들은 우리가 열심히 우도 이곳저곳을 소개하자 마음을 열고 가이드를 청해 오셨다. 전동차나 전기자전거가 부담스러워 버스를 타려고 했다며 자세한 가이드를 받는 내내 "우도 여행하면서 이런 호사를 누리게 될 줄은 몰랐다"며 아이처럼 신나 했다. 돌아가는 길에는 가족들과 다시 오겠다는 약속을 두 번 세 번 하셨다. 이렇게 맺어진 인연은 지금까지도 우도 정보와 소식을 교류하면서 이어지고 있다.

또 한 번은 70세 정도 되어 보이는 마을 주민인 해녀 어머니를 만난 적이 있었다. 도항선에서 성산에 있는 병원까지 태워줄 수 있냐는 부탁을 받고 함께했다. 업무차 제주로 나가던 길이었기에 흔쾌히 자리를 내어 드렸다. 아직도 현역으로 활동 중인 어머니는 해녀로 살아온 이야기와 가족사를 차분히 들려주셨다. 그러다 보니 우도마을에 대한 토착민만의 이야기가 가득 있어서 마치 마을 비밀을 알게 된 기분마저 들었다. 해녀 어머니는 몸이 아파 물질을 하지 못하니 방에서 혼자 지내는 시간이 많았다면서 너무 외로운 시간이라 했다. 잠시라도 이렇게 이야기를 나누는 시간이 신나고 재미있었다며 함박웃음 지으며 병원으로 들어가는 모습이 선하다. 해녀 어머니는 섬살이 덕분에 자주 뵙지 못하는 내 어머니 같았다. 지금은 우도의 내 어머니가 되어 찾아뵙고 말벗이 되어주며 지낸다.

이 섬을 찾는 여행자들과 이 섬을 살아가면서 맺어지는 인연이 다르지 않다. 중요한 것은 인연의 많고 적음이 아니라, 맺어진 인연을 더 아름답게 가꾸어 가는 일이다. 삶은 결국 사람과 사람 사이의 관계를 어떻게 이어가느냐의 문제다. 우도에서 만난 여행자들과, 마을에서 함께 살아가는 모두가 내 삶의 일부가 된 이유다.

남들이 가지 않는 길을
선택하면서

우도에 입도한 것에는 여러 이유가 있었지만, 한 가지 분명한 매력은 글을 쓰기에 최적의 환경이라는 점이다. 평생 육지에서 삶을 살아온 사람에게 섬이라는 공간은 호기심과 신비감이 교차하는 곳이었다. 처음에는 그저 휴가를 즐기는 마음으로 우도를 찾았다. 육지에서의 일들을 정리하고

 나는 우도 주민이 되기로 했다

나면 자연스레 우도가 떠올랐고, 그럴 때마다 주섬주섬 짐을 꾸려 섬으로 향했다.

우도에 머무는 동안 나는 부지런히 섬의 일상을 기록했다. 한 달, 두 달 그렇게 지내다 보니 이웃이 하나둘 늘어나기 시작했다. 주민들과 교류가 깊어지면서 우도의 소식도 자연스레 접하게 되었고, 그중에서도 가장 반가운 사실은 문학인이 많다는 점이었다. 독서와 시 모임이 있다는 소식은 글쓰기를 지도하는 삶을 살고 있는 나에게 특별한 반가움으로 다가왔다.

그렇게 우도 주민들과 함께하게 된 첫 모임이 독서 모임이었다, 처음 참석했을 때 느낀 분위기는 동네 사랑방에 가까웠다. 책 이야기보다는 마을의 시시콜콜한 일부터 중요한 결정들이 오가는 일종의 소식통 역할을 하는 공간이었다. 모임 구성원들의 이력도 참 재미있었다. 은퇴하여 고향으로 돌아와 문학인으로 살아가는 분, 항구 대합실에서 편의점을 하면서 마을 신문에 글을 쓰는 분, 육지에서 생활하다가 다시 고향으로 돌아와 농부의 삶을 선택한 분, 어르신들의 이동을 돕는 효도차를 운영하는 분 등등. 다양한 직업을 가지고 있으면서도 책에 관심은 놓지 않고 있었다. 문학으로 마을을 더 아름답게 기록하고, 작품을 통해 감성을 나누는 사람들이 많다는 사실은 우도를 더 사랑하게 된 이유 중 한 가지였다. 장사를 위해 입도한 것이 아니라 비루할지라도 글을 쓰는 사람으로 입도하였기에 이런 교류는 더욱 소중한 일상이 되었다. 문학을 사랑하는 다양한 사람들과 일상을 나눌 수 있다는 점에서 우도는 참으로 행복한 공간이었다.

　그러나 내가 여행공동체를 꾸리고 상업 활동을 시작하면서 분위기가 달라지는 게 감지되었다. 여행공동체의 일이 상업적 활동으로 인식되면서 나를 바라보는 시선과 태도가 미묘하게 달라졌다는 느낌이었다. 딱 꼬집어서 말할 수는 없었지만, 분명 이전과는 다른 기운이 느껴졌다. 여행공동체 서비스를 위해 작은 카페를 열었고, 그 카페는 우도여행자센터 사무실 역할을 겸하는 공간으로 수익을 목표로 한 곳은 아니었다. 여행객에게 약속한 무료 서비스를 운영하는 공간일 뿐이다. 카페 한쪽에는 작은 독서 공간을 만들어 아이들이나 여행객들이 자유롭게 책을 읽을 수 있도록 꾸몄고, 우도 아이들에게 카트보드(종이박스) 키트를 무료로 체험할 수 있도록 했다. 창의적 놀이나 문화적 체험의 기회가 상대적으로 적은 섬의 현실을 떠올리며 준비한 일이었다. 이런 일들이 우도 마을의 미래를 만들어 가는 데 긍정적인 방향이 되리라 여기면서 준비한 것이었고 모두 무료로 즐길 수 있는 문화 공간이었다. 또한 우도의 여행업에 공정성이 결여되어 있다는 문제의식도 작용했다. 공공의 선을 위한 일임에도 그 과정에서 따가운 시선과 의심의 눈초리를 받아야 하는 것에 살짝 속이 상했다.

　여행공동체는 고객을 함께 공유할 수 있는 아이디어였다. 다양한 방법으로 테스트를 거쳤고, 지인이나 낯선 이들을 초청해 시범 운영을 진행해 보기도 했다. 남들이 시도하지 않은 새로운 방식을 도입하고 실행한다는 일은 큰 용기가 필요했다. 더구나 이곳은 내가 살아온

　　　　　　나는 우도 주민이 되기로 했다

고향이 아니라 이방인으로 생활하고 있는 마을이었다. 그럼에도 기존 방식으로는 우도의 미래가 밝지 않다는 판단에 실행한 일이 되었다. 관광으로 살아가는 섬이 지속되기 위해서는 변화가 필요하다고 느꼈다. 또, 가짜 광고와 폭탄처럼 쏟아내는 홍보성 블로그 글들로 인해 정당한 대가를 받아야 할 매장들이 피해를 보는 현실이 더욱 불편하게 다가왔다.

많은 숙고의 시간 뒤에 내린 용기의 결단이었다. 여행공동체를 꾸리면서 우선 실천한 일은 함께할 동반자를 찾는 일이었다. 우도를 잘 알고, 앞장서서 이끌어 주실 분이 절실했다. 우도 토착민으로 살면서 우도 마을의 문화와 역사를 꿰고 있는 분으로 이곳 주민들과 스스럼없이 소통할 수 있는 분의 지지가 필요했다. 그래서 전 우도면장을 지낸 Y 님을 찾아가 공동체의 취지와 시스템을 설명했다. Y 님도 면장을 지내면서 우도의 미래에 대해 많이 고민해 왔다고 했다. 다양한 정책을 만들고 새로운 행정 시스템을 도입해 보았던 당신의 경험담을 들려주셨다. 내가 만든 시스템에 깊이 공감하며, 우도에 반드시 필요한 일이라며 기꺼이 동참하겠다고 의사를 밝히셨다.

다음 동반자로 여행자들에게 좋은 서비스를 제공해 줄 응원군을 찾았다. 비건 요리를 연구해 온 김영제 님을 만나 공동체 이야기를 나눴다. 제주와 우도의 특산물을 활용해 비건 땅콩 아이스크림을 개발해 온 그의 경험은 공동체에 새로운 가능성을 더해주었다. 이렇게 뜻을 함께하는 사람들이 하나둘 모이기 시작했고, 공동체의 기틀도 서서히 잡혀갔다.

Y 님의 활동 덕분에 토착민이 운영하는 매장들이 여행공동체 회원으로 가입하기 시작했다. 또 정착민들의 영업장을 직접 찾아다니며 시스템을 설명하고 이해시키는 과정을 6개월 넘게 이어갔다. 1년여의 시간 동안 거북이걸음이지만 공동체 매장은 마흔 곳으로 늘어났다. 숙박을 제공하는 펜션과 민박업체, 시그니처메뉴를 가진 카페, 좋은 재료를 사용하여 맛있는 음식을 제공하는 식당, 그리고 보트와 카약, 전기자전거와 전동차를 렌트하는 레저업체까지 다양한 업종이 함께하게 되었고, 여행자에게 가성비와 질을 모두 만족시키는 시스템이 마침내 닻을 올렸다. 테스트를 시작하고 공동체가 꾸려져 실제 운영까지 1년 6개월이 걸린 셈이다.

앞으로도 넘어야 할 산은 많을 것이고 헤쳐 나가야 할 일도 산더미처럼 다가올 것이다. 공동체의 결속력을 다지고 유지하고, 광고비를 최소화한 운영 방법을 지속적으로 교육해야 하는 과제도 안고 있다. 시스템의 이해도를 높여 여행객들에게 더 좋은 여행 서비스를 제공할 수 있도록 끊임없이 시스템을 개발해 나가야 하는 일도 병행해야 한다. 매장의 위생교육과 안전 그리고 청결 유지에 더욱 신경을 쓸 수 있도록 교육해 나가야 한다. 공동체를 꾸리는 과정은 힘에 부쳤고, 출발선에 선 지금은 오히려 더 많은 과제가 눈앞에 놓여 있다. 이제는 돌이킬 수 없는 길로 들어섰다는 사실이 두려움으로 다가왔다.

남들이 가지 않는 일을 선택하면 오해를 사는 경우가 다반사다. 익숙한 길은 쉽게 이해되지만, 처음 가는 길은 의심과 편견의 대상이 되기 마련이다. 때로는 시스템보다 사람들의 생각을 넘는 일이 더 어려울지도 모른다. 그래서 묵묵함과 뚝심으로 나가는 힘이 필요하다. 거북이가 한 걸음씩 옮겨 결국 목적지에 도달하듯, 흔들리지 않는 중심으로 오늘 할 일을 지속하는 힘이 필요하다.

이렇게 조금씩 나아가다 보면 언젠가는 우리가 목표하는 곳에 도달할 것이라 믿는다. 갑작스럽게 달라진 시선이 무겁게 다가오지만 이 불편과 이질감은 결국 결과로 증명할 수밖에 없다. 우리가 만들고 있는 이 작은 시도가 우도 경제를 이끄는 밑거름이 되기를, 조심스레 희망해 본다.

유목민의 삶을
뒤로하면서

섬 속에 섬 우도에 정착했다. 늘 여행처럼 다니던 우도는 정착보다는 여행과 휴식의 공간이었고 글쓰기를 위한 창작의 공간이었다. 이런 우도에 정착해 보고자 했던 것은 "당신은 안정감이 없는 사람이에요"라는 아내의 한마디가 폐부를 깊숙이 찔렀기 때문이다. 그 순간 망치로 얻어맞은 듯,

나는 우도 주민이 되기로 했다

유목민처럼 살아온 나의 인생을 되새김질하게 되었다.

　친구들에 비하면 비교적 이른 나이에 자녀를 두었다. 아이들을 보살필 책임과 의무를 일찍 지게 되었지만, 내 삶은 정착민보다는 전국을 떠돌며 일하는 유목민에 가까웠다. 그러다 불시에 찾아온 충격적인 건강 적색 신호는 나의 가치관을 송두리째 흔들며 대혼란으로 다가왔다. 가정을 먼저 생각하기에는 이미 너무도 피폐해진 상태였다. 그 상황에서 벗어나고 싶은 마음뿐이었다. 결국 가정을 내팽개치고 6년이 넘는 시간 동안 바깥세상에 자신을 몰아넣었다.

　마치 예수나 붓다의 생을 연상하듯, 인생과 자신에 대한 정체성을 찾아보고자 세상을 떠돌아야 했다. 물론 그들을 닮아보고자 했던 것은 아니다. 그저 자신을 향해 끊임없이 질문하고 해답을 찾으려 했던 방황의 시간이었다. 목적지 없이 이곳저곳을 떠도는 유목민 생활은 고행의 연속이었다. 그렇게 긴 시간을 유목민으로 살다 별다른 소득 없이 고행을 끝내고, 다시 원래의 자리로 돌아왔다.

　고행의 끝에서 돌아온 자리에서 비로소 가족이 보였고 주변이 보였다. 그러나 특별한 생계 수단이 없었던 나는 생계를 위해 세상 속으로 몸을 던져야 했다. 다만 이번에는 많은 것이 달랐다. 세상 속에서 체득한 수많은 경험은 나를 조금은 지혜로운 사람으로 살아가게 했다. 몸으로 얻은 경험들은 나를 성장시키고 성숙하게 만들었다. 다양한 사고와 사건 속에서 문제를 마주하며 수없이 해결책을 고민해 온 지난날은 치열했고, 극단의 끝에 서 보기도 한 시간이었다.

　몇 차례 생사를 넘나든 경험은 두려움과 공포를 담담히 정리할 수

있게 했고, 웬만한 일에는 흔들리지 않는 내면의 중심축을 만들어 주
었다. 유목민으로 다녔던 세상 공부가 전혀 헛된 것은 아니었던 셈이
다. 그렇지만 돌아온 자리에서 가정을 지키며 온전히 정주민이 되는
일은 그리 녹녹지 않았다. 내 안에는 언제나 세상 밖을 그리워하는 유
목민의 피가 숨어 있었기 때문이다.

가정을 지키는 삶과 유목민적 이상 사이의 충돌은 언제나 나를 딜
레마에 빠뜨렸다. 그래서 나는 일을 하면서도 유목민의 삶을 이어갔
다. 일 년의 절반은 외국 출장을 계획해 세계를 돌아다녔고, 한국에
돌아오면 석 달은 지방을 순회했다. 타인과는 다른 시공간 속에서 일
상을 살아온 탓에 정착이라는 선택은 굳이 생각해 볼 이유가 없었다.
정착은 내게 맞지 않는 옷을 입는 일 같았다. 그러나 유목민의 삶이
장점만 있는 것은 결코 아니다. 혼자만의 고독을 견디고 스스로 마음
을 정화해야 하는 일은 쉽지 않았다. 가족들 역시 내가 감내한 고독만
큼이나 외로운 날들을 견뎌왔을 것이 분명하다.

그렇게 난 스스로 유목민을 자처하며 사는 일이 즐거움이자 삶의
이유라고 믿어왔다. 하지만 '안정감이 없는 사람'이라는 한마디는 세
상 그 어떤 말보다 두려움으로 다가왔다. 나이가 들어가는 길목에서
들은 말이었기 때문일지도 모르겠다. 유목민의 피를 버리지 않으면
가족관계에서 더 이상 기회를 잃고, 가정에서 사라진 존재가 될 것 같
은 두려움이 엄습했다.

나는 더 이상 외유하지 않았다. 더 이상 밖을 나아가지 않았고, 제
자리에 멈춰 한 사람의 말에 온전히 귀를 기울였다. 영화 〈포레스트

검프〉에는 목적도 기한도 없이 말없이 달리던 검프가 어느 순간 달리기를 멈추는 장면이 나온다. 그리고 홀연히 출발했던 자리로 돌아가 새로운 삶을 시작한다. 내가 받은 충격 역시 그와 다르지 않았던 것 같다. 멈추는 일 말고는 선택의 여지가 없었다.

나는 경영자의 자리에서 은퇴를 선언했다. 누리고 있던 많은 편리함과 안락함을 내려놓고 뒤돌아보지 않은 채 내려왔다. '박수 칠 때 떠나라'는 말처럼, 모든 것을 던지고 날것의 자신으로 돌아왔다. 비로소 스스로 선택한 정주민이 되어보기로 결심한 것이다.

이 결단의 이면에는 경영자로서 더 이상 신선한 아이디어가 샘솟지 않는 초라한 자신도 포함하고 있었다. 모방이나 추격이 아닌, 새로운 길을 만드는 일을 해왔던 지난 날이었다. 서재 한편에 걸린 스티브 잡스 사진은 항상 롤모델이었다. 그러나 잠식 당해버린 정신은 더 이상 창의력이 발현되지 않았고, 나는 분명한 한계를 느껴야 했다. 창의력이 고갈되었다는 자각은 사형 선고처럼 다가왔다.

그렇게 지천명의 나이를 몇 해 앞두고 경영자의 일상에서 완전히 벗어났다. 이 결정은 현실에 떠밀린 선택이 아니라, 새로운 기운을 북돋으려는 절박함에서 비롯된 것이었다. 그리고 아내의 한마디는 이 결정에 기름을 붓는 변곡점이었다. 이 선택으로 나는 가족과 함께하는 시간을 늘리기 위해 노력했고, 특히 아내와의 여행으로 비어 있던 시간을 채워 나갔다.

은퇴 후 정주민의 첫걸음은 제주 시골 마을의 작은 감귤밭이 있는 농막에 거처를 마련하는 일이었다. 지난 삶을 교차하고 인생 여정을 되돌아보고 기록하는 데 집중했다. 글을 쓰는 동안 기쁨과 환희가 떠오를 때는 저절로 웃음이 났고, 상흔의 기억 앞에서는 심장까지 찔러오는 고통에 눈물이 차올랐다. 기억하고 싶지 않은 흑역사 앞에서는 이불킥을 하며 방바닥을 구르기도 했다. 긍정과 부정, 자기애와 자기반성을 오가며 씨줄과 날줄로 엮어가면서 글을 써 내려가는 동안 자부와 창피함이 넘나들었다. 그 시간 동안 아내는 변함없이 곁을 지켜주었다. 다만 익숙하지 않은 정주민의 옷을 입은 탓에 내면의 갈등이 불쑥불쑥 고개를 들기도 했다.

그래서일까? 유목민과 정주민의 정의에 대해 철학적 담론으로 질문해 보게 되었다. 정주민의 본질이 '정착'에만 있는 것일까. 같은 공간을 반드시 공유해야 안정이라 말할 수 있을까. 물리적 거리가 사랑을 훼손한다면, 함께 사는 의미는 없는 것이 아닌가. 세상 어디에 있든 일상이 연결되어 있다면 그것이 정주의 본질이 아닐까. 믿음과 신뢰는 공간적 괴리에서 오는 것이 아니라 온전한 사랑에서 오는 것임을 스스로 설득하고 있었다. 이런 생각이 꼬리를 물다 보니 마음이 무척 불편해지기 시작했다. 끊임없이 스스로 합리화시키고 있는 나를 발견하면서 비겁함마저 들었다. 정주의 삶을 벗어나려는 욕망이 마음 깊숙한 곳에서 늘 꿈틀거리고 있다는 것을 알았으니까! 결국 나는 이렇게 결론 내렸다. 세상 어디에서든 아내와 함께할 수 있다면 그것이 곧 정주라고, 그렇게 긴 사유의 시간을 끝냈다.

 나는 우도 주민이 되기로 했다

실오라기 하나 걸치지 않은 알몸으로 서 있는 자신을 거울 속에서 발견한다. 육체에 새겨진 흉터들은 세상에서 얻은 훈장처럼 여겨왔다. 내면에 주홍글씨처럼 깊이 새겨진 고통 역시 유목민으로 살아온 흔적이라 스스로 위로했다. 아내의 한마디가 내 모든 삶의 여정을 되살피고 자각하도록 해준 것이 사실이다. 정주민과 유목민은 그저 종이 한 장 차이의 사소한 정의일 뿐이었다. 사랑하는 이들과 일상이 연결되어 있다면 정주이고, 끊어져 있다면 고독이 될 수밖에 없다. 그래서 사랑은 위대하면서 비루하다. 세상 모든 것을 알고 싶어 언제나 '무지의 지'를 지향하지만, 모든 것을 알 수는 없다는 사실을 매번 증명받는다. 그럼에도 사람과의 인연, 세상 속 경험을 통해 지혜를 체득하고 문제 해결 능력을 키우기 마련이다.

유목민의 삶을 접는 일은 무거운 갑옷을 입는 것 같았다. 그러나 그 갑옷을 입어야 했다. 내 안의 양가적 감정을 설득하고 알게 되었다. 인간은 본래 이율배반적인 존재라는 것을. 그렇게 우리는 동행을 선택했다. "정주의 본질은 정착이 아니라 함께 머무는 것"이라는 깨달음과 함께.

그렇게 우도에서의 삶이 시작되었다. 정주민으로, 동시에 새로운 유목민으로. 정주민만으로 살았다면 알지 못했을 세상 이치가 더 많았다. 내가 살아온 삶이 아무리 깊은 시련과 고통의 흔적들로 점철되어 있다 해도 감사하며 살 수 있는 이유다. "유목민의 경험이 없었다면 결코 얻을 수 없는 지혜가 내 안에 있다"고 말하면서….

　우도의 삶은 알에서 깨어나려 발버둥 치는 데미안을 닮았다. 이 신세계에 어떤 일이 펼쳐질지, 어떤 문제가 나를 성장시킬지 매일 호기심이 만발해진다. 세상을 떠돌던 유목민이 우도에 머무는 이유를, 진심으로 더 많이 발견할지도 모르니 여기가 바로 정주의 또 다른 이름이다.

이방인

이 섬의 정주민이 된 지 얼마지 않아 제일 먼저 가입한 모임이 독서 모임이다. 이 모임은 섬에 하나밖에 없는 도서관과 서점이 돈독하게 연결되어 있다. 글쓰기로 인생의 변곡점을 맞아 살아가고 있는 나로서는 도서관과 서점을 찾는 일이 너무도 자연스럽고 재미있는 일이다.

'우도작은도서관'이 도서관 공식 명칭이다. 작은 도서관답게 규모나 도서 수량이 소박하다. 전문 도서나 신간을 많이 찾아보기 어렵고, 편안히 자리하여 책을 읽을 공간도 턱없이 부족하다. 그렇지만 소섬(우도의 다른 표현이다)의 척박한 환경 속에서 도서관을 만들고 지켜온 사람들의 고뇌가 느껴져 출입구를 들어서는 순간부터 감정의 울림이 생긴다.

도서관 운영을 맡고 계신 S 선생님은 첫인상이 무척 따뜻한 분이다. 이방인을 경계하는 섬사람 특유의 눈빛이 아닌 온정 어린 눈빛을 지닌 분이다. 녹차 한 잔 내어주시면서 도서관의 역사를 비롯하여 이 섬에서 도서관이 맡아온 역할을 흥미롭게 들려주셨다. 귀한 시간을 할애해 이야기를 들려주시는 모습에서, 도서관에 대한 관심이 이 섬에서는 그리 크지 않다는 반증일지 모른다. 그래서 더 열심히 경청했고, 더 자주 도서관을 찾아야 하나 싶은 마음도 들었다. 책을 읽고 도서관 행사에 관심을 갖는 일부터가 이 섬에서는 아주 특별한 행위일지 모르겠다 싶었다.

S 선생님의 반가운 환영에 이끌려 덜컥 독서 모임에 가입하고 말았다. 세상 어디를 가더라도 반겨주는 사람이 있다는 것은 늘 매력적인 일이다. 아직까지는 육지에서의 활동이 더 많았던 나로서는 정해진 날짜에 참석하기가 어렵다는 것을 알면서도 약속을 해버린 셈이다. 이제는 육지에서 일을 보더라도 한 달에 한 번은 비행기에 몸을 싣고 배를 타고 모임에 참석해야 하는 영어(?)의 몸이 되고 말았다.

좁은 섬에서는 익명성이 보장되기 어렵다. 배를 타고 나가고 다시 입도하는 일은 아주 쉽게 알려진다. 또 옆집에서 일어난 사건들이 금세 구전으로 전해진다. 약속을 지키지 못하면 책임감 없는 사람으로 순간 낙인찍히기 쉬운 곳이다. 비단 섬살이가 아니어도 세상 이치가 그렇지 않던가! 공간적으로 더 협소한 이 섬은 훨씬 쉬운 안줏거리가 될 일이다. 이제 천재지변으로 도항선을 타지 못하는 상황이 아니라면 무조건 참석이라는 원칙을 세워야 했다. 섬사람들의 시선이나 타인의 입방아가 두려워서가 아니라, 사람 속에 부대끼며 살아가는 이방인의 태도에 관한 문제가 아닐까 싶다. 다행히 아직까지는 일정 참석을 미룬 적 없이 부지런히 비행기를 타며 다니고 있다.

이렇게 시작된 독서 모임은 첫 참석부터 즐거움이 컸다. 십여 명의 회원들이 모여 매달 한 권의 책을 정하고 읽는다. 그런데 두어 시간 동안 지켜보니 책 이야기보다는 한 달 동안의 근황과 마을 소식을 나누는 시간이 더 길었다. 동네 사랑방 같은 분위기라는 걸 알 수 있었다. 시골 정서가 물씬 풍겨 정겨움에 웃음이 절로 났다. 도시였다면 주제에서 벗어난 이야기라며 타박했을 것이다. 그러나 이곳에서의 대화는 너무도 자연스럽고 소박한 삶의 한 풍경이다. 소섬의 정보를 주고받다가도 어느새 이야기는 다시 책으로 흘러 들어갔다. 방랑을 반복하지만 즐거움이 만발한다. 그렇게 첫 번째 모임이 끝났다.

첫 번째 모임 이후 〈우도 책 축제〉를 진행한다며 사진을 모으고 영상을 만들어 줄 수 있겠냐는 S 선생님의 요청을 받고 흔쾌히 수락했다. 독서 모임이 주최하는 책을 위한 이벤트가 하루 내내 섬에서도 벌어진다니 반가웠다. 당연히 어떤 방식이든 참여할 수 있다면 감사한 일이었다. 영상을 만들며 독서 모임의 역사를 하나하나 알게 되었다. 빛바랜 사진 속에서 30여 년 전 첫 삽을 뜨던 마을문고 모습도 만났다. 주민들의 지난한 삶을 사진으로 들여다보는 동안 공감의 감정이 오갔고, 나는 어느새 온전히 주민이 된 느낌을 받았다. 그렇게 크고 작은 행사에 참여하고 월례 독서 모임에 꾸준히 참석하면서 마을 사람이 되어 가는 과정이 좋았다.

그러던 어느 날 모임의 회장님에게 메시지가 왔다.
'신입회원 한 분을 초청했습니다'

내가 가입한 이후로 새로운 회원이 생기니 정말 기뻤다. 삼십 년 넘게 공무원 생활을 하고 이 섬의 면장을 지내셨던 Y라는 분이었다. 은퇴 후에도 독서와 글쓰기를 이어오며 수필 작가로 등단하셨다고 했다. 일본에서의 행정 교류 경험, 캘리그라피와 일본어 공부 등을 하루도 거르지 않는 일과를 소개하며 첫인사를 마쳤다. 같은 글을 쓰는 사람이라는 점에서 동질감도 생겼고, 책 선정에도 변화가 생기지 않을까 싶어 기대감이 컸다. 이 섬에 책을 사랑하는 사람이 많아지기를 바라고 있던 터라 회원이 늘어나는 것만큼 기쁜 일이 없었다. 그래서 나도 회원을 추천하기로 했다. 단톡방에 '회원 추천은 어떻게 합니까?'라며 문자를 보냈다. 회원들의 의견을 묻는 것이 예의지 싶었기 때문이다. 그런데 의외로 반응이 무거웠다. '아무나 받을 수 없다'는 의견

                      나는 우도 주민이 되기로 했다

부터 '회원 수가 많아지면 운영이 어렵다'는 의견도 있었다. 추천하려는 사람에 대한 궁금증보다는 모임의 운영 논리를 먼저 내세우는 것을 보면서 완곡한 거부처럼 느껴졌다. 결국 다음 모임에 의논해 보자는 말로 후다닥 갈무리를 해버리는 것이었다.

'아무나'라는 말에 꽤 거부 반응이 생겨났다. 책을 읽는 한 사람을 추천하는 일이 그럴 만큼 난제인가 싶었다. 자연스럽게 얼마 전 가입한 신규 회원이 떠올랐다. 시간을 되돌려 보니 가입 여부 의견을 물어 온 적이 없었다. 순간 토착민과 이방인 사이를 편 가르는 묘한 느낌에 살짝 부화가 일었다. 토착민은 통보형이었는데, 이방인이라는 이유로 검증의 잣대를 들이대는 것이라는 생각이 들었다. 그러고 보니 모임의 회장을 선출할 때도 선거가 아닌 약식 추천과 박수로 통과해 버리고 결정했다는 것을 상기하게 되었다. 소규모 모임이라 해도 차별적 느낌에 불편한 마음을 지울 수가 없었다. 회칙이 있어 가입 대상의 조건이 있는 것도 아니었기에 경계를 긋고 있다는 생각은 손톱 밑 가시처럼 아려왔다.

이 일을 계기로 섬에서 벌어지는 정착민과 토착민 사이의 경계가 확연히 보이기 시작했다. 섬에 들어서는 순간부터 보이지 않는 선이 존재한다. 매표소에서는 신분증을 확인하며 매번 우도 주민인지 묻는다. 우도에 주소를 두고 살아도 도항선 전산망에 등록되지 않으면 비용을 지불해야 하고, 혜택을 받으려면 '이정세'라는 것을 마을 기준에 따라 납부해야 한다. 마을마다 다른 기준을 가진 것부터가 장애 요인이다. 부동산 소유나 거주 연한 같은 조건은 또 다른 장벽이다. 이곳에 부동산 하나 가지지 않으면 마을 주민이 될 수 없는 허들은 마을에 대한 반감 정서를 생기게 하는 일이라 생각되었다.

'도항선'이라는 의미를 알고 싶어 국어사전에서 뜻을 찾아보았다. N사 국어사전에는 말 자체가 검색되지 않았다. 그래서 '항선'을 검색해 보았더니 "명사. 항해하고 있는 배"라고 나온다. '도'가 섬을 의미하는 글로 사용한 것이라면 섬을 항해하는 배라는 의미가 된다. 그렇다면 여객선은 무엇인지 궁금했다. 국어사전을 다시 검색해 보니 "여객을 태워 나르기 위한 배"라고 나온다. 이런 정의를 종합해 보면 도항선의 정의는 '섬에 사는 마을 주민들을 실어 나르는 배'라는 의미로 해석해야 한다.

그래서 우리나라에서 운영되는 도항선 사례를 찾아보게 되었다. 도항선을 운영하는 섬에는 마을 주민들에게 별도의 승객 비용을 받지 않는 곳이 대다수였다. 말 그대로 도서지역 주민들에게 정책적으로 국가에서 지원하여 불편한 교통편을 해결해 주기 위한 것이다. 물론 일부 주민에게 적정 금액을 받고 나머지는 국가보조금으로 충당하는 지역도 있었다. 그렇다면 마을 주민을 정의하는 범위가 중요해졌다. 부동산 소유 문제나 몇 년 이상을 주민으로 살아야 한다거나 하는 이 섬의 기준이 올바른지를 살펴보아야 했다. 이 섬에 주소지를 두고 실제로 생활하며 세금과 공과금을 납부하는 사람조차 주민으로 인정받지 못하는 현실이 부당한 일이라는 것이 분명해졌다. 도항선 문제는 정착민과 토착민의 말할 수 없을 만큼 다른 차이를 두는 큰 사안이다.

 나는 우도 주민이 되기로 했다

이 문제로 인해 우도는 이미 편이 갈린 섬이 되어버렸는지 모른다. 거기에 도항선 주주로 있는 주민들이 내놓는 견해는 더 큰 차별적 내용을 담고 있어 이질감이 생기지 않을 수 없다.

이 섬에서 운영되는 배는 토착민들이 대다수 해운사 주주로 구성되어 있다. 공공연하게 알려진 사실이지만 도항선 주주들이 배당받는 연간 수익은 상상 이상이라고 한다. 연간 200만 명 이상 입도하는 관광객을 기준으로 산출해 보면 그리 어렵지 않게 매출을 예상할 수 있는 것도 사실이다. 도항선의 진짜 문제는 뱃삯이 아니라 입도하는 순간부터 주민의 정의를 다르게 해석함으로써 편 가르기를 한다는 점에 있다. 거기에 보태어 정주민과 토착민 간의 견해 차이, 토착민과 도항선 주주들과의 보이지 않는 이권 충돌들은 불합리를 넘어 갈등 요인이며 뇌관이다. 시한폭탄으로 곧 폭발의 시간이 다가올 듯 돌아가는 것만 같다.

배를 탈 때마다 받는 질문 앞에서 온전한 우도 주민이 아님을 확인받는 일은 의식처럼 다가온다. 서로 화합하지 못하는 거대한 철문 같다. 나는 이 질문을 받을 때마다 알러지 반응이 생기듯 거부감이 밀려온다. 그래서 신분증을 내밀면서 선수를 쳐서 말해 버리곤 한다. "저는 전산에 등록되어 있지 않는 주민입니다"라고. 편 가르기를 당하지 않겠다는 반골 기질의 발동이기도 하고 갈라치기를 당하는 마을 주민이 되고 싶지 않아서다. 이 섬의 관문부터 이방인이 되고 싶지 않으려는 아우성 같다.

이방인이라고 느끼는 감정은 도항선 문제에만 있는 것은 아니다. 이 섬에는 정착민만의 모임이 따로 있고 토착민들만의 모임이 따로 있다. 주민자치위원에 참여하기 위해서는 몇 년 이상 이 섬에서 살아야 한다는 조항도 있는 모양이다. 이방인으로서 이 섬에서 느껴야 하는 이질감을 언급하자면 아주 사소한 것부터 드러내야 할 것이 너무도 많다. 제주 특유의 '괸당 문화'도 그중 하나다. 자신들끼리만 공유한다는 일종의 패거리 문화다. '육지 것들'이라며 이방인을 경계하는 것에는 나름의 이유가 있다는 것을 잘 알고 있다. 그럴 만한 사건과 사고가 여러 차례 있었던 제주다. 현재에도 소위 '육지 것들'이 피해를 주는 일들이 더러 있다. 반복되는 이런 사건들이 토착민들에게는 숨어있는 피해의식의 발로인지 모른다. 하지만 이런 문화는 비단 제주에만 있는 것도 아니다. 이름만 다르고 문화가 다를 뿐이지 세계 어디를 가도 이방인에 대한 경계심의 문화는 존재한다. 낯선 것에 대한 경계 반응은 생존이라는 측면에서 보면 인간의 본능적 진화의 산물이라 할 수 있다. 그러나 생존의 문제를 벗어나 경제적 이익과 카르텔과 같은 권익 보호를 위해 경계 밖으로 내몰면서 자신들의 기득권을 지켜내려는 수단으로 편을 가르는 행위는 지양되어야 할 문제다. '지구촌'은 공존해야 하는 공간이 좁혀진다는 의미이고, '세계화'라는 말은 모든 것들이 연결된 초연결 사회에 살고 있다는 것을 뜻한다. 섬이라고 해서 다른 세상과 다른 세계에서 살고 있는 것이 아닐 것이다. 애써 편을 가르며 살아가야 할 이유가 무색한 시대에 '우리'라는 성숙한 자세가 필요한 시점이 아닐까.

어쩌면 내가 민감한 반응을 보이고 있는지도 모른다. 토착민들은 이것을 차별이라고 생각조차 하지 않을 가능성도 있다. 그저 관성처럼 튀어나온 자연스러운 행위일지 모른다. 이렇게 생각하니 상대를 이해할 수 있는 마음의 넓이가 생기기 시작했다. 세계 곳곳을 돌아다니는 내내 이방인을 경계하지 않는 사람도, 마을도 없었다는 것을 상기했다. 그 경계를 무너뜨리기 위해서는 언제나 내가 먼저 토착민에게 다가서야 했고 먼저 나서서 말을 걸어야 했다. 어색하지만 그들의 삶 가까이에 다가서서 더 친근한 모습을 보여주며 생활해야 했다. 그들의 대소사에 더 많은 관심을 가지고 그들의 일에 적극적으로 참여하며 궂은일을 우선 해야 환영받을 수 있었다. 타국에서의 경험을 상기하고 보니 이 섬이 다르지 않다는 생각이 들었다. 언어 장벽도 만만치 않다. 제주 방언보다 더 질긴 느낌의 우도 방언을 들을 때마다 당황스럽다. 어르신들의 방언에는 알아들을 수조차 없는 외계 언어들이 속출한다. 때로는 경상도 태생인 나보다도 발음이 더 강렬하다. 마치 내게 욕을 하는 것 같은 말이 수시로 들려올 때마다 당황할 때가 많다.

회원 가입 문제를 의식하게 된 계기로 내가 이방인으로 살아야 한다는 사실을 잠시 망각했다는 것을 깨달았다. 잠시 쓸쓸함이 생겼지만 동시에 새로운 기운이 생겨났다. 괸당 문화가 패거리 문화가 아닌 그저 공동체 문화라 생각하면 불편한 마음이 조금은 사라졌다. 내가 머문 자리가 행복한 곳이 되려면 내가 먼저 행복해야 한다. 아름다운 마을에서 아름다운 사람들과 살아가려면 내가 아름다워지는 것이 우선이다. 이들의 배타적 사고와 관성처럼 튀어나오는 언행들을 탓하기보다는 자신이 사고하고 행동하는 방법을 더 넓고 깊게 해야 하는 것에 정답이 있지 싶다. 이방인이 마을 주민으로 살아가려면 이방인의 자세를 잊지 않아야 한다는 것을 다시 한번 배우게 된 계기였다.

독서 모임에서 느꼈던 이질감은 이제 경계가 아니라 이해로 옮겨가고 있다. 그러나 우도 주민에 대한 그릇된 정의와 해석으로 인해 피해를 받는 사람들에 대한 제도적 문제는 반드시 바로잡아야 할 사안이라 주장하고 싶다. 우도 토착민의 자녀들은 대다수 도시로 나가 생활한다. 그들에게도 소위 '우도 주민법' 방식이 그대로 적용된다면 온전히 받아들일 수 있을지 역지사지의 마음으로 생각해 보아야 한다. 이방인이 정착민으로 인정받기 위해 얼마나 많은 세월이 필요할지 모르지만, 그날까지 나답게 살아가는 것에 중심을 잃지 말아야 하지 싶다. 낯선 문화 속에 살아가기 위한 나의 일상은 오늘도 독서 모임에 출석 도장을 찍으며, 이 섬의 주민으로 열심히 살아가고 있다.

 나는 우도 주민이 되기로 했다

방파제 앞에서

구름이 돌돌돌 말려 하늘 아래 들어가 있다. 그 하늘 아래 쓸쓸히 홀로 서 있는 자신! 풍랑에 섞인 강풍이 온몸을 강타할 때마다 바람의 폭력을 온전히 받힌 채 피할 마음이 없다. 방파제와 이어진 길이 더 이상 없는 것이 안타깝다. 육지까지 길이 이어졌으면 하는 것은 땅이 그리워서일 게다.

섬을 섬이라 여겨본 적이 없다. 눈에 보이지 않는다고 섬이 육지와 연결되어 있지 않는 것은 아니다. 눈에 보이지 않는다고 존재하지 않는다고 생각하며 사는 삶을 살지 않으려고 노력해 왔다. 눈에 보이는 것이 진실이라 판단하고 결정하는 직선적 사고의 피폐함을 깨달을 때마다 스스로를 격멸해 왔다. 도시의 각박한 삶은 욕구를 채우기에 바빠서 육신이 지쳐간다는 사실을 모른 채 허상을 그려왔다. 그 속에서 하이에나처럼 어슬렁거리며 살아온 날들을 나는 천박하게 생각한다.

그래서 보이지 않고 들리지 않는 것을 보고, 듣는 훈련에 늘 집중하는 삶을 살아왔다. 몸을 제대로 가누지 못할 만큼 거센 강풍은 내게 무엇을 가르치려 다가오는 것인가! 내 마음의 무게만큼이나 거센 바람은 허연 이빨을 드러낸 파도와 함께 또 다른 무게를 보태어 나를 짓누르고 있다.

애초부터 유명 시인이나 베스트셀러 작가가 될 생각은 없었다. 은유법이나 도치법 같은 표현이 무척 비굴하게 느껴졌던 탓이다. 있는 그대로 말하거나 숨은 화법으로 사람을 조롱하는 방식이 싫었다. 직선적으로 표현하면 될 일을 에둘러 말하는 의도가 나쁘게 느껴졌다. 그러나 세월이 흐르고 보니 그 안에는 타인에게 상처를 주지 않으려는 배려가 숨어 있다는 것을 알게 되었다. 상대에 대한 예의이자 '눈치껏 알아먹어라'라는 일종의 지혜로운 팁이기도 했다. 불필요한 분노를 만들지 않으려는 마음이 그 안에 있었다. 그리고 보면 은유나 도치는 배려였고, 사랑이기도 했다.

 나는 우도 주민이 되기로 했다

젊은 시절의 삶에 대한 태도는 영글지 못한 열매와 같았다. 앞에 올 말을 뒤로 보내고, 뒤에 올 말을 앞으로 당겨와서 말꼬리를 잡는 언어의 도단이 질색이었다. 그런 표현을 거침없이 남발하는 시인들에게서 언제나 기만당하는 느낌이었다. 마치 반공사상 교육을 거짓투성이로 받아들이던 학창 시절처럼 말이다. 그래서 나는 글을 잘 쓰는 사람이 되는 일과는 어울리지 않는다고 생각해 왔다. 돌이켜보면 그것은 나의 모자람이었고, 재능 부족이었을 뿐인데 말이다.

저게 저절로 붉어질 리는 없다.
저 안에 태풍 몇 개
저 안에 천둥 몇 개
저 안에 벼락 몇 개
저 안에 번개 몇 개가 들어 있어서
붉게 익히는 것일 게다.

– 장석주, 〈대추 한 알〉 중에서

시인 장석주 님은 광활한 우주를 한 알의 대추 안에 묶어냈다. 이 시를 읽을 때마다 왜 저렇게 구깃구깃 감추고 감추어 표현했을까 생각했다. 꼭 숨은 뜻이 있어야 문학이 되는 것인지 묻기도 했다. 대추 한 알에 자연과 우주의 이치를 담아낸 것을 이해하지 못한 나는 그저 웃어야 했다.

지금… 나는 이 시를 읽을 때마다 더 큰 감탄사를 표현할 방법이 없는 것이 안타깝다. 나의 우매함과 어리석음이 남아있을 뿐이다. 시인이라는 존재는 참으로 대단하다고 감탄사를 연발할 뿐이다.

나는 마광수 교수의 글을 좋아했다. 알지 못했던 성인들의 세계를 직접적인 표현으로 리얼하게 들려주는 글이 좋았다. 모두가 숨기고 감추기 바쁜 이야기를 세상 밖으로 꺼내어 거침없이 당당하게 말하는 문체에 매료되었다. 젊은 시절, 윤락촌에서 왜곡되고 비틀어진 방식으로 여자를 경험해야 했던 나의 흑역사는 시인을 멀리하게 했고, 여자를 오해하게 했다. 그러나 장석주 님의 문학과 마광수 님의 문학과 예술이 다르지 않음을 깨닫는 순간이 있었다. 서로 다른 표현은 극단의 어느 지점에서 연결되고, 결국 하나로 통한다는 것을 발견하면서 나의 우매함에 조소할 수밖에 없었다.

나이가 들어가면서 알았다. 세상을 바라보는 시선이 얼마나 편협했고 인간적 소양이 얼마나 부족했는지를. 『연금술사』의 주인공 산티아고처럼, 나 또한 편안함을 선택할 수 있었던 시절이 있었다. 그러나 안주하지 않았다. 늘 거친 광야로 나아갔고 낯선 공간으로 스스로를 내몰았다. 연금술이란 납을 금으로 바꾸는 기술이 아니라, 낯선 세계에서 사람들과 부딪히며 체득한 지혜임을 그제야 알게 되었다. 그 시간을 통해 늘 새롭게 태어났고, 또 다른 시공간으로 나아갈 용기를 얻었다. 비로소 시인이 이해되었고, 여자를 여자답게 볼 수 있게 되었다.

무언가를 수용한다는 것은 간접 경험이 아니라 직접 체험을 통해서

　나는 우도 주민이 되기로 했다

만 이루어질 수 있는 것이었다. 세상의 모든 것을 명징하게 알 수는 없지만, 세상이 어떻게 연결되어 있고 우주가 어떤 흐름으로 돌아가는지를 어렴풋하게 배울 수 있다. 그 경험을 많은 사람들과 공유하고 싶었다. 세상을 나아갈 용기가 없었다면 결코 알 수 없었던 것들을 말이다.

난 대추 한 알에 우주를 읽어내는 능력은 없으나 우주의 흐름을 인간의 언어로 해석해서 이야기를 들려줄 수는 있지 싶었다. 길가의 돌멩이도, 허연 이빨을 드러낸 오늘의 파도도 나에게 말을 걸어온다. 미동 없는 바위와 대화하고, 강풍의 폭력을 견디며 생명으로 다가오는 그들과 마주한다. 자연은, 우주는, 각자의 언어를 지니고 있다. 표현 방식은 달라도 이해의 폭을 넓히고 시선이 열리면 그들의 소리가 들린다. 그럴 때마다 인간의 감각이 생각보다 졸렬하다는 것을 깨닫는다. 그럼에도 우리는 그것이 전부라고 여기며 오만과 교만에 빠진 삶을 살아간다.

자외선과 적외선은 작은 미물이 감지하지만, 인간은 볼 수 없는 영역이다. 미세한 헤르츠의 소리도 인간은 듣지 못한다. 그럼에도 인간은 자신의 언어 세계에 스스로 갇혀 그것이 전부라 착각하며 살아간다. 그렇지만 감각을 확장하면 우주에는 생명 아닌 것이 없다는 사실을 알게 된다. 이미 우주의 다른 생명체가 우리 곁에 와 있지만 인간의 모습과 비슷하다는 편견에 매몰되어 발견하지 못하는 것일지 모른다. 우리는 이미 다채롭고 다양한 생명들과 함께 살아가고 있음을 받아들여야 한다. 외계인이라고 지칭하는 또 다른 생명체가 왜 인간과 비슷한 형상을 하고 있다고만 생각하는지 모를 일이다. 생물과 무생물의 경계는 그저 인간이 편의상 만든 선일 뿐이다.

삶이 바쁘고 마음의 속도를 잃은 사람은 진짜 보아야 할 것을 보지 못한다. 자기愛에 빠져있는 사람은 타인을 돌아볼 겨를이 없다. 마음의 여유를 잃어버린 사람은 진짜 소리를 들을 수 없다. 그러나 우주는 모두가 연결되어 하나로 움직인다는 것을 깨달은 사람은 자연을 살리고 타인을 살리는 일에 몰두한다. 그것이 곧 자신을 바로 세우는 일임을 알기 때문이다.

바람이 묻는다.
"이렇게 거센 바람을 맞고 있는 이유가 뭐냐?"
나는 말한다.
"정신을 가다듬는 중이야."
바람은 나를 격려한다.
"좋은 생각으로 살아가는 방법을 아는 너니까 좋아질 거야. 넌 잘하고 있는 거야! 힘을 내봐."
바람의 응원에 눈물이 왈칵 쏟아진다.
"좋은 생각만으로 세상이 돌아가진 않아. 정신을 바로잡고 행동으로 실천해야 해. 바람아! 네 덕분에 오늘도 기운을 낼 수 있었어. 고마워."

   나는 우도 주민이 되기로 했다

사는 내내 고성능 안테나를 세워두고 살아왔다. 번아웃이 올 정도로 일에 파묻혀 살았고 미친 사람처럼 일에 몰두해 왔다. 찌들어 버린 삶이라는 것을 발견했을 때 나는 이미 피폐해 있었다. 그 삶을 탈출하고 싶었다. 산속 깊이 틀어박혀 있어도 산 너머에서 무슨 일이 일어나는지 알 수 있다는 현자의 모습이 되고 싶어 길을 떠났다. 안테나의 파동에 몰입하고 또 몰입하다 보면 뜻하지 않은 돈이 생겼고 사람이 생겼다. 그러나 나는 뜻하지 않는 일은 없다는 것을 이제는 안다. 우주 이치는 그렇게 우연의 산물처럼 찾아오는 것이 아니기 때문이다. 우주는 운명론이나 결정론처럼 고정된 산물이 아니라고 믿는다. 내가 만드는 에너지는 타인을 향해 나아가고 타인은 내게 받은 에너지를 또 다른 누군가에게 전달하는 것이 우주의 순환이다. 그 순환의 원리를 이해하고 우주의 미세한 떨림을 읽어낼 수 있다면 언제나 운명 같은 일을 만나고 운명처럼 다가온 사랑을 눈치채게 되는 것이리라!

대추 한 알에 머금고 있는 우주는 내가 알고 있는 우주와 다르지 않을 것이다. 그저 거대하고 광활한 것이 우주가 아니라 가늠하지 못하는 어떤 것에도 우주는 담겨 있다. 사랑하는 일에서 우주를 읽어내고 사랑하는 이의 눈망울 속에서 우주를 담아내면서 자신만의 우주를 만드는 것이다. 자연이 함께하고 생명체가 함께하는 우주 속에 우리가 있고 사람이 있다.

바람이 말한다.

“너를 너무 힘들게 해서 미안해. 조금만 참아. 잠잠해질 거야.”

“너를 믿어, 너도 영원히 나를 힘들게 하지 않을 거잖아.”

“맞아, 나도 다시 좋은 에너지를 모아야 하니까 조금만 기다려 줘.”

“괜찮아 얼마든지 기다릴 수 있어. 너의 격랑이 거세질수록 내가 더 많은 힘을 내야 한다는 걸 잘 알아.”

“네가 그걸 알고 있어서 우리는 잘 통하는 거지?”

“뭘 그런 걸 꼭 물어봐. 당연한 거지.”

“너도 이제 조금 쉬어. 나와 함께 놀아주느라 힘들었겠다.”

바람이 잔잔함으로 답한다. 내 마음도 그렇게 가라앉나 보다.

고향이 아닌 이방의 섬에서 이방인으로 사는 것이 쉽지 않다. 무엇보다도 남들이 하지 않는 일을 하면서 생기는 오해와 따가운 시선을 바람에 날려 보낼 수 있어 다행스럽다. 스스로 위로의 시간을 가져볼 수 있음에 감사한다. 방파제를 떠날 시간이 되었나 보다. 매일매일 올바른 정신으로 살아가는 것에 지쳐있었는지 모른다. 때로는 소심한 일탈이 삶에 윤활유가 되어줄 수 있지 싶다. 지친 나를 위로하고 등을 토닥여 주는 바람과 파도, 우도의 자연이 곁에 있어 다시 용기를 내는 하루다.

   나는 우도 주민이 되기로 했다

제주 애월
무수천 여행기

섬 속의 섬이라는 우도에서 살아가다 보면 바깥세상으로 탈출하고 싶을 때가 종종 있다. 일상의 변화가 거의 없는 섬살이가 지겨울 때도 있고, 섬을 가득 채웠던 관광객이 빠져나간 뒤 텅 빈 섬이 유난히 황량하게 느껴질 때  면 그렇다. 온 마을이 창문조차 구분되지 않는 칠흑의 어둠으로 물드는 시간이면 이 섬을 잠시라도 벗어나야겠다는 생각에 사로잡히곤 한다. 섬이라는 협소한 공간적 제약은 시시때때로 넓은 세상을 향한 갈증으로 돌아온다. 그래서 가끔 이 섬을 벗어나 자유로운 여행을 하라고 스스로 선물을 주곤 한다.

대다수 지인들은 말한다. "제주에서 살아가는 것은 제가 꿈에 그리던 삶입니다"라며 부러움을 표한다. 어떤 이에게는 제주가 평생의 소원과 같은 여행지일지 모르지만, 이곳에 사는 사람들에게는 그저 답답한 공간일지도 모른다. 서울 사람들이 가까이 있는 한강유람선을 잘 타지 않듯, 이곳 사람들은 한라산에 오르는 일은 터부시되기 쉽고 바다를 바라보는 일 또한 그리 특별하지 않다. 이 섬에서 15분만 배를 타고 나가면 육지 사람들이 그렇게 부러워하는 여행지가 넘치는 제주임에도, 일 년 내내 이곳을 벗어나지 않는 사람들이 제법 많다. 그래서 나는 자신에게 선물을 주면서 사는 일상이 삶에서 아주 중요하다고 여기고, 이를 놓치지 않으려 애쓰고 있다. 쉼표를 올바르게 즐길 줄 알아야 한다는 나의 지론은 언제나 휴식과 노는 방법에 창의성을 보탠다.

오늘은 제주로 선물 받으러 가듯 배에 몸을 실었다. 등산 가방에 안전 장비와 먹거리 몇 가지를 챙겨 나섰다. 이미 익숙한 일상이기에 등산 가방에는 기본 장비가 언제나 대기 중이다. 스스로 인생을 즐기지 못하면 어디에 살아도 삶은 무미건조해지기 마련이다. 최근 마을에서 벌어진 이런저런 일로 술자리가 잦았던 터라, 몸에 밴 알코올 냄새를 털어내고 싶은 마음도 한몫했다. 새로운 공기를 집어넣어 지친 에너지를 다시 생기 있는 기운으로 바꾸고 싶었다.

　　　　　나는 우도 주민이 되기로 했다

제주 서쪽 지역에는 애월이라는 마을이 있고, 그곳에는 무수천이라는 건천이 있다. 이곳은 자칭 제주의 숨은 비경 중 다섯 손가락 안에 들 만큼 환상적이고 수려한 자연경관이다. 그래서인지 나는 무수천을 6개월에 한 번 정도 탐험하듯 찾는다. 제주도의 하천은 대다수 건천이다. 현무암으로 이루어진 제주 지질은 물을 머금지 못하게 한다. 비가 오면 폭포수처럼 쏟아지는 물이 무수천을 가득 채우지만, 고일 새 없이 이내 땅속 어딘가로 스며든다. 무수천은 물을 머금지 못하는 슬픔이 있지만, 건천이기에 가능한 또 다른 즐거움이 있다. 훤히 드러난 바닥 덕분에 계곡 중심으로 들어가 여행할 수 있다는 점이다. 지형을 적확하게 알면서 탐험하는 일은 어떤 즐거움에도 비할 수가 없다. 또 시원스럽게 폭포수가 한 번 쓸고 지나간 자리에는 완전히 달라진 지형이 또 다른 얼굴로 모습을 드러낸다. 이 순간만큼은 한 번도 보지 못했던 세계를 만들어 내는 자연의 경외를 온몸으로 만끽할 수 있다. 그래서 매번 이곳에 오면 십일 차원 시공간으로 빨려 들어가는 상상 속에 빠져든다. 하천의 양쪽은 마치 밀림처럼 우거져 있다. 우뚝 솟은 삼나무와 소나무, 그 나무를 감싼 넝쿨 식물들 덕분에 마치 타임머신을 타고 태고적 어느 원시림에 도착해 있는 느낌이다. 밀림과 어우러진 계곡 가장자리 풍광을 친구 삼아 무수천 중앙을 관통해 오른다. 가슴은 두 근 반, 세 근 반 울림으로 퍼져 나간다. 선사시대에 불시착했다는 마음으로 무수천을 오르다 보면, 정령들이 나를 따라오며 태고의 모습을 잘 감상하고 있느냐며 말을 걸어오기도 한다. 한라산 중산간으로 이어지는 무수천 계곡은 험난하지만, 가장자리를 채운 울창한

숲은 고단함을 잊게 해준다. 오르는 내내 인적은 거의 없다. 아직 개척되지 않은, 제주 속의 제주다. 혼자만의 세상을 가질 수 있는 곳이기에 누릴 수 있는 최고의 만족감이 있다.

이 고요함의 정적을 깨는 이름 모를 새가 있다. "구구구" 하기도 하고 "까~악, 까~악" 하는 괴성으로 들리기도 한다. 계곡의 메아리를 타고 울리는 새 울음은 비둘기 소리도, 까마귀 소리도 아닌 묘한 중의적 느낌으로 다가온다. 이 정적의 새소리가 어떤 새로부터 울리는 소리인지 늘 궁금하지만, 아직까지 수수께끼로 남아있다. 무수천 중턱에 이르면 기암괴석들이 즐비하다. 2~3시간의 고행 끝에 얻게 되는 즐거움 중 하나다. 여기부터 카메라가 연신 바빠진다. 비가 많은 제주다. 특히 한라산 정상 쪽은 하늘에 구멍 난 듯 매년 물 폭탄을 맞아야 한다. 큰비나 태풍이 지나가면 무수천의 지형은 완전히 달라져 버린다. 하천 모양이 달라지면 길도 바뀌기 마련이라 낭패를 당하는 경우도 왕왕 있다. 그래서 이 순간을 사진으로 남겨두는 일이 익숙해졌다. 오늘도 여지없이 지난해 찾아낸 기암괴석들과 비교하면서 오른다. 새로운 괴석들이 위치를 바꾸고 풍화의 손길로 이미 다른 모습으로 태어나 있다. 좌측에서 보면 공룡 같다가 우측에서 보면 장군석처럼 보이는 바위가 보인다. 특히 장군석은 영화 〈트랜스포머〉에 나오던 옵티머스 로봇을 닮은 형상이다. 공룡 두 마리가 이마를 맞대고 힘겨루기를 하는 모양새가 전투신을 찍는 듯하다. 또 거대한 티라노사우루스가 인간을 밟고 있는 형상의 괴석을 발견하고 사진에 담을 수 있는

   나는 우도 주민이 되기로 했다

행운도 누렸다. 작년에 볼 수 없었던 괴석들이 한 편의 신화로 다시 태어나고 있었다. 로마 신화를 읽어도 이처럼 즐겁지는 않을 것이다. 아이마냥 신나게 사진 세례를 퍼부으면서 나만의 세상을 만끽한다.

지형이 이렇게 무지막지하게 변하는 모습을 보면 물의 힘은 상상을 초월한다는 사실을 새삼 실감하게 된다. 현장에서는 뉴스로 접하는 물의 위력과는 전혀 다른 체감이다. 전 지구적 이상 기온 현상으로 쓰나미가 자주 밀려오고 강력한 태풍으로 인명 피해와 목숨을 잃는 사례가 많아졌다. 이런 수해를 직접 경험해 보지 않고는 물의 힘을 제대로 표현하기는 힘들 것이다. 무수천은 늘 물의 압도적인 힘을 체감하게 한다. 날카로운 각도를 자랑하는 암벽 등반과는 다른 결의 여행지다. 때로는 건천에서 뜻밖의 자연 풀장을 만나기도 한다. 예상하지 못한 일을 마주하면 기쁨은 두 배가 되는 법이다. 작은 웅덩이지만 물이 고여 수영장이 되어버리면, 무수천은 순식간에 나만의 재밌는 놀이터가 된다. 바위를 오르며 흠뻑 젖은 몸을 자연에 맡기고, 실오라기 하나 걸치지 않은 자연인처럼 물속으로 몸을 첨벙 던진다. 그렇게 아이처럼 한동안 시간 가는 줄 모르고 무수천 수영장을 개장하고 내 마음대로 폐장하면서 세상 시름은 저만치 밀어낸다.

지난 5월에는 원앙새 수천 마리가 한꺼번에 날아오르는 장면을 목격했다. 인적 드문 이곳에 서식지를 마련하여 살던 원앙새는 불청객이 못마땅했을 것이다. 갑자기 날아오르는 수천 마리의 원앙새 떼 덕분에 나도 순간 당황하고 놀랐다. 동굴에서 쏟아져 나오는 박쥐 떼에

놀란 것처럼 한동안 얼굴을 들지 못했던 기억이 있다. 그러다 사진 한 장 남겨보려고 고개를 힘차게 쳐들었는데 눈앞이 원앙새로 가득 채워져 하늘조차 볼 수 없었다. 원앙새가 뒤덮은 하늘은 마치 신천지에 들어온 듯해 한동안 황홀경에 빠져버렸다. 덕분에 그 환상적인 모습을 사진에 담을 시간은 순식간에 사라져 버렸다. 지금은 지형이 바뀌어 그 서식지를 찾을 수 없지만, 다시 만날 수 있다면 기쁨이 배가될 것이다. 무수천의 아름다움은 사진으로 다 담을 수 없다. 비가 쓸고 간 뒤, 다시 말없이 찾아오는 방법이 유일하다.

무수천 앞에는 해군 호텔이 자리하고 있다. 한 시대를 풍미했던 영화배우 엄앵란, 신성일 부부가 이 건물을 지었다는 말을 들었다. 이 소문이 진실이라면 그들도 무수천을 거슬러 올라가 이 풍경에 매혹되었을 것이다. 관광지로 찾는 이들이 무수천 같은 숨은 여행지를 찾아내기는 쉽지 않다. 그래서인지 아직도 인적의 발길을 허락하지 않아, 하천의 중심부를 가로지르는 여행이 가능한 곳이 되고 있다. 한라산 방향으로 가파른 등고선을 따라 오르는 일이 쉽지만은 않다. 누구나 이 아름다움을 나누고 싶지만, 동시에 오래도록 보존되기를 바라는 마음도 공존한다. 사람의 손길이 닿는 순간 오염으로 물들어 가는 제주를 너무도 많이 봐왔던 탓이다. 무수천이 청정 제주를 표방하는 곳으로 오래도록 남아주기를 바란다. 고향이 그리워지듯 무수천이 다시 그리워질 때 또다시 발길을 향해 보려고 한다.

 나는 우도 주민이 되기로 했다

유년 시절로
돌아간 하루

Y 형님은 나이가 들어도 유년 시절의 이야기가 그저 반갑고 즐겁기만 한가 보다. 하기야 우도에서 자란 아이들은 항상 바다가 친구고 놀이터였을 것이다. 누구에게나 유년 시절의 추억은 언제나 풍성한 이야기의 보고다. 유

년 시절을 반추할 때면 미소를 머금게 되고 얼굴은 이미 개구쟁이처

럼 변한다. 아직은 외계 언어처럼 느껴지는 우도 방언을 전부 알아듣지는 못하지만, 유년 시절로 돌아간 이야기를 나눌 때는 방언이 결코 걸림돌이 되지 않는다. 행복했던 지난날을 반추하는 일은 모두에게 공감되는 감정이기 때문일 것이다. 밤을 새우며 소주 한 잔 마실 때면 '나 때는 말이야'를 외치며 웃음꽃을 피우게 된다. 두런두런 유년 시절 이야기를 나누다 보니 Y 형님이 갑자기 "그럼 내일 바다 가서 옛날처럼 게를 잡아보자"라며 제안했다. 서울에서 여행 온 L 형님도 "저도 함께 가도 괜찮겠습니까?" 하며 호기심 어린 눈빛으로 동참 의사를 보낸다. 오랜만에 유년 시절로 돌아가 볼 생각에 설렘이 생기는 듯 내일 일정을 몇 번이고 다짐하면서 술자리를 마쳤다.

다음 날 우리는 같은 자리에 모여 게를 잡기 위한 채비를 시작했다. 게잡이 체험에는 생각보다 많은 준비가 필요했다. 게를 유인할 먹이가 필요했고, 낚싯대는 알맞은 길이로 만들어야 했다. Y 형님에게는 유년 시절부터 몸이 기억하는 놀이라 능수 능란하다. 배고팠던 시절, 양식을 구하는 일이었던 까닭에 더 자연스러운 모습인지 모르겠다. 먹을 것이 부족했던 시절 바다에서 생긴 생산물은 모두 허기를 채울 수 있는 밥이었을 것이다.

날씨는 쾌청하고 바람과 파도는 잠잠해서 게잡이를 체험하기에 딱 좋은 날이다. 햇살도 파도를 잠재워 주고 적당한 바다 온도를 만들어 주었다. 갯바위를 걷는 일이 익숙하지 않은 우리와 달리 Y 형님의 걸음걸이는 구름에 달간 듯하다. 평생 바다를 벗 삼아 지내온 Y 형님에게 울퉁불퉁한 갯바위는 그저 평탄한 길과 다름없다.

게잡이는 새우를 주요 미끼로 사용하고 돼지고기의 비계 부분을 주변에 흩뿌려 준다. 낚싯대는 즉석에서 짧게 만들어야 하고, 게를 유인하기 위해 적당히 비릿한 냄새를 풍기게 하는 젓갈류를 뿌려둔다. 나는 이 과정을 사진과 영상으로 촬영하며 여행자들에게 제공할 수 있는 프로그램이 될 수 있을지 고민해 보기로 했다. 갯바위에 자리를 잡은 후 낚싯대는 갯바위 구멍 사이사이에 쑥쑥 찔러 넣고 젓갈과 새우를 적당히 주변에 뿌려주며 여러 차례 같은 작업을 반복한 뒤 때를 기다렸다.

30분만 지나면 게들이 모여들 것이라며 그동안 보말을 채취해 보라는 Y 형님의 권유에 맑은 바닷물을 응시해 본다. 훤히 드러날 만큼 청정 바다는 자세히 보니 온통 음식 창고나 다름없다. 투명한 바다 아래에는 보말뿐 아니라 거북손과 조개 무리가 가득하다. 도시에서는 결코 경험할 수 없는 특별한 날이라 그런지 서울에서 온 형님도 열정 넘치게 채취에 나선다. 웃음꽃이 만발한 이유는 도시 사람들에게는 생경한 경험이기 때문일 것이다. 이 마을에서 삼 년을 보내고 있지만 게잡이는 내게도 첫 경험이다. 이렇게 귀한 체험을 영상과 사진으로 남기는 일은 무척 의미 있게 느껴졌다.

게잡이를 하는 동안 내내 "우리 어린 시절에는…" 하며 '나 때는 말이야'를 외치는 Y 형님은 이미 어린아이가 되어있었다. 옛이야기는 영웅담처럼 쏟아지고, 그 순간만큼은 마을의 어른이 아니라 순진무구한 아이의 영혼만 남아있다. 오늘 하루만큼은 유년 시절의 아름다운 기억만을 꺼내어 놓은 듯하다. 바다에서 보내는 이 특별한 체험 덕분에 우리는 모두 유년 시절 어딘가로 돌아간 하루를 보냈다.

4차 산업혁명 시대라고 명명된 현시대는 인간에게 공감 능력이 반
드시 필요하다고들 말한다. 공감 능력을 갖추지 못한 인간이 가장 먼
저 사회에서 퇴출당할 것이라는 경고도 심심치 않게 들린다. 바다에
서 보내는 하루가 우도 주민에게는 그저 평범한 일상일지 모르지만,
누군가에게는 죽는 순간까지 간직할 이야기가 될 수도 있다. 우리는
잠시나마 유년 시절로 돌아가 숨어 있던 감성을 깨웠고, 알지 못했던
감성을 발견하며 인생의 특별한 하루를 만들었다. 공감 능력이 시대
가 요구하는 덕목이라면, 자연은 그것을 가장 강력하게 끌어올리는
몰핀 같은 물질인지도 모른다. 인간은 도시보다 시골에서, 그리고 자
연 속에서 공감 능력과 감성 지수를 더 높일 수 있는 존재인지도 모르
겠다. 인간 본성에 각인된 유전자가 그것을 우리에게 말하고 싶은지
도 모르겠다. 나이나 지역, 부의 정도, 사회적 지위 같은 것들이 개입
되면 감성은 건조해지기 마련이다. 그렇지만 이런 허울들을 벗어 던
지면 웃는 시간은 늘어나고 인간미 넘치는 사람다운 모습을 만날 가
능성도 커진다. 더 많이 웃고 더 많이 떠들며 수다쟁이로 변할 수 있
다. 이런 시간을 좋은 사람들과 공유하다 보면 공감 능력은 덤으로 찾
아오는 것이 아닐까 싶다.

스피드하게 바뀌는 세상, 수많은 정보를 받아들이고 공부해야 하는
시대를 사는 우리는 언제나 시간에 쫓긴다. 배워야 할 것도, 알아야
할 것도 많은 세상에서 인간성은 희미해지고 개인주의만 팽배해진 듯

  나는 우도 주민이 되기로 했다

하다. "너무 바쁘다, 시간 없다"는 말을 입에 달고 사는 우리가 아닌가! 특히 가족 구성 단위마저 해체된 대한민국의 현실은 자본주의 사회가 아닌 약탈적 자본주의가 지배하는 나라처럼 보이기도 한다. 혼밥, 혼술, 혼영 등 혼자 놀이가 일상이 된 세상을 떠올리면 각박함이 더 크게 다가온다. 그래서일까, 로봇과 AI로 대변되는 차가운 디지털 시대보다 인간다운 온기가 남아있는 아날로그 시대를 그리워하고 있는지 모른다. 어쩌면 이것이 귀소 본능을 지닌 인간에게는 자연스러운 흐름이지 싶다. 그래서 이 시대를 살아가는 가장 필수적인 역량이 공감이라고 외치고 있는 것이 아닐까.

오늘처럼 속세의 근심과 걱정을 내려놓고 마음의 무게마저 덜어낸 하루가 얼마나 있을까. 자연에 첨벙 빠져있는 동안 감성은 최고조에 이르렀고, 우리는 서로를 공감하며 유년 시절을 소환하여 즐겼다. 색다른 체험은 우리의 감성을 더 빛나게 했고, 사라졌던 감성 지수를 끌어올려 인간으로서 조금 더 아름다워지는 날을 누렸다. 우도가 주는 자연 덕분이다.

누군가 내게 부자의 정의를 묻는다면 "오늘보다 더 나은 내일의 나를 만들 줄 아는 사람"이라고 답하고 싶다. 또 노년에 누구에게나 들려줄 수 있는 아름다운 이야기를 품고 있다면, 그 역시 부자라고 정의 내리고 싶다. 우도에서 사는 동안 나의 삶에는 늘 수많은 이야기가 저축되고 있다. 이런 소소한 행복을 하루하루 쌓아가다 보면 언젠가는 우도에서 제일 큰 부자가 되리라 믿어 의심치 않는다.

해가 뉘엿뉘엿 서쪽 하늘로 내려앉는다. 잡은 게는 죄다 새끼들뿐이라 다시 바다로 돌려주었다. 그래도 보말과 거북손, 조개 등의 수확이 있었고 망둥어 몇 마리가 오늘의 기쁨이 되어주었다. 자연에서 확보한 훌륭한 식재료 덕분에 술안주는 제대로 차려졌다. 해산물을 몽땅 쓸어 넣고 라면을 끓였다. 해물라면이 별것 있을까! 라면에 직접 잡은 해물을 가득 넣고 소주 한잔 기울일 수 있으면 그 자체로 훌륭한 요리다. 잡은 노고의 수고와 유년 시절의 행복, 함께한 사람들의 인정이 행복 양념이 되어 음식은 보약이 되어버린다. 이 보약을 안주 삼아 마시는 제주 막걸리 맛은 더욱 일품이다. 어제 늦도록 마신 숙취가 채 가시지 않았지만, 좋은 사람과 다시 잔을 기울일 수 있다면 주당으로서 그냥 지나칠 수 없다. 막걸리 한 사발에 웃음꽃을 피우는 이 시간이 그저 행복하다. 우리는 도원결의를 맺은 형제처럼 시절 인연의 의미를 부여하며 건배를 외친다. 오늘도 내 통장에는 풍성한 이야기 잔고가 하나 더 늘어났다.

우도 하늘
이야기

우도는 어떤 하늘을 가지고 있을까? 여명이 세상을 물들이는 순간부터 우도 하늘은 새로운 영감으로 온몸을 자극하며 정신을 정화시킨다. 형언할 수 없는 하늘빛은 새벽마다 황홀감으로 나를 감싼다. 제주 하늘을 촬영한 후

사진을 보정해 보면 필터 없이도 작품이 될 정도로 하늘은 청명함으

로 채워져 있다. 그러나 최근 급격한 인구 증가 탓인지 '청명한 제주'
라는 말이 무색할 만큼 자연이 아프다고 말하는 듯하다. 이제 제주 하
늘과 바다에서 느끼던 청정은 오염에 잠식당하고 있는 것만 같다. 이
안타까운 마음을 우도 하늘에서도 느낄 때가 있다. 아직 제주만큼은
아니지만, 언젠가 그렇게 변해버릴 우도 하늘이 아닐까 싶어 사진을
남겨두려 노력한다.

업무로 우도를 떠나기 전이면 조금이라도 더 봐두고 싶은 마음에
하늘을 멍하니 감상할 때가 있다. 주인을 기다리는 배낭은 주차해 둔
자동차처럼 거실 가장자리를 차지하고 있다. 먹을거리 몇 가지를 배
낭에 쑤셔 넣고 커피를 추출해서 텀블러에 담는다. 분쇄기에 원두를
갈 때는 묘한 흥분이 인다. 그라인더 안에서 이리저리 요동치며 굴러
다니는 원두 알갱이는 설레는 가슴처럼 느껴진다. 사각거리면서 부서
지는 소리는 청각을 묘하게 자극한다. 커피를 갈고 있는 순간부터 나
의 여행은 이미 시작되었다.

새벽에 나서지 않는다면 집 앞 하고수동 해변은 언제나 관광객으로
붐빈다. 2인용 전동차와 전기자전거가 뒤엉킨 해변은 이곳 주민들에
게는 그리 반갑지만은 않지 싶다. '커피집이 가장 많은 나라'라는 말을
축소해 놓은 듯 이곳에도 소박한 규모의 작은 카페들이 밀집해 있다.
우도에서 워싱턴야자가 유일하게 자라는 해수욕장이라 하고수동 해
변은 더욱 이색적인 색채를 띤다. 관광객들이 카메라 셔터를 누르느
라 바쁜 이유다. 하고수동의 CU편의점 앞 파라솔은 여행자들에게 로

 나는 우도 주민이 되기로 했다

망의 자리가 되는 듯하다. 쏟아지는 햇살이 파라솔 사이로 파고드는 순간, 동남아 어느 나라를 여행하는 느낌이 들지 싶다.

해변 가까이에 바짝 붙은 한 카페의 지붕 너머로 새털구름이 한 줄로 길게 흘러갈 때면 하늘은 그 자체로 장관이 된다. 끝을 알 수 없이 뻗어 있는 모습은 〈잭과 콩나무〉 속 콩나무가 하늘을 뚫고 올라가는 장면을 떠올리게 한다. 그 위에 떠 있는 뭉게구름 한 조각은 '라퓨타'를 연상시킨다. 푸른 하늘과 백색 모래사장이 그림처럼 어우러진 오늘이다. 해변 끝자락에서 강아지를 산책시키는 아주머니조차 풍경의 일부처럼 보인다. 하늘성에 갇힌 공주를 구해 내는 동화 속 주인공이 된 듯 상상의 나래를 펼치다 보면 절로 미소가 머금어진다.

하고수동 해변에는 작은 포토존이 있다. 가끔은 그 안으로 얼굴을 들이밀면 스스로 작품이 된 느낌이 들기도 한다. 그러다 어느 날은 정해진 프레임에 갇힌 하늘이 자유를 잃은 듯 보여 서글퍼진다. 경계가 생기는 순간 족쇄처럼 느껴지는 감각이 싫기 때문이지 싶다.

공식 명칭은 '우도봉'이지만 나는 늘 '우두봉'이라고 주장한다. 소가 누워있는 형상에서 유래한 지명이 우도라면, 소의 머리에 해당하는 이 봉우리는 우두봉이라 불러야 옳다. 정확한 명칭이 무엇이든 우두봉은 우도의 중심이자 명물 중의 명물이다. 가장 높은 곳에 있어 우도를 한눈에 내려다볼 수 있다. 정상에 선 등대는 솟대처럼 우뚝 서 있다. 높이에 눌려 목을 한껏 쳐들어 바라보면 경외심이 들기도 하고, 다른 세상에서 날아온 우주선처럼 느껴질 때도 있다. 우도를 걷다 보면 감각이 어느 순간 초현실로 미끄러져 들어가는 듯한 기분이 들기도 한다.

우도는 신들이 사는 세계처럼 느껴진다. 우두봉을 경계로 하늘계와 인간계가 나뉘어 있는 것처럼 보인다. 이곳의 신들은 관광이라는 이름으로 하늘계를 침범하는 인간들을 너그럽게 품어주는 듯하다. 검은 모래와 어우러진 마을은 바다와 함께 거친 삶을 살아냈다. 검멀레 해변 위로 하늘하늘 솜뭉치 같은 구름이 흩뿌려진 하늘은 바람이 스칠 때마다 또 다른 그림을 만들어 낸다. 우두봉에 한 발 더 가까이 다가서면 등대는 시야에서 사라지고 하늘만이 남는다. 가까이 보아야 아름다운 것이 있고, 한발 물러서야 비로소 보이는 예쁜 것이 있다는 법정 스님의 가르침이 검멀레 하늘에서도 여전히 울림의 가르침으로 돌아온다.

한 척의 보트가 둥근 물보라를 그리며 바다를 가른다. 모세가 홍해를 지팡이 하나로 가른 기적처럼 하늘과 바다는 그 보트 하나로 열려버린 모양새다. 바다는 흰 물살을 토해내고 하늘은 그것을 삼켜 무지개를 만든다. 우두봉 둘레를 한 바퀴 돌아 나오니 솟대 같은 등대가 다시 모습을 드러낸다. 어머니 품을 떠났던 자식이 제자리를 찾아 돌아온 느낌이다. 오래 품은 자식이 스스로 자립하기는 어렵다. 냉소적인 모습으로 자식의 독립을 종용하는 부모는 일면 냉정해 보일지 모르나 자식을 자립시키기 위해서는 냉소와 냉담을 견뎌내야 하는 법이다. 하늘처럼 넓은 가슴을 지닌다는 것은 때로는 옹졸해 보일 용기를 포함하는 일인지도 모른다.

 나는 우도 주민이 되기로 했다

　한반도 바위를 찾을 수 있는 '여'에 도착하니 허기가 진다. 이곳 정자에서 바라보는 바다 풍광은 대한민국 최고라고 자평한다. 가끔 이 정자에서 텐트를 치고 밤새 성산일출봉을 바라보면서 밤을 지새운다. 개인 정자처럼 풍류를 즐기는 선비로 살 수 있게 해주는 고마운 정자다. 등산 장비를 꺼내고 어묵탕과 라면을 끓인다. 전문 장비는 걷기 여행에 필수 충분조건이다. 이 장비 덕분에 걷기 여행의 참맛을 매번 알게 된다. 가끔 미처 챙기지 못한 수저나 연료 때문에 곤란을 겪기도 하지만 이것 또한 걷기 여행의 묘미다. 허기에 허기를 보태는 날은 길에서 대충 끓인 어묵탕과 라면이 잊지 못할 식사가 된다. 진짜 잊을 수 없는 여행은 고통과 시련의 크기만큼 더 강렬한 기억으로 남는 법이다.

　편의점이 가까이 있는 날은 행운이라 여긴다. "컵라면과 구운 계란을 파는 대한민국 만세!" 환호하며 감사하는 마음으로 허기를 채운다. 여행의 참 묘미는 늘 예상하지 못한 순간에 생겨난다. 문득 '만세'라는 말이 감사해진다. 우리에게 너무도 익숙한 단어지만 고종황제께 감사해야 할 단어다. 대한제국을 개국하고 황제 자리에 등극하지 않았다면 아직도 우리는 '만세'가 아닌 '천세'를 사용해야 할지도 모르니까 말이다. 컵라면을 물끄러미 응시하고 있는 길고양이 한 마리가 오늘 여행길 동무가 되어주는 것도 고마운 일이다. 혼밥으로 배를 채우고 있는 내가 측은해 보이는 모양이다.

　식사 자리를 털고 일어나 천진항으로 나아간다. 천진항은 연간 100

만 명의 관광객 입도를 책임지고 있는 우도의 중심 항구다. 멀리 여객선이 하늘 속으로 들어왔다. 천진항의 하늘은 북쪽 끝에서 갈라지며 풍랑의 세기도, 방향도 달라지는 지역이다. 풍랑이 달라지는 만큼 파도도 달라진다. 구름이 조각조각 흩어지고 무질서해진 수평선은 정돈의 질서로 들어오려고 한다.

천진동에서 바라보는 한라산이 가장 아름답다는 의미로 '천진관산(天津觀山)'이라 불리는 우도 팔경이 있다. 이곳에서 발견하는 백록담은 언제 보아도 수묵화 같다. 천진동은 올레길 출발점인 종달리 지미봉을 가장 가까이에서 볼 수 있는 마을이자, 성산일출봉과 우두봉을 또렷하게 조망할 수 있는 곳이다. 우도에서 등고선이 가장 높은 지역이라 풍광이 좋은 곳은 대다수 천진동에 있다고 해도 과언이 아니다.

바람의 격랑이 구름을 그림으로 만들고 그 구름은 다시 흩어져 들판을 타고 돌아 바다를 덮는다. 흩어지고 모이기를 반복하는 구름 덕분에 천진동 하늘은 색채의 마술을 부린다. 시력을 잃어가면서도 희미한 빛 속에서도 영롱한 색채를 창조한 모네를 닮은 듯하다. 이곳의 먹구름을 보고 있노라면 가면을 쓰고 살아가는 인간의 모습이 겹쳐 보이기도 한다. 누구나 가면을 쓰고 살아간다. 가면의 두께만 다를 뿐이다. 정직이란 무엇인가? 가식 없이 사는 것이 정직이라면 과연 그런 인간이 얼마나 있을까, 생각이 드는 천진동 하늘이다.

천진동을 거쳐 서빈백사로 발길을 옮긴다. 산호사 해수욕장이라고 불리는 이곳 바다는 에메랄드빛을 품고 있다. 세계에서 단 세 곳밖에

 나는 우도 주민이 되기로 했다

없다는 홍조단괴 모래가 깔린 해변이다. 모래라기보다는 부서진 산호 알갱이에 가까워 한 움큼 집어도 모래처럼 손에 묻어나지 않는다. 이 해변의 진가를 아는 이는 그리 많지 않은 듯하다.

천진동에서 썼던 가면은 이곳에서는 말끔히 벗어야 할 것 같다. 구름 한 점 없이 드러난 서빈백사의 하늘은 그저 에메랄드빛 바다와 어우러져 덤덤하다. 우도의 바다는 동서남북마다 서로 다른 빛을 품고 있다. 햇살이 쏟아지는 날에도, 흐린 날 파도가 몰려와도 아름다움은 결코 변치 않는다. 각자의 명암으로 자기 몫의 훌륭한 빛을 발산하기 때문이다. 올레길을 알리는 이정표와 깃발이 하늘하늘 나부낀다. 저 멀리 보이는 하우목동항이 손짓하는 걸 보니 발걸음을 조금 빨리 해야 할까 보다.

하우목동항으로 들어오는 도항선은 곧 관광객들을 토악질하듯 내뱉을 것이다. 이곳 마을 주민들은 해상케이블카 사업이 반려된 사실에 민감하다고 한다. 이런 대형 사업들이 추진되면 언제나 섬은 시끄러워진다. 각자의 이해관계가 얽힌 탓에 편 가르기로 한바탕 광풍을 맞아야 한다. 제주에서 15분이면 도항할 수 있는 이 섬에 불과 1.7km 남짓 교량이 건설되지 못하는 사연만으로도 시끄럽기만 하다. 도항선을 여객선으로 바꾸거나 해중공원이나 포구에 담벼락을 만드는 일 등 굵직한 사업이 제안되고 있다. 우도 마을 주민 모두가 행복해지는 사업이 추진될 수 있기를 바랄 뿐이다.

다만 더 이상 우도의 자연이 훼손되는 일은 없었으면 한다. 자연을 훼손하는 첫 주자가 인간이라는 사실을 코로나19 시절 너무도 명징하게 알게 되었지 않은가! 천연기념물로 보호되는 모래와 돌을 가져가지 말라고 엄포 문구를 써두어도 은근슬쩍 가져가 버리는 관광객 탓에 모래사장 넓이는 계속 줄어든다. 어떤 사업을 하든지 이 섬의 자연은 온전하지 못할 것이 불 보듯 뻔하다. 우도 하늘의 아름다움을 더 이상 볼 수 없는 시간이 다가오는 것만 같아 슬프다.

하우목동 마을 앞에 있는 해양 경찰서의 태극기가 펄럭거린다. 파출소 앞 넓은 시멘트 광장은 삭막해 보이지만 마을버스가 출발하고 종착하는 중요한 역할을 한다. 삭막한 정류장 맞은편 들판은 억새가 한들거리고 마늘과 부추 같은 생명을 잉태하고 있다. 자연의 생장을 더 많이 품고 있는 이곳 하늘은 그래서 더 풍성해 보이는지 모르겠다. 수확을 기다리는 들판은 농산물을 품고 있는 가을 하늘이다. 다산을 기다리듯 넓고 풍요롭게 품어내고 있다. 바람의 결이 달라지는 시간이 되었나 보다. 멀리 지미봉에 걸쳐진 구름이 흩어지기 시작했다.

하우목동항은 우도의 입출도를 담당하는 두 번째 항구다. 바다의 깊이가 달라지는 날엔 천진항은 멈추고 하우목동항만이 기능을 한다. 오늘은 여느 때보다 단체 관광 온 '육지 것들'이 넘치는 날인 모양이다. 이 말을 자연스럽게 쓰는 것을 보면 나도 우도 주민이 다 되어버린 게 아닌가 싶어 웃음이 난다. 이들 눈에는 나도 분명 육지 것들로 보일 텐데 말이다.

바람이 다시 구름을 모으고 있다. 올레길을 알리는 리본이 직각으

 나는 우도 주민이 되기로 했다

로 섰다. 바람의 세기가 달라졌음을 알려주는 신호다. 먼바다 위로 듬성듬성 떠 있던 구름이 다시 하나로 모여 검은 먹구름이 되고, 맑았던 하늘은 금세 비를 품은 얼굴로 바뀐다. 검은 먹구름은 이제 수평선조차 완전히 가려버린 형국이다. 수확을 기다리는 땅콩은 바람을 피해 몸을 움츠리면서 숨는 듯하다. 돌담길 사이에 늘어선 키 큰 칸나의 허리가 부러질까 걱정스럽다. 곧게 뻗은 올레길과 구불구불 돌담길 사이를 가르는 바람은 세찬 한숨을 토해내고 지나가길 여러 차례다. 곧 쏟아질 비를 대비해야 하지 싶다. 이 급한 와중에도 주황색을 칠한 지붕이 이채로워서 눈에 들어온다. 몰려드는 먹구름과 잘 어울리는 색 같아서 미소가 지어진다. 이 날씨가 아니라면 못 볼 색채이기에 한 장의 수채화처럼 다가온다. 카메라를 물에 익사시키지 않으려면 미리 준비해야 한다.

농기구가 아닌 건설장비가 우도 곳곳을 장악하고 있다. 관광객이 많아진 만큼 건설 경기가 호황이다. 여기저기 건설장비 소리가 우도를 우렁차게 채우고 있다. 거묵스러워진 하늘은 거대한 장비를 삼켜버릴 것만 같다. 음식점, 소품집, 카페, 펜션… 호황이 아닌 곳이 없을 정도로 활기찬 우도다. 즉석 음식을 파는 아낙 한 분과 두런두런 나눈 이야기는 기회의 땅 우도를 보게 한다.

"저는 서귀포에서 출퇴근해요."

"한 시간이 넘게 걸리는 출퇴근길이 피곤하지 않나요?"

"나한테 잘 맞는 일이고 돈도 생기잖아요!" 하며 서글서글한 미소로

환하게 웃는다. 그 미소가 우도 하늘과 닮았다. 검은 하늘로 뒤덮여 가는 우도 하늘을 보면서 하늘 담기 여행은 끝냈다.

네다섯 시간이면 한 바퀴 완주할 수 있는 작은 섬 우도다. 그 섬을 오늘처럼 종주하다 보면 우도가 얼마나 정겨운 섬인지 알게 된다. 아름다운 하늘이 아직 우도를 지켜내고 있어 감사하다. 청정 제주가 밀려난다 해도 청정 우도는 남아있었으면 하는 바람이다. 시간마다, 계절마다 다른 색채를 띠고 있는 하늘이 있어 더 아름다운 우도가 된다는 것을 알기에 이 섬이 더욱 사랑스럽다. 15세기에 기록인 『속보상절』에는 '아름답다'라는 말을 이렇게 풀이했다고 한다. '아름'은 '나'라는 의미인데, '나답다'는 곧 '아름답다'와 동의어인 셈이다. 우도가 아름다워지는 건 나다워야 하는 것이고, 우도의 하늘이 아름다워지려면 내가 아름다워야 한다는 뜻일 것이다. 나는 우도에서 나답게 살아가기를 희망한다.

PART 2

사람이 섬이다

함께 살아보는 연습

우도
독서 모임 이야기

"선생님, 우리 책 축제하는데, 영상 하나 만들어 줄 수 있으세요?"

독서 모임 회원이 된 지 얼마 지나지 않아서 처음 받아본 청탁이었다. 내가 토착민들과 가까워지게 된 계기는 독서 모임이었다. 글쓰기 강의를 하면서 출판 준비를 하고 있던 나에게 가장 의미 있는 모임이 될 수 있겠다 싶어 가

나는 우도 주민이 되기로 했다

입했었다. 이 섬에서 책을 통해 대화하는 모임이 있다는 사실만으로
도 무척 반가운 일이었다. 한 달에 한 번 모임을 가진다는 이 모임에
참여하지 않을 이유가 없었다. 늘 여행처럼 다니던 우도였던지라 온
전히 우도 주민으로 정착하게 된 계기도 이 모임이 시작이었다. 매월
한 번 이 모임에 참여하기 위해서는 육지에 나가 있어도 모임 일정을
지키기 위해서는 비행기를 타야 했으니 자연스럽게 정착민이 될 수밖
에 없었던 것이다.

독서 모임은 문화적으로 열악한 우도를 지켜나가는 몇 안 되는 동
아리 모임 중 하나다. 이 섬에 하나밖에 없는 도서관이 중심이 되어
마을의 대소사를 챙기고 마을 어른들과 소통하며 지내는 모임이다.
또 매년 책 축제를 열어 마을 아이들에게 책의 귀중함을 알리고 책과
가까워지는 시간을 제공하기도 한다. 아이들에게 축제일은 신나게 뛰
어놀 수 있는 하루다. 도서관을 지켜내기 위해 독서 모임 회원들과 의
식 있는 마을 주민들이 기꺼이 자원봉사자가 되어 사서 일을 돌아가
면서 해낸다. 덕분에 우도의 아름다운 정신과 전통을 지켜내는 첨병
역할을 하고 있다. 나는 직접적인 자원봉사자로 활동하지는 못하고
있지만 오늘처럼 영상을 만들거나 사진을 출력하는 일에 간혹 참여하
게 되면서 이 모임에 더 큰 애정을 가지게 되었다. 독서 모임은 회원들
의 집이나 매장을 장소로 정하고 매번 옮겨가면서 모임을 진행한다.

내가 회원이 되기 전에는 소설 위주의 책을 많이 읽어왔었다면서

편식에서 벗어나 보자며 내게 책을 추천해 주길 요청했다. 그래서 도서의 장르를 조금 바꾸어 읽는 시도를 시작했다. 아마도 늦게 참여한 회원에 대한 배려이고 이방인이 가질 수 있는 괴리감을 중화시켜 주려는 넓은 마음 씀씀이가 아닐까 싶었다. 독서 모임이 있는 날이면 왠지 모를 설렘과 기대가 생긴다. 전혀 알지 못했던 사람들의 이야기가 흥미롭고 마을 곳곳의 과거와 현재 그리고 미래를 듣는 것도 즐거운 일이 되어주었기 때문이다. 몰랐던 마을 소식들을 정통하게 들을 수 있어 이 마을의 깊숙한 내면을 들여다보는 즐거움도 빠질 수 없다. 대다수의 독서 모임이 그러하듯 다양한 사람들의 다채로운 시선을 발견하는 즐거움이 있어 좋다. 같은 책이라도 성별에 따라 다른 생각을 가지기 마련이고, 다른 직업군에 따라 다른 시각을 말한다. 특히 같은 주제를 두고 회원들의 성향이 확연히 다를 때에는 이야깃거리가 더욱 풍성해진다. 보태어 육지 사람들이 알지 못하는 독특한 섬 문화를 가진 사람의 이야기는 특화되고 생경한 것들이 많다는 점에서 모임은 유익한 보물 창고와 다름없다.

최근 '슬픈 시리즈'로 알려진 책 세 권을 읽고 있다. 인류의 스승으로 불리고 있는 세 사람의 일대기를 다룬 『슬픈 붓다』, 『슬픈 공자』, 『슬픈 예수』를 함께 읽기 시작했다. 인류의 보편적 가치를 전파하는 데 사랑과 희생을 아낌없이 베푼 세 스승의 이야기를 한 번쯤은 되살펴 보면 좋을 것 같아서 추천한 책이었다. 덕분에 더 많은 의견과 격론의 토론을 펼치는 시간을 가질 수 있었다. 인간을 신격화하게 된 세

     나는 우도 주민이 되기로 했다

스승의 이야기를 두고 다양한 생각을 나누면서 종교에 대한 시선을
각양각색으로 해석할 수 있어 좋았다. 다신의 민속종교가 일상화되어
있는 섬사람들이 가지는 종교에 대한 유연성은 생각 이상으로 넓다는
것도 알게 되었다. 그 속에서 편식 가득한 나의 독서 습관을 확장하는
계기가 되어 개인적으로 성숙의 시간을 가질 수 있게 된 것도 큰 수확
이었다.

『슬픈 공자』 이후에 읽게 된 『슬픈 예수』 책이 절판되어 책이 구해
지는 동안 잠시 쉬는 마음으로 읽어보자고 추천한 책이 있었는데 프
랑스의 작가 아니 에르노의 『단순한 열정』이었다. 남녀 사랑 이야기
는 동서고금을 막론하고 풍성한 주제 거리다. 더구나 불륜의 사랑을
다룬 이야기는 언제나 더욱 흥미롭기 마련이다. 보통의 사람들이 겪
어보지 못한 타인들의 추체험이기 때문일지 모르겠다. 윤리의 경계
선을 해석하는 데 있어 저마다 가치관이 다르다는 점에서 각양각색
의 의견들이 불꽃처럼 개진된 덕분에 두어 시간이 어떻게 흘러갔는
지 모를 정도였다. 이런 다양한 주제를 통해 다양한 가치관을 듣는
시간을 보내면서 회원들과 많이 친해질 수 있었다. 독서 모임 덕분
에 의식을 성장시키고 정신적 성숙을 배양하면서 마을 주민들과 조
금 더 거리를 좁혀갈 수 있어서 행복한 시간이 되어주었다. 최근에는
회원들이 한 권씩 책을 추천해 보자는 의견 덕분에 더욱 다양한 장르
의 책을 접하고 있다. 올 한 해는 회원들의 추천 책을 접하다 보면 편
식증에 걸려있는 독서가 균형 잡힌 독서로 나아갈 수 있지 싶어 여간

기쁘지 않다.

책을 통해 사람의 관계를 이어가고 인연의 외연을 넓혀간다는 것은 개인적으로 참으로 의미 있는 일이라 여긴다. 사람과 책이라는 인연은 인생을 바꿀 수 있을 만큼 강력한 힘을 가진다고 믿는다. 특히 한 권의 책이, 한 줄의 문장이, 하나의 어휘가 인생 전부를 송두리째 바꾸는 변곡점이 되기도 한다. 책이 주는 힘이라는 것을 누구보다 철저히 경험했던 나로서는 책을 통해 맺은 인연이 더욱 소중할 수밖에 없다. 섬이라는 좁은 울타리 속에서도 책을 통해 아름다운 문화를 꽃피우고 가치 있는 마을로 만들어 나가는 마음은 공동체를 이끌어가는 데 있어 가장 소중한 정신문화가 아닐까 싶다.

또 우도의 미래라고 할 수 있는 우도의 아이들은 책을 접하고 읽을 공간이 부족하다. 이런 불리한 여건에서도 독서 모임은 단순히 모임에서 끝나는 것이 아니라 아이들의 미래가 마을의 미래라는 생각으로 활동하면서 아이들의 미래를 견인하고 있기에 더욱 가치가 크다. 또 마을 어른들과 함께 책을 주제로 나들이 행사를 기획하고 마을의 축제가 될 수 있도록 이끌어 가는 것은 세대를 연결하는 중요한 교두보의 역할이 되고 있다. 그래서인지 모임이 있는 날 참석하지 못한 회원들이 생기면 회원님들이 보고 싶어지고 궁금해진다. 근황의 궁금증이기도 하지만 건강에 대한 걱정이기도 하고 우환이 아니길 바라는 애정의 마음이기도 하다. 많지 않은 회원들이기에 한 분이라도 힘든 일을 겪고 있다면 왠지 우도가 제대로 돌아가지 않을 것 같은 느낌이 든다. 남들이 인정해 주지 않고 알아주지 않는다 해도 묵묵히 미래를 만들어 가는 분들이기에 마을에서는 가장 중요한 위치에 있는 분들이라는 생각을 가지고 있다. 남들이 보지 않는 곳에서도 자신의 할 일을 묵묵히 해나가고 있는 분들이기에 모든 면에서 배울 점이 가득하다. 독서 모임의 회원들이 조금 더 많아진다면 더 많은 일을 해나갈 수 있지 않을까 싶은 생각도 든다. 문턱을 만들기보다는 문턱을 낮추어 모임의 아름다운 정신을 함께 공유하고 더 넓은 활동 영역을 만들어 갈 수 있었으면 하는 바람이다.

나는 독서라는 매개 덕분에 우도에서 더 행복한 삶을 살고 있다. 독서 모임의 한 분 한 분이 가지고 있는 정서와 따뜻한 마음이 언제나 고맙고 존경스럽다. 또 이 마을의 미래를 걱정하는 마음들이 진중하게 느껴지기에 항상 배움의 자세를 잃지 않게 하는 분들 곁에 있는 기쁨이 있다. 기회가 된다면 우도에서 아이들에게 독서와 글쓰기를 가르치는 일에 동참할 수 있기를 희망해 본다. 작은 일이라도 참여하여 독서의 중요성을 이야기해 주고 독서와 글쓰기의 의미가 미래를 만드는 일이라는 것을 가르쳐 주고 싶다. 그리고 다음 세대 아이들이 예쁘게 자라서 이 마을의 아름다운 가치와 전통을 이어갔으면 한다. 독서 모임이 있어서 아이들의 성장에 자양분이 되고 미래의 길라잡이가 되어주고 있어 다행스럽고 감사하다. 이 아이들이 성장하여 우도를 더욱 멋진 마을로 만들어 간다면 우리 모임은 올바른 역할을 해내고 있는 것이 분명하다.

우도 여행자를
만나는 즐거움

우도마을 여행공동체를 만들면서 생긴 즐거움 중 하나는 다양한 사람을 만날 수 있다는 것이다. 은퇴 기념으로 부부 여행을 우도를 선택했다는 여행자부터 30년 만에 자기가 사는 고향을 처음 벗어났다는 사람도 있다. 친구들과 여행이 처음이라고 말하고, 여행의 고수처럼 씩씩하게 혼자 여행 온

나는 우도 주민이 되기로 했다

초보 젊은이도 만날 수 있다. 특히 여성 전용 게스트하우스에 머물면서 혼자만의 여행을 감행한 용감무쌍한 아가씨의 모험을 보면서 생동감 넘치는 기운을 얻기도 한다. 여행의 목적이 다르고 각자 여행의 사연이 다르지만 여행하는 동안 약간의 긴장감을 가지는 마음가짐은 그리 다르지 않다.

우도는 걷기에는 제법 넓은 섬이고 교통수단을 활용하여 여행하기에는 조금 좁게 느껴지는 섬이다. 그래서 여행자 대다수는 걷기보다는 전기자전거나 2인용 전동차를 주로 이용한다. 사실 전동차나 전기자전거가 도입된 것은 넘쳐나는 렌트카 문제를 해결하기 위한 고육지책이었다고 한다. 그런데 이제는 이 교통수단이 우도를 찾는 이유가 되는 모양이다. 여행자 중에는 이 교통수단을 타보는 재미를 느끼기 위해 왔다는 사람이 꽤 있다. 이들에게 지도를 펴두고 우도 여행 정보를 세세하게 안내해 주면 언제나 감사하다는 말로 기쁨을 돌려준다. 때때로 숙박 여행자들은 여행자센터 문을 닫을 즈음에 찾아와 커피한 잔이 필요하다면서 문을 두드리곤 한다. 이런 날에는 닫으려던 문을 다시 활짝 열고 서로의 여행 경험 이야기를 나누면서 한바탕 대화의 장이 열리기도 한다. 가끔 마음이 맞는 여행자를 만나면 술 한 잔을 기울이는 기회도 생긴다. 왠지 모르게 마음이 가고 붙임성이 좋은 여행자를 만나는 날에는 여행 정보를 공유하면서 세상 이야기로 밤새워 꽃 피우기도 한다.

나는 특히 MZ세대 여행자들과 이야기하는 시간이 즐겁고 행복하다. 작은 섬에서 살다 보니 바깥세상 소식이 궁금하기도 하지만 무엇보다 요즘 젊은 세대들의 생각을 들을 수 있어 좋다. 아직은 경험이 일천한 친구들이지만 여행 경험을 어느 정도 가지고 있는 젊은이들의 이야기 속에는 뜻하지 않은 방대한 정보가 담겨 있어 귀 기울이게 된다. 이런 친구들의 생각을 듣다 보면 무한한 성장 가능성이 엿보여서인지 괜히 미소가 머금어진다. 이 친구들이 미래에 어떤 모습이 될지 기대되고 미래의 희망을 발견한 것 같아 기쁘다.

마을 공동체가 주는 여행 미션을 수행하고 돌아온 여행자들의 반응을 보는 것도 즐거운 일과 중 하나다. 미션이라고 해봐야 그리 어려울 것도 없다. 우도의 아름다운 풍광을 사진에 담고, 자신이 운영하는 개인 SNS에 해시태그를 사용하여 업로드하며, 우도를 여행하면서 회원 공동체 매장을 방문하여 필요한 부분을 주문하고 약속된 스탬프를 받으면 된다. 이 세 가지 미션을 수행하다 보면 자연스럽게 우도의 구석구석을 여행할 수 있고 우리 여행공동체가 찾아둔 계절별, 테마별 숨은 여행지까지 두루두루 돌아볼 수 있다. 우리가 알려주지 않으면 발견할 수 없는 우도 여행의 꿀팁 정보를 받고 여행한 사람들은 우도에서 기억에 남는 여행이 될 수 있도록 해주셔서 감사하다며 인사로 보람을 돌려준다.

우도 올레길을 걷기 위해 오는 여행자들은 여행공동체의 여행권이 무척 유용하다고 이구동성으로 칭찬한다. 우도 올레길 코스는 4~5시간 정도면 넉넉히 완주할 수 있다. 걷다가 목이 마르면 음료를 무료로 제공하는 회원 업체를 방문하면 반갑게 반겨주며 갈증을 해소할 수 있다. 배가 고프면 무료 제공하는 식당에서 식사를 하면 된다. 젊은 이들 대다수는 전기자전거를 이용하는데, 여행권을 잘 활용하다 보면 무료 서비스 회원 공동체가 코스 사이사이에 있어서 인기 만점이다. 이렇게 우도 여행을 마친 여행객들이 마지막으로 들리는 곳은 여행자 센터다.

미션을 수행하고 나면 보상 리워드로 증정하는 우도 여행 완주증과 축하 선물을 시상한다. 우도 여행 완주증을 받는 여행객들은 서로 기뻐하고 축하하는 시간을 가진다. "20년 만에 상장을 처음 받아본다"며 어린아이처럼 기뻐하며 인증 사진을 찍는다. 또, "학교 때도 안 받아본 상장을 지금 받아본다"며 너스레를 떠는 여행자들도 있다. 한결같이 우도 여행에서 멋진 추억을 쌓게 되어 기쁘다는 말로 자축하면서 즐거움을 표한다. 여행자들의 얼굴에 피어나는 미소를 보면서 나는 기쁨이 배가 된다. 사실 생각해 보면 그저 종이 한 장에 상장 내용을 인쇄했을 뿐인데도 여행자들에게는 기쁨이 생기고 감수성은 MAX가 되나 보다. 우도 여행자를 만나는 기쁨은 뭐니 뭐니 해도 여행자의 미소와 웃음에 있지 싶다. 우리가 만든 여행프로그램이 성공적임을 증명받고 여행자들의 감성까지 생각한 프로그램이라는 점에서 서로가 기쁨을 가질 수 있는 것이 아닐까 짐작해 본다.

여행공동체가 운영하는 여행권을 개발하고 판매하면서 생각 이상으로 마주하는 어려움이 많다. 공동체 협업이긴 하지만 협동조합이나 사회적 기업처럼 완전한 공동체 조직을 갖추지 못해서 말들이 많다. 그렇지만 누구도 해보지 않는 길을 가는 것이기에 성공의 여부를 가늠할 수 없다는 점에서 회원들에게 자본 출자를 쉽게 권할 수 없는 난제가 있다. 모험적으로 함께 출자하고 자발적으로 참여하는 일이 되면 좋겠지만 리스크를 감수할 용기는 대다수에게 요원한 것이 현실이다. 가시적인 결과가 보이지 않는다면 공동체 회원에게 출자 문제를 안건에 올리기 어려운 것이 현실이다. 무엇보다 이 시도가 실패로 끝났을 때 피해를 입어야 하는 회원 업체들을 생각하면 공동체 구성을 위한 자본 출자는 더욱더 신중해야 하는 일이다. 이 사업이 자연스럽게 순항하기까지는 아직 갈 길이 먼 것도 사실이기 때문이다. 그렇지만 우리 여행공동체의 여행권을 이용하는 여행객들이 조금씩 늘어나는 것은 반가운 현실이다. 또 각 회원 매장이 여행자를 공유하면서 고객을 확보하는 성과를 내고 있다는 점에서 긍정적인 시그널로 판단된다.

마을 공동체의 일이 아니라 해도 우도의 미래를 생각하면 어떤 방향이든 새로운 방법으로 새 에너지를 불어넣어야 한다는 것은 분명한 명제다. 우도 이미지를 격상시키고 장기적인 시각에서 우도 미래를 고민하는 차원에서 우리의 활동은 무척 중요한 가치를 담고 있다고 여긴다. 어떤 가치와 미래 비전을 가지고 있느냐에 따라 공동체 문화는 달라질 것이다. 우리가 올바른 길을 가고 있느냐를 늘 고민하는 이유다. 여행자들이 행복한 얼굴로 응원해 주고 기뻐하면서 잊지 못할 여행길이었다는 표현을 해줄 때면 올바른 방향으로 가고 있다는

 나는 우도 주민이 되기로 했다

것을 증명받는 것 같아 감사한 마음이 가득하다. 인내하는 마음으로 묵묵히 나아가다 보면 여행자를 만나는 기쁨이 반드시 더 많아지리라 확신하면서 오늘도 오늘 할 일을 내일로 미루지 않으며 하루를 마감한다.

그날

우도를 처음 찾았던 11월의 그날이 생각난다. 어릴 적부터 멀미가 심했던 나는 버스뿐 아니라 기차를 타도 다르지 않았다. 그러니 배를 타는 것은 오죽했으랴! 그래서 나의 여행 길은 언제나 배를 타기보다는 기차를 타는 쪽을 선택했고 버스를 타야 한다면 가능하면 걷는 쪽을 택하는 보행족

 나는 우도 주민이 되기로 했다

여행자였다. 덕분에 육로 여행에 익숙한 사람이 되었고 걷기를 생활화하게 되었다. 제주 도민으로 10여 년의 삶을 살면서도 우도를 한 번도 들어오지 않았던 이유는 역시 극도로 싫어할 수밖에 없었던 뱃멀미에 대한 두려움 때문이었다. 그렇게 나이가 한 해 두 해 먹다 보니 어느새 멀미는 거의 자연 치유되어 약의 힘을 빌리지 않아도 될 정도가 되었다. 덕분에 바다를 한 번 건너 우도를 여행하기로 했고 그 도전(?)의 결실로 우도 주민이 되어버렸다. 배를 잘 타지 않았던 탓에 섬을 찾아 여행한다는 것은 무척 생경한 일이었다. 우도는 제주 본 섬과 불과 1.7km라는 짧은 거리에 있어 15분 정도 배로 이동하면 된다는 점에서 용기를 낼 수 있었다. 섬 여행을 전혀 해 보지 않았던 것은 아니었지만 우도는 여타의 섬과는 다른 느낌이 있었다. 도항선을 타고 우도를 건너면서 바라본 우도 전체의 모양이 얼마나 신비하게 보이던지…. 그때는 그 풍광이 '전포망도(前浦望島)'라고 불리는 우도 팔경 중에 하나라는 사실을 알지 못했다. 그렇게 찾게 된 우도 여행은 도착과 동시에 작가에게는 최적의 자연환경을 제공하고 있다는 사실을 단번에 눈치챌 수 있었다.

우도 여행을 떠나기 전 지인들을 통해 섬 여행 방법과 우도 정보를 두고 이런저런 조언을 들었다. 대다수 의견은 습기로 인해 느끼는 찝찝함과 섬 특유의 냄새가 육지인에게는 적응하기 어려운 일이라며 가능하면 맑은 날 들어가는 편이 좋다는 조언을 주는 이들이 많았다. 더구나 11월의 섬 바람은 견디기 힘들 정도로 추워서 생각보다 힘들 것이라고 했다. 또 멀미를 못 견뎌 하는 나를 잘 아는 친구 녀석은 은근히 겁까지 주었다. 청개구리 성향처럼 반골 기질을 타고난 나는 주변 지인들의 부정적인 조언들 때문인지 우도가 더욱 호기심 가득한 섬으로 동경되어 여행의 열의가 올라왔다. 본능적으로 나의 감각은 그런 조언들이 비현실적으로 다가왔다. '옷을 사거나 작은 생필품을 사도 자신의 눈에 쏙 들어오는 것이 있어서 주인이 따로 있다'고 말한다. 사랑에도 콩깍지가 씌어 제 눈에 안경이 되면 절대 바뀌지 않는 애정이 피어나듯 열의가 가득해져 버린 내게는 이미 콩깍지 호르몬이 정열로 바뀌어 우도가 머릿속에 꽉 차게 되었다. 지인들의 기우에도 불구하고 정주민이 된 것을 보면 우도는 나만의 안경을 쓰고 나만의 세상을 만들게 된 운명적인 섬인지도 모르겠다. 우도는 보이는 풍광 하나하나가 모두 그림이고 글감이다. 수필을 쓰는 일이 나의 전공이 아님에도 우도를 여행하는 내내 전업 수필 작가가 된 듯 글을 남기고 또 기록하며 지내고 있다.

우두봉 꼭대기에서는 성산일출봉과 지미봉 방향으로 눈을 돌려 따라가면 톨칸이(제주 방언으로 소 여물통이라는 뜻이다)까지 이어지는 곳을 '지두청사(地頭靑莎)'라고 하는 우도 팔경 중 하나다. 11월의 세찬 바람을 맞으면서도 지두청사를 바라보고 있으면 우도 팔경 중 하나가 된 이유를 충분히 공감할 수 있다. 검멀레 아래에 있는 마을을 '영일동'이라고 부른다. 영일동의 돌담을 따라 바다가 내려다보이는 곳은 우도에서 유일하게 전신주가 하나도 없는 지역으로 깨끗한 사진을 담을 수 있는 공간이다. 이곳을 나는 '우도의 지평선'이라고 명명했다. 덕분에 우도의 지평선에서 좋은 사진을 많이 남길 수 있었다. 등고선이 바다보다 약간 더 높은 곳에 위치한 영일동은 돌담과 어우러져 우도 바다의 윤슬을 더욱 빛나게 볼 수 있는 장소다. 또, 물이 귀했던 우도는 1997년도에 와서야 담수장이 완성되어 식수의 숨통을 틔웠다. 2008년도 담수장이 문을 닫고 현재는 제주 본 섬과 해저로 상수도가 이어져 수돗물을 자유롭게 사용하고 있다. 우도 식수원의 책임을 다한 담수장은 폐쇄되어 이제 문화공간으로 거듭나길 기다리고 있다. 제주 문화재단과 우도 마을이 공동으로 협의하여 문화 재생 사업을 한다는 소식이 들려온다. 사용하지 않는 공간을 그저 폐쇄하지 않고 문화를 주제로 마을 주민과 의미 있는 공간으로 만들어 나가는 일은 무척 반가운 일이다. 담수장 좌측 편을 지나 오르면 우도 마을 전체를 조망할 수 있는 유일한 봉우리인 민동산을 오를 수 있다. 이 코스는 우도 마을 주민들만 알고 있는 우도의 숨은 비경 중 하나라고 할 수 있다. 그 옛날에는 민동산 정상과 톨칸이 사이를 다니는 독수리가 서식했는데 이 지역의 하늘을 활공하면서 살았다고 전해진다. 수백 년을 거쳐 전승된 전설을 듣는 느낌이었지만 불과 십수 년 전의 일이라고 한다. 우도에는 아름다움은 풍광만 있는 것이 아니라 삶의 이야기 속에 더 큰 이야기가 녹아있음을 알 수 있는 일화다.

이렇게 홀딱 반해 버린 우도 덕분에 나는 창작의 장소로 우도를 택할 수 있었다. 그리고 곧 작업실을 마련했고 지난 몇 년간 육지와 우도를 왕래하면서 유목민으로 살아왔다. 육지의 삶이 그리 바쁜 일정이 있는 것은 아니었으나 우도에 특별히 기다리는 이가 없고 우도에서 일상의 대다수 시간을 보내야 할 이유가 없다 보니 늘 휴식의 공간과 글을 쓰기 위한 공간으로 우도살이는 충분했다. 그래도 두어 달에 한 번은 우도에 들어오면 두 달은 머무르다 육지가 그리워지면 다시 돌아가곤 했다. 우도에서 보내는 시간은 늘 강의 준비와 출판 준비를 하며 시간을 보냈다. 섬에서 보내는 일상은 늘 새벽 4시 걷기 명상으로 시작했다. 새벽의 어슴푸레한 색깔이 더욱 몰입도를 가져다주어 글을 쓸 때는 자연이 주는 조명 하나도 큰 도움이 되었다. 바다와 포개어질 때 여명이 열릴 때는 더 많은 상상력이 살아났고 그 상상력은 모두 글감이 되어주었다.

우도 마을 전체를 걷는 일은 거의 18km 정도면 가능하다. 그렇지만 마을 올레를 따라 걷고 마을 사이로 들어와 꼬불꼬불한 정겨운 돌담 사이로 코스를 정하면 더 먼 길을 걸어야 한다. 길은 멀지만 마음은 늘 더 여유로워져 마을길을 따라 걷는 시간이 참 좋았다. 우두봉을 보며 직선으로 걸으면 금방 닿을 것 같은 방향인데도 굽은 길을 따라 걷다 보면 오른쪽에 있던 우두봉이 어느새 왼편에서 나를 반긴다. 왼편으로 보이던 우두봉이 어느새 머리 뒤쪽으로 옮겨가는 머릿속 나침반의 신기한 경험은 우두봉에서만 일어나는 신비 같다. 처음 입도한 11월에서 이제 두 해를 지나고 보니 유목민이 아닌 정주민으로 세 번째 해를 맞았다. 생동감 넘치는 봄을 맞고 보니 어엿한 우도 주민이 되어 있었다. 난 오늘도 우도 바다와 어우러진 새벽녘의 오묘한 색깔을 바라보며 마을을 걷는다. 계절 따라 다른 풍경을 보여주는 우도, 시간마다 바뀌는 하늘 수채화, 시시각각 또 다른 명암을 안고 있는 우도의 불빛은 이제 일상의 아름다움이 되었다. 섬이 가지고 있는 특유의 내음도 이제는 아주 익숙해졌고 낯선 공간에서 만난 사람에 대한 두려움도 풀어져 그저 따뜻한 이웃으로 탈바꿈되었다. 호기심과 상상력이 아직도 살아 날뛰는 나의 열정과 청개구리 같은 나의 성향이 아니었다면 그날은 인생에서 기억되지 못했을지도 모른다. 그날 나는 이미 우도 주민이 되었던 것이 아닐까 생각하면서 혼자 미소 지어 볼 때가 있다.

점령군이 찾아온 날

○○ 담당 공무원과 ○○ 경찰들과 생긴 일화다.

"여기가 우도 여행권을 판매하는 곳인가요?"라며 검은 선글라스를 낀 건장한 남자 2명이 매장 안으로 쑥 밀고 들어왔다. 거친 목소리와 위압적인 태도를 유지한 채 들어서는 두 사람을 보면서 순간 당황했다. 마치 지명 수배

　　　나는 우도 주민이 되기로 했다

자를 잡으러 온 느낌이 들었다. 좀 더 심하게 표현한다면 점령지를 위풍당당하게 들어온 침략자 같은 느낌이라는 표현이 더 적확하다. 이들은 알고 보니 ○○도청에서 나온 공무원과 지역 ○○경찰들이었다. 아무런 약속이나 통보도 없이 마치 기습 작전을 펼치듯 급습하는 모양새는 순간, 얼음장이 되어버릴 만큼 위압적이었다. 매장을 들어서는 순간부터 이들의 태도는 점령군처럼 고자세를 풀지 않으며 마치 죄인 다루듯 강압적 태도로 일관했다.

이들은 여행 상품권을 판매하는 자격을 확인하러 온 공무였다. 익명의 제보자에게 신고를 받고 확인하러 왔다는 것이다. 그래서 우리가 갖추어야 할 인허가 사항에 대해 말해 주고 여행공동체 사업으로 진행하고 있음을 말해 주었다. 친절하게 설명해 주는 나의 태도에도 불구하고 점령군들은 강압적인 태도를 조금도 바꾸지 않았다. 업무의 잘잘못을 떠나 민원인을 대하는 태도를 바꿔줄 것을 요구했지만, 오히려 더욱더 고압적인 태도를 보여주었다.

우리가 가지고 있는 허가만으로는 여행 상품을 판매할 수 없다는 말만 되풀이하면서 별다른 법적 근거를 알려주지도 않았다. 화를 내기보다는 이성적이고 냉정한 판단으로 대처할 필요가 있다는 생각이 들었다. 어떤 법률에 근거해서 단속 대상이 되는지를 먼저 물었다. 몇 장의 서류를 보여주었지만, 점령군이 내세우는 단속의 근거는 상당히 설득력이 떨어져 보였다. 마치 특정한 사람들에게 사주받아서 들이닥친 느낌을 지울 수가 없었다. 그래서 제보를 한 사람이 누군지 알려달라고 했지만, 나의 물음에는 무시와 묵묵부답이었다. 그리고 급기야 내게 신원조회를 해야 한다는 말로 자세한 신분 정보를 요구했다. 개인정보법에 의해 민원인의 주민번호를 모으지 못하도록 국가에서 법률로 정하고 있는데 왜 이런 부당한 요구를 하느냐고 따져 묻지 않을 수 없었다.

선글라스를 낀 점령군이 위압적인 태도로 말했다.

"○○ 경찰은 수사권이 있으니 언제든지 요구할 수 있는 일이다."

이것이 법률적으로 사실인지는 아직도 확인해 보지는 않았지만 여기서 한발 더 나아가면 정말 큰 사태로 부딪힐 것만 같아 나의 주장을 잠시 멈췄다. 부당해 보이고 강압적인 요구임에도 빨리 정리하고 센터 밖으로 내보낼 요량으로 이들의 요구에 응해 주었다. 또 확인서에 반강제적으로 사인을 요구했다. 난 점령군에게 물었다. 이 단속이 계도를 위한 것인지, 실적을 올리기 위한 것인지를 말이다. 이번 건은 계도 없이 고발 대상이라는 답변을 되돌려 받아야 했다. 나는 그렇게 두 시간 정도를 정신적 고통으로 시달려야 했다. 이 사건으로 인해 나는 아직도 법적 투쟁을 치르고 있다(최근 벌금형을 선고받았다).

제주의 여행 산업이 고가로 변질되고 있어 여행객들이 동남아나 일본으로 발길을 돌리고 있다는 보도가 연일 터져 나오는 제주다. 제주에서 경제활동을 하고 있는 누구라도 이 뉴스는 언제나 불안과 공포를 동반하는 문제다. 제주 여행 산업이 무너진다는 것은 제주 사람들에게는 생계와 직결된 심각한 문제다. 더불어 우도의 여행 산업도 자연스럽게 무너진다는 의미임을 알기 때문에 더욱 심각한 뉴스로 받아

 나는 우도 주민이 되기로 했다

들일 수밖에 없다. 우리는 이런 위기감을 극복하고자 뜻있는 마을 분들이 모여 가성비 좋은 여행 서비스를 만들었다. 마을의 공동 발전과 우도의 미래를 걱정하며 만들어 낸 프로젝트다.

이 일을 시작하면서 공공의 선을 지향하고 공동의 목표를 위해 일하고 있다는 자부심과 사명감이 있다. 어쩌면 제주도청에서 더 많은 관심을 가지고 관청에서 우선 해야 할 일을 우리가 대신하고 있다는 마음은 늘 이 일에 대한 자부심을 느끼게 했다. 몇몇 지인이 관계 기관이나 제주시청 공무원으로 근무하고 있다. 이들의 말에 의하면 작년 제주시청에서 음식점 가격을 천 원 낮추어 보기 위해 많은 인력과 행정력을 동원했지만, 좋은 성과를 내지 못했다고 했다. 그래서 우리가 만든 서비스는 무척 좋은 아이디어이고 대단한 시스템이라면서 응원을 아끼지 않았다. 또 가격을 낮추면서도 서비스 질이 더 좋아지게 할 수 있는 노하우를 묻기도 했다. 그럴 때마다 "음식 만드는 레시피를 누가 쉽게 가르쳐주냐!"면서 웃으면서 농담을 주고받곤 했다.

이런 자부심은 어려운 상황에서도 버텨오는 힘이었는데, 오늘처럼 죄인 취급을 받고 보니 갑자기 온몸에서 힘이 스르륵 빠져나가는 듯했다. 자부심은 모멸감으로 바뀌었고, 사명감은 휴지 조각처럼 무색해져 버리는 더러운 기분이었다. 법률적으로 처리해야 할 절차들이 있고 그것이 위법적 문제라면 보완해 나가면 되는 일이다. 공공의 선한 의지로 만들어진 일을 국가에서 지원을 해주어도 모자랄 판에, 공무원이라는 이름으로 고춧가루를 뿌리는 모양새와 다름없는 태도에 분노가 치밀었다.

이 법적 투쟁의 끝에는 어떤 결론이 날지 모르지만 물러서지 않는 용기가 필요하다는 생각은 지금도 변함없다. 설령 현행법이 요구하는 사항이 있다면 모든 것을 갖추어 가면서 이 투쟁을 이어가면 될 일이다. 또 누가 이런 악의적인 제보를 통해 공공의 선을 향하는 일에 반칙을 동원했는지 재판을 통해 꼭 밝혀보려 한다. 이 계기가 아니라면 우도의 미래는 요원하리라 생각하기 때문이다.

최근 한국에서는 혁신 기업 모델들이 현행법에 막혀 시장에서 퇴출되는 경우가 있었다. 대표적인 케이스 중 택시 공유 서비스나 렌트카를 분 단위로 쪼개어 사용할 수 있는 비즈니스 모델을 가진 사업들이 현행법과 배치되어 사업을 접어야 하는 시련을 겪었다. 또 IT 기반 사업이나 원격진료와 같은 의료 사업이 현행법에 저촉되어 외국으로 옮기거나 사라지는 경우를 뉴스에서 볼 수 있었다. 이런 일들은 많은 일자리를 사장시키고 혁신을 가로막는 일이라는 것이 중론이었지만, 현행법의 벽을 넘어설 수 없었다.

그중에도 일명 '타다법'으로 불리는 모빌리티 사업이 대표적 사례라고 할 수 있다. '타다'라는 브랜드로 사업을 시작하고 2020년 회원 수 170만 명, 운영 차량 1,500대 정도를 확보하면서 급성장했다. 모빌리티 시장에서 소비자의 호응을 폭발적으로 끌어냈다는 사실은 혁신의 모델로 귀감의 대상이었다. 그러나 이 사업은 현재 법원으로부터 모빌리티 사업은 무죄를 받았으나 편법 영업이라는 이유로 타다 베이직 영업이 국회에 의해 제동이 걸린 상태가 되어 사업 모델은 후퇴하고 말았다. 그럼에도 불구하고 타다 경영진들은 새로운 사업 모델을 구상하여 2021년 11월부로 '타다 넥스트'라는 새로운 라인업을 출시하였다. 현재는 중형 택시인 타다 라이트, 고급 택시인 타다 플러스, 기존의 베이직과 비슷하게 스타리아-카니발로 운영되는 타다 넥스트까지 총 3개의 실시간 호출 서비스를 비롯해 타다를 미리 예약할 수 있는 서비스인 미리 부르기, 시간 단위 빌리기 서비스도 동시에 운영하여 현행법의 벽을 넘어서고 있다. 기업의 생존을 위한 몸부림과 다름없는 아우성인 셈이다.

때로는 추억 속에 머물고 있는 '싸이월드' 메신저의 저주가 떠오르기도 한다. 도토리와 미니 홈페이지라는 신선한 아이디어로 단번에 장악한 온라인 신세계 플랫폼이다. 그러나 싸이월드가 현재진행형이 아닌 추억으로 퇴색해 버린 것은 안타까운 일이다. 많은 소비자에게 혁신의 아이콘으로 불리는 페이스북보다도 훨씬 앞선 시대에 초연결 메신저를 창조했음에도 불구하고 사라진 것은 갖추지 못한 인터페이스의 영향과 성숙하지 못한 제도에서 그 원인을 찾아볼 수 있는 사례다. 싸이월드의 성공이 현재까지 이어지고 있다면 우리는 페이스북에서 창출하고 있는 수많은 일자리와 다양한 연계 산업들로 인해 또 하나의 글로벌기업을 보유한 나라가 되었을지 모른다.

우리 여행공동체 상품은 분명 온라인에서 판매하고 있다. 그러나 우리 사업은 펜션이나 식당, 카페, 레저 등의 업무를 연결하고는 있지만 영업장을 가지고 있지 않다. 우리는 이 마을에서 매장을 운영하는 소상공인들에게 고객을 연결하고 여행객을 공유하는 플랫폼 사업을 진행했다. 또 다른 시각으로 잣대를 댄다면 여행업과 무관한 사업 분야가 될 수 있다. 그래서 우리 시스템은 현행법상 어떤 산업 분류에 속해야 할지 애매모호하다. 플랫폼 사업과 여행업 비즈니스 그 어느 중간 지점에 있는 사업 분야라고 봐야 한다면 특정할 수 있는 단어가 없는 셈이다. 또 소상공인들을 대상으로 광고 교육을 무상으로 지원하는 정책을 펼치고 있다. 대기업 광고 플랫폼의 상술에 얽매이지 않고 매장 광고를 가능하면 직접 운영함으로써 광고비 지출을 줄이고 자신의 광고를 스스로 제작가고 배포, 운영할 수 있도록 돕기 위한 정책이다. 또 이렇게 절약한 광고 비용을 고객에게 돌려 더 나은 서비스를 제공할 수 있도록 정책을 시행하고 있다. 이런 선한 영향력을 가지고 운영되는 일이라면 이 시스템이 설령 현행법에 위배되는 부분이 있더라도 우선 제도 개선과 계도에 목적을 두어야 하는 것이 올바른 행정의 방향이라고 생각한다.

혁신적 모델로 기반을 둔 신사업이라면 행정에서 해야 할 일은 우선 현행법에 저촉되지 않는 우회적인 방법을 찾아주고, 다른 허가 방법으로 일을 진행할 수 있도록 함께 고민하여 도움을 주는 방식이 되어야 한다. 그러나 마치 점령군처럼 호령하고 강제하며 압박을 주는 태도를 일관한다면 새로운 모델을 구상하고 혁신의 길을 닦아나갈 기업이 탄생하는 생태계는 사라질 것이다. 또한 계도보다는 단속에 초점이 맞추어져 있고 학연과 지연의 인맥을 통해 타깃을 지정하여 단속하는 행태는 사라져야 하는 심각한 문제가 분명하다.

여행공동체 덕분에 광고 비용만이라도 아낄 수 있어 희망이 생긴다고 말하는 마을 소상공인들이 대다수다. 이 사건이 공론화되면 매장 대표자님들은 어쩌면 삶의 의욕이 꺾이고 희망의 불씨를 일시에 놓아 버리는 일이 될 수 있다는 것을 한 번쯤 생각해 볼 수 있어야 한다. ○○도청 공무원이나 ○○경찰의 행정적인 문제만은 아닐 것이다. 이 마을에 이미 퍼져있는 편 가르기 바이러스나 정착민에 대한 태도, 반대로 정착민이 토착민을 대하는 태도 등등 복합적인 문제들이 저변에 깔려 있는 일이 불거진 것일 수도 있다.

우리 공동체 일을 시기와 질투의 대상으로 여겨서 모습을 드러내지 않은 채 뒤에서 고소나 고발을 일으킨 것이 아닌가 하는 추측을 하면서 이 문제를 해결하는 과정에 있는 지금, 정말 가슴을 후벼 패일 정도로 아픔을 느낀다. 향후 우리 여행공동체가 어떤 방향으로 발전할지는 아무도 알 수 없는 일이다. 그렇지만 이 모델이 마을의 구심점이 되어 주민이 화합하고 새로운 미래의 길을 열어줄 수 있는 길이 된다면 지금의 시련을 웃으면서 말할 수 있을 때가 있을 것이다. 누구도 가보지 않았던 새로운 길을 개척하며 나아가는 날이 또 하루 지나간다.

어쩌면 점령군 덕분에 예방주사를 미리 맞은 것은 다행스러운 일이라 여겨진다. 현행법에 위배된 사항이 있는지를 되살펴 보고 더 세심하게 준비해 볼 계기가 되었다고 시각을 바꾸면 이것 또한 우리에게는 하나의 성장통이 될 뿐이다. 또 이번 재판으로 새로운 비즈니스 모델에 대한 사회적 태도나 인식을 바꾸어 보는 데 일조한다면 시련일지라도 마주해 볼 필요가 있다. 시련과 고통이 많다는 것은 우리의 성공이 더 크게 나타날 수 있는 증거라고 여기면 힘이 더 생긴다. 우리 모델이 성공한다면 화합과 협력이 가능한 섬마을 우수 모델로써 선례가 될 수 있고, 공공의 선이 필요한 시대를 살아가는 우리에게 올바른 시대정신을 부여하는 일이 될 수 있다고 믿는다.

우도 민속신앙과
만나는 우도 속살

세계 어떤 지역을 가더라도 그곳을 알기 위해서는 토착민들과의 관계를 먼저 친밀감으로 바꾸어야 한다. 우도에 입도한 지 2년이라는 시간이 흐르는 동안, 새벽이면 우도의 이곳저곳을 혼자 걸으며 걷기 명상을 지속해 왔다.

정겨운 돌담 골목 사이를 지나며 섬의 생김새를 관찰하고, 우도 곳곳

을 조금 더 세심하게 알아두기 위해 애써온 시간이다. 덕분에 머릿속에 마을 지도를 그리며 방향을 기억하려는 목적은 어느 정도 달성된 듯싶다.

그러나 혼자 걷는 시간만으로는 우도의 속살까지 이해하기에는 한계가 있었다. 그래서 우도 주민들이 개최하고 운영하는 걷기 프로그램이 있을 때는 가능하면 참여하며, 마을의 이야기를 귀 기울여 들어보려 노력했다. 진정한 우도 주민이 되기 위한 나름의 방법이기도 했다. 또 토착민들은 이방인에게 관심은 보이지만 속내를 드러내는 일은 쉽지 않은 일임을 주민으로 살면서 몸소 체험했다. 그런 까닭에 토착민들 소통으로 관계를 바꾸고 싶은 마음으로 다양한 행사에 참여하곤 한다.

우도에 유일한 지역 신문인 〈달그리안〉이 있다. 이 신문사는 우도 마을의 역사와 문화를 해설하는 아카이브 행사를 간간이 열고, 다양한 체험 프로그램을 통해 마을 이야기를 전해주기도 한다. 이번 행사 역시 우도의 역사와 문화를 깊이 있게 다룬다고 하여 꼭 참여해 보고 싶었다. 개인적으로 역사와 문화에 대한 관심이 컸고, 우도의 구석구석을 알아가려는 마음도 생겼기 때문이다. 무엇보다 이번 행사에는 제주 민속신앙을 오랜 시간 연구해 온 한진오 작가님의 강의가 있다고 하여 더욱 관심이 커졌다. '우도당'을 주제로 한 강의는 현재까지 보존되고 있는 제주 민속신앙 이야기로 시작되었다. 1만 8,000개의 신이 있다는 제주도는 다신의 전형이 살아있는 지역이라고 한다. 『모

　　　나는 우도 주민이 되기로 했다

든 것의 처음, 신화』를 출간한 한진오 작가님의 강의는 제주와 우도의
민속신앙을 깊이 연구한 전문가다운 밀도와 설득력을 지니고 있었다.
그동안 알지 못했던 제주의 또 다른 얼굴을 배우는 뜻깊은 강의였다.
제주를 사랑하기에 이 분야를 끝까지 파고들어 진심을 다해 연구했을
것으로 짐작되었다. 감히 누구도 쉽게 범접할 수 없는 아우라를 가진
분임을 느낄 수 있었다.

  우도에는 현재까지 보존되고 있는 '돈짓당'이라는 문화유산이 다섯
곳 남아있다는 사실에 놀라움이 컸다. 새벽마다 걸으면서도 그 존재
를 알아채지 못한 눈뜬장님이 따로 없었다. 주흥동, 하우목동, 천진
항, 산호수 해변이 내려다보이는 밭, 그리고 비양동 입구에 자리한 돈
짓당을 하나하나 찾아다니면서 비로소 우도의 문화에 다시 눈뜨는 시
간을 가질 수 있었다.
  몇몇 돈짓당은 찾기 어려운 곳에 숨어 있기는 했지만, 큰길에 버젓
이 보존되어 있는 곳조차 무심코 지나쳤다고 생각하니 참으로 답답
할 노릇이었다. 우리가 쉽게 찾아낼 수 없는 위치에 있는 돈짓당은 안
내문이라도 잘 만들어서 복원해 두는 것이 필요해 보인다. 천진동 바
다를 내려다보는 곳에 위치한 돈짓당은 이미 길이 막혀 밭을 가로질
러 우거진 풀을 제거하면서 들어가야 할 정도로 꽁꽁 숨어 있었다. 하
우목동항의 풍어와 안녕을 기원하던 돈짓당은 개인 주택 안에 있어서
전문가의 설명 없이는 존재조차 알기 힘든 상태였다. 이미 버려져 보
존되지 못하고 있다는 말이 맞지 싶다. 민속신앙을 연구하는 이들이

아니라면 결코 알지도, 찾지도 못할 곳에 문화유산이 숨겨져 있다.

관광으로 살아가는 우도 환경 앞에서 지켜내야 할 문화유산이 이렇게 잊혀지고 사라지는 것이 안타깝다. 현대 문명은 편리함과 간소화를 향해 나아가지만, 그 과정에서 보존해야 할 가치들은 쉽게 밀려난다. 제주 민속신앙의 실체를 마주한 이 시간은 내게 배움으로 가득한 경험이었다. 우도 주민 모두가 이 숨은 보물을 지켜내려는 마음이 있었으면 하는 바람이다.

돈짓당은 풍어를 기원하고 마을의 안녕을 비는 수호신과 같은 역할을 했던 곳이라고 한다. 우도의 당에는 제주와 다른 특별함이 있다고 하는데, 아마도 더 짙고 깊은 신성함을 전하려는 상징성이 아닐까 싶다. 척박한 땅 우도를 지탱해 온 정신적 지주이자, 수백 년 동안 자리를 지켜온 공동체의 흔적이라 할 수 있다. 해안도로변에 제법 큰 안내판이 있음에도 대부분은 그 의미를 모른 채 지나간다. 아카이브 행사가 아니었다면 나 역시 관심조차 갖지 않았을 역사의 흔적이다. 이제 나를 찾아오는 지인들에게 우도의 진짜를 보여주고 우도 마을의 전통을 담은 돈짓당 이야기를 하나 더 들려줄 수 있어서 기쁘다.

행사 이후 육지에 있는 지인들이 여행을 왔다. 제일 먼저 데려간 곳이 돈짓당이었다. 도로변 돈짓당 표지판 앞에서는 고개를 끄덕이며 관심을 보이던 지인들도, 개인 주택 뒤에 숨어 있는 돈짓당 앞에서는 발걸음을 망설였다. 도시에서 살아온 이들 특유의 몸짓이다. 그래도 이 공간을 보여주고 싶은 욕심에 건물 뒤를 돌아 들어가 보았다. 마을

    나는 우도 주민이 되기로 했다

주민들은 특별한 관광지가 있는 것도 아닌데 뭘 찾으러 왔나 우리를 호기심 가득한 시선으로 바라본다. 잠시 양해를 구하고 들어가 돈짓당을 보여주었더니 지인이 말했다. "우도에서 이런 것만 찾아다니고 있는 거야? 남의 집 뒤에 이런 게 있는 줄 대체 어떻게 아는 거야?" 하며 신기한 눈빛으로 쳐다본다. 마치 내가 신흥종교에 빠져 이상한 일에 심취해 있다는 듯 동정의 눈빛으로 쳐다보는 통에 한참을 웃어야 했다.

내 지인들만이라도 이 섬에서 전통문화 경험을 올바르게 한다면 진짜 우도 마을 주민이 되어보는 시간이 아닐까 싶다. 남들이 하지 않는 남다른 여행의 한 페이지를 쓸 수 있다면 그것만으로도 여행의 가치는 충분해 보인다. 관광지에서 인증 사진 남기기 바쁜 여행이 아니라 섬에 남겨진 이야기와 유산에 의미를 담아 돌아간다면 그 기억을 오래 남을 수밖에 없다. 아는 만큼 보이는 우도가 된다면, 그 순간 여행자는 이미 주민과 다름없다.

토착민과 정착민이 어우러져서 공통의 관심사가 많아진다면 우도를 더욱더 사랑할 이유가 생기는 것과 같다. 그 사이에 우도를 찾는 여행자는 매개가 되고, 가교자가 되어 자리할 수 있다. 이 세 박자가 제대로 맞아떨어진다면 진짜 아름다운 우도를 만들어 가는 일이 저절로 만들어지리라 생각한다. 아름다운 공동체는 서로에 대한 이해가 전제되어야 한다. 그리고 그 바탕에서 지혜를 발현하여 공동 번영을 위한 중지를 모을 수 있어야 한다. 우도의 진짜 모습을 알 수 있는 '우도당 기행' 같은 아카이브 행사가 많이 기획되었으면 한다.

　이런 면에서 〈달그리안〉 신문은 우도에 없어서는 안 될 중요한 자산이 틀림없다. 우도의 정신문화를 계승하고 의미 있는 유산들을 경험할 수 있는 프로그램을 운영하는 것은 우도에 반드시 필요한 일이다. 그래서 아낌없는 응원을 주어야 한다. 또 이 시간이 토착민과 정착민이 교류되는 좋은 자리, 좋은 시간이 될 수 있도록 행사의 규모가 더 커지고 오래도록 운영되었으면 하는 희망을 가져본다.

나는 우도 주민이 되기로 했다

우도를 빛내는
단체들

우도에는 초등학교와 중학교 각각 하나씩 있다. 학생 수는 80여 명 남짓이다. 폐교를 고려해야 할 정도로 학생이 없는 도서 지역이지만 자연 속에서 아름다운 정서를 키우며 유년 시절을 보낼 수 있는 것은 아이들에게 좋은 환경

이라 할 수 있다. 세계를 이끌어가는 리더들의 삶을 분석해 보면 시골

출신이 아닌 사람은 없다고 한다. 시골 정서가 성장에 영향을 주고 삶에 자양분이 되는지를 보여주는 중요한 시사점이라고 할 수 있다. 이런 면에서 우도 아이들은 천혜의 자연환경 속에서 이미 리더의 조건을 갖추며 살아가고 있는 강점을 보유한 셈이다. 인간에 대한 공감 능력과 대가족 문화를 몸소 익혀가는 아이들은 리더의 자질 중 핵심적 자질을 자연스럽게 키워나가고 있다.

그러나 섬이라는 공간적 약점으로 인해 아이들에게 제공되는 다양한 체험의 기회가 현저히 낮다. 턱없이 부족한 문화 경험은 교육 현장에서 한계로 다가온다. 아이들에게 제공되는 교육 프로그램이 턱없이 부족한 이유 중 하나는 지도를 해줄 마땅한 선생님이 부족하기 때문이다. 그럼에도 아이들의 올바른 성장에 관심을 쏟고 있는 여러 단체에서는 이 문제를 해결하기 위해 다양한 시도를 이어가고 있어 무척 반갑다. 그 중심에는 우도작은도서관이 있다. 우도작은도서관에서는 뜻있는 마을 주민들과 마음을 모아 아이들을 위한 다양한 활동을 펼치고 있다.

우도작은도서관은 처음 마을문고로 문을 열었다고 한다. 초라하고 보잘것없었던 마을문고는 마을 주민들의 관심과 사랑을 받으면서 조금씩 자리 잡기 시작했고, 지금의 도서관 면모를 갖추게 되었다고 한다. 마을 주민들의 애정이 한가득 모인 도서관은 마을의 구심점이며 자부심의 상징이 되었다. 우도작은도서관은 하나밖에 없는 우도 성당 맞은편에 자리 잡고 있다. 2층으로 구성된 도서관의 1층은 마을 주민

들의 회의실이나 강의실로 활용되고, 소규모 문화행사를 치르는 공간
으로 사용되고 있다. 2층에는 서고와 함께 책을 읽을 수 있는 작은 공
간이 마련되어 있다.

작은도서관이라고 명명한 만큼 도서 수는 그리 많지 않다. 특이한
점 한 가지가 있다면 도서관 내에 우도를 주제로 다양한 글을 쓴 것으
로 알려진 남훈 작가의 문학관이 자리하고 있다는 것이다. 남훈 작가
는 자신의 서고에 있던 책을 전부 기증했고, 그 책들이 도서관에 자리
하면서 문학관이 되었다고 한다. 그러나 책을 보관할 공간이 워낙 협
소해 작가님의 책을 제대로 전시하지 못하고 있는 점은 아쉬움으로
남는다. 아이들이나 어른들이 읽을 수 있는 다양한 분야의 책을 충분
히 갖추지 못한 현실 또한 안타까운 일이다. 예산 부족은 신간을 구매
하는 데 어려움이지만, 그보다 더 큰 아쉬움은 새로운 책을 갖추어도
보관할 공간이 턱없이 부족하다는 데 있지 싶다.

작은도서관의 이런 현실을 마주할 때마다 좀 더 넓은 공간으로 도
서관을 이전할 수 있기를 바란다. 주민뿐 아니라 여행객들에게도 문
호를 열어 마음껏 방문하여 책을 접할 수 있는 공간이 되었으면 하는
바람 때문이다. 그런데 아쉽게도 우도에는 규모 있는 도서관을 만들
만한 건물이 없다. 우도의 미래를 생각해 큰마음으로 기부해 줄 후원
자가 나타난다면 어떨까 하는 생각을 하게 된다. 도서관은 아이들을
성장시키는 자양분이며, 마을의 미래를 만들어 가는 중요한 열쇠와
같기 때문이다.

작은도서관은 매년 책 축제를 개최하고 있다. 아이들에게 책과 친

해질 수 있는 시간을 주고, 책이 주는 재미를 알게 하기 위해 마련된 축제다. 또 ‘책 나들이’ 행사를 운영하며, 마을 어른들과 아이들이 함께 소풍을 다녀오는 시간은 책이 매개가 되어 세대를 잇는 소중한 시간이다. 미래세대는 자연스럽게 어른에 대한 공경과 예의를 배우고, 기성세대는 아이들에게 지혜를 나누어 준다. 아이들이 어른들과 소통하는 시간이 생긴다는 것은 소위 ‘밥상머리 교육’을 실천할 기회가 많아짐을 의미한다. 좋은 전통을 이어가는 일이 된다.

작은 도서관의 활동은 마을의 정신문화를 올바르게 이어가는 디딤돌 역할을 하고 있어, 이 모습을 바라볼 때마다 기쁜 마음이 절로 생긴다. 또 마을이 가진 가치와 의미를 다음 세대에게 연결하는 첨병 역할을 한다는 점에서 도서관의 존재 가치는 더욱 중요하다.

우도의 주춧돌로 자리하고 있는 또 하나의 기관으로 우도지역아동센터가 있다. 교회 부설 기관으로 운영되고 있는 복지기관이다. 지역아동센터 역시 협소한 공간에서 운영되고 있어 우도 아이들 모두를 수용하지 못하는 안타까운 현실에 놓여 있다. 센터 규모에 따라 수용인원이 정해져 있는 법적 한계는 도서 지역이라고 해서 예외가 될 수 없다. 현재 30~40여 명의 아이들이 센터를 이용하고 있는 것으로 알고 있다.

센터는 공교육에서 커버하지 못하는 학습을 다양한 프로그램들을 통해 뒷받침하는 역할을 한다. 센터 운영은 학교 수업이 끝난 이후부터 본격적으로 시작된다. 아이들의 부모 대부분이 상업 활동에 종사

 나는 우도 주민이 되기로 했다

하고 있어, 센터는 학원이면서 아이들의 돌봄 기능까지 담당하고 있다. 바쁜 부모님들 대신 보육은 물론, 밝고 건강한 인성을 기를 수 있도록 교양 학습과 체육활동까지 아우르고 있다. 육지였다면 방과 후 학원으로 향했을 아이들이 이곳에서 친구들과 함께 시간을 보내는 것이다. 사교육의 형태를 띠고는 있지만, 경쟁에 매몰된 도시의 교육 환경과는 사뭇 다른 방식으로 아이들의 교육이 이루어지고 있다. 학교와 학원에서 진행되는 딱딱한 수업 방식에서 벗어나 훨씬 자유롭고 창의적인 수업으로 아이들의 생장을 돕는다.

아이들의 교육을 이끌고 있는 이정희 원장님의 교육 철학은 아이들에게 그대로 이입된다. 언제나 밝은 미소를 잃지 않는 이정희 원장님은 아이들을 대하는 마음이 남다르다. 따뜻한 마음을 잃지 않는 교육 철학은 아이들을 행복하게 성장시키는 데 지대한 영향을 미치고 있다. 아이들은 자유로운 분위기 속에서 창의적인 활동을 하면서 방과 후 수업을 받고 있다. 이러한 방법이 아이들의 창의성을 이끌어 내고 생각의 지평을 넓힌다는 사실을 원장님은 잘 알고 있는 듯하다. 덕분에 아이들은 언제나 밝고 따뜻한 모습으로 성장하고 있다. 원장님의 진심 어린 교육방식은 아이들의 얼굴에서 고스란히 발견할 수 있다.

센터는, 섬이라는 협소한 공간에 갇혀 잃어버릴 수 있는 다양성을 회복하기 위해 좋은 프로그램을 도입하는 데 힘을 쏟고 있다. 제주 지역의 다양한 기관들과 협업하여 체험학습의 기회를 늘리고, 외부 활동의 기회를 만들어 수업에 도입한다. 이 같은 원장님의 노력은 아이들을 더 넓은 세상으로 이끌어 호기심과 상상력을 키우는 노력의 일환이라 할 수 있다.

　최근 센터에서는 초등학교 고학년을 대상으로 한자 수업을 시작했다. 한자의 중요성이 많이 퇴색된 요즘이지만, 문해력과 독해력 문제로 인해 한자 교육의 필요성이 다시 화두가 되고 있다. 다양한 수업을 접하게 해주고 싶다는 원장님의 노력 덕분에 한자 수업이 도입되었다. 한자 교육이 공교육에서 배제된 이후 단어 하나를 제대로 이해하지 못해 인터넷에서 다툼이 벌어지는 코미디 같은 일이 발생했다. '금일, 명일, 사나흘, 삼가 고인의 명복을 빕니다.' 등의 뜻을 두고 웃지 못할 논쟁이 벌어지고 하는 것을 보면서 한자 수업의 필요성을 절감하는 요즘이다.

　센터에서는 수업을 열게 되면 선생님이 필요하고 그것은 곧 강사료 문제로 직결된다. 예산이 늘 부족한 센터 입장에서는 좋은 수업을 하나라도 더 늘리고 싶어도 현실의 벽에 늘 뒷걸음질 치게 된다. 이런 어려움을 고민하고 있을 때 자원봉사로 선뜻 마음을 내어주는 분이 있다니 반갑지 않을 수 없다. 우도 전 면장을 지낸 Y 님은 아이들의 미래를 위해 발 벗고 나섰다. 마을 어른이 선생님이 되어 아이들을 가르친다는 것만으로도 좋은 영향을 줄 것이다. 한자를 배우는 중요성도 있겠지만, 마을 어른에게 마을의 전통과 역사를 배울 시간이 있다는 것은 양보될 수 없는 소중한 일이지 싶다. 이 뜻깊은 일에 동참하고 싶어 나도 자원봉사 참여 의향을 밝혔더니 원장님은 너무도 반갑게 환영해 주셨다.

　　나는 우도 주민이 되기로 했다

나는 '창의력을 키우는 글쓰기'라는 주제로 수업을 맡았다. 수업을 진행하면서 아이들이 휴대폰이나 디지털 기기를 적극적으로 활용하도록 한다. 디지털 시대를 살아가는 아이들에게 기기 사용을 무작정 막는 것은 시대를 역행하는 일이라고 여기기 때문이다. 디지털 기기와 친숙해져야 하는 시대를 사는 아이들에게는 디지털 세상을 바라보는 시각을 긍정적으로 바꾸어 줄 필요가 있었다. 아날로그 세대와 디지털 세대가 유일하게 공존하는 시대를 살고 있는 지금, 시대적 배경에 맞는 수업이 필수다. 지금의 아이들은 아날로그 시대를 뒤로하고 다른 세상을 살아야 한다. 그래서 아이들에게 미래를 향하는 눈을 닫게 해서는 안 된다.

게임이나 유해 사이트에 접근하는 것에 불안을 느껴 디지털 기기 사용을 막는 것만이 해법이 될 수 없다는 지론이다. 부모부터 생각을 바꾸고 두려움에서 벗어나야 한다. 부정적인 면 때문에 차단하기보다는 긍정적인 방식으로 전환해 주는 방식을 택할 필요가 있다. 게임에 빠진 아이는 게임을 만드는 아이가 될 수 있도록 지도하고, 중독처럼 SNS에 빠져있다면 크리에이티브한 행동으로 확장할 수 있도록 도와주는 것이 지금 시대 부모의 역할이지 싶다. 부모의 올바른 선택은 아이가 자신만의 개성을 살린 존재로 성장하도록 돕는다. 현명한 부모가 되려면 부모의 공부가 우선되어야 하는 이유다.

수업 중에 아이들은 디지털 기기를 활용하여 필요한 문제를 직접 검색하고 답을 찾아낸다. 또 검색한 내용을 두고 토론을 펼치고 미션을 지정하면 각자의 방법으로 문제를 해결해 나간다. 집에서 해야 할 과제는 N사 밴드나 카카오ㅇ으로 직접 업로드하게 한다. 디지털 기기를 올바르게 활용하는 법을 익히게 하고, 이를 통해 시간을 효율적으로 사용하는 방법을 배운다. 디지털 문화를 이해하는 커리큘럼을 책과 연결해 운용하면 아이들의 흥미도 자연스럽게 높아진다. 이런 방식을 통해 디지털 기기의 활용성을 긍정적으로 이끌고 책에 대한 인식도 친근하게 바꾸어 간다. 디지털 기기의 '사용자'가 아닌 '운영자', 즉 감독자가 될 때 아이들은 더욱 창의적인 존재로 성장할 수 있다. 또 디지털 기기를 균형 있게 사용하는 법과 조화로운 독서법을 혼용하여 어느 한쪽으로 기울어지지 않는 수업을 진행하여 책에 대한 흥미를 놓치지 않게 한다.

"세계에서 제일 큰 나라가 어딜까요?"

첫 수업 때 아이들에게 했던 질문이다. 영토의 넓이로 답하는 아이도 있었고, 자신이 잘 아는 나라 이름을 말하는 아이도 있었다. 그중 가장 기억에 남는 대답은 "우도가 가장 큰 나라예요"라고 말한 아이였다. 아이들은 한바탕 웃었지만, 그 아이에게 우도는 가장 넓은 세상이었을지 모른다. 예상하지 못한 신박한 대답을 내놓은 아이는 우리가 발견하지 못한 진짜 창의력을 가진 아이일지 모른다. 사실 이 질문의 의도는 지금 시대는 영토나 국경, 인구 숫자, 경제 규모 등으로 국가 크기를 규정하던 아날로그 시대가 아니라는 것을 가르쳐 주고 싶었던 데 있다. 인종, 종교, 국적, 성별 등 관계없이 함께 모이는 SNS 공간, 즉 유튜브나 인스타그램 같은 플랫폼이 가장 큰 '나라'가 되는 시대라는 사실을 아이들에게 전하고 싶었다.

 나는 우도 주민이 되기로 했다

아이들에는 생소한 개념이었겠지만, 다음 세대를 살아갈 아이들에게는 세상을 확장해 바라볼 기회를 만들어 주어야 한다. 아이들의 눈높이를 높여주고, 생각의 지평을 넓고 깊게 만들어 주는 것이 나의 역할이라고 믿는다. 첫 수업부터 생소한 질문이 신기했는지 아이들의 눈망울이 진지하게 빛났다. 내친김에 아이들의 독서 수준과 문해력을 파악하기 위해 질문지를 풀어놓았다. 아이들은 자유롭게 자신의 생각을 써 내려가며 끝없는 질문을 쏟아냈다. 첫 수업은 그렇게 즐겁고 재미있게 마쳤다. 이런 멋진 아이들과 더 많은 시간을 보낼 수 있다고 생각하니 마음이 설레기 시작했다.

어느 시대든 기성세대와 젊은 세대 사이에 발생하는 '세대 차이'는 존재해 왔다. 중년의 나이가 되면서 MZ세대로부터 늘 '꼰대'나 '개저씨'로 불리지 말아야지 싶어 자신을 되살펴 보는 시간이 많아졌다. 그렇다고 꼰대나 개저씨가 반드시 부정적 측면만 가지고 있는 것은 아닐 것이다. 센터에서 Z세대와 소통할 기회를 얻은 것은, 나 스스로를 더 자주 돌아보라는 의미로 받아들이고 있다. 섬이라는 공간적 한계를 극복하기 위해서는 아이들에게 다양한 방식으로 지적 호기심을 채워줄 필요가 있다. 상상력과 호기심을 자극해 줄 수 있는 다양한 수업법이 필요한 이유다. 그래서 스스로 능동적으로 학습할 수 있고 쉼 없이 세상과 마주할 수 있도록 도와야 하는 것이 기성세대가 해야 할 일이다.

아이들이 나와 보내는 시간 동안 지적 호기심이 무럭무럭 자라서 창의력이 넘치는 아이들로 자랐으면 좋겠다. 디지털 시대를 살아갈 아이들이 디지털 문화를 선두에서 이끄는 리더로 자라나기를 기대한다. 10년 뒤 이 아이들은 20대가 된다. 우도를 이끌어 갈 아이들이 지금 수업을 함께하는 아이들이라는 의미다. 이 아이들이 섬이라는 공간적 한계를 극복하고 다양하고 다채로운 시각을 가질 수 있는 아이가 된다면 내가 진행하는 이 수업이 그저 자원봉사가 아니라 이 마을의 미래를 만드는 일이 된다는 의미를 부여해야 한다. 그래서 더 큰 책임감을 안고 수업에 임하고 있다. 나와 함께 하는 시간 동안 생각이 더 넓게 성장하여 세상 어디서라도 자신의 몫을 해내며 변화를 이끄는 아이들이 되기를 희망해 본다. 우도 아이들을 위해 끊임없이 희생과 봉사를 하면서 미래세대를 길러내는 우도의 아름다운 단체들에 아낌없는 응원과 박수를 보낸다.

 나는 우도 주민이 되기로 했다

우도 문화학교
〈발아 in 우도〉

최근 우도에서는 뜻깊은 문화 행사가 기획되어 즐거움을 주고 있다. '우도 문화학교 〈발아 in 우도〉'라는 슬로건으로 문화 마당을 열고 있는데, 강의 프로그램이 우도의 다양한 장소를 이동하면서 진행되고 있다. 우도 문화학교 〈발아 in 우도〉는 먼저 다채로운 문화 수업을 받을 기회를 제공하고, 좋은 강사님들의 강의를 경청할 기회를 마련하고 있어서 반가운 일이 아닐 수 없다. 이 행사의 주최는 제주문화재단이다. 또 재단과 협업하여 '더 파란'이라는 기업에서 실행을 맡아 작업에 참여하고 있다고 한다.

이 행사의 발원지는 담수장으로부터 시작한다. 오래전부터 이 섬은 식수로 많은 부침을 겪어내야 했다. 식수난은 마을의 영원한 숙원 사업이 될 만큼 오랜 시간 이슈였다. 상수도가 연결되지 않았던 때는 비가 올 때 물을 가두어 사용하기 위해 지붕 위에 장치를 마련하였다. 빗물을 한쪽으로 흐르게 하고, 그 빗물을 받아 지하로 연결하는 관로를 설치하여 물을 모았다. 우도 유일의 신문사 〈달그리안〉에서 진행했던 아카이브 행사에 참여했던 적이 있는데, 우도 전통가옥에는 아직도 식수 관로가 원형 그대로 남아있었다. 전통가옥에는 집 지붕 위에 관로를 만들어 지하 저장고로 연결해 두었는데, 받은 빗물을 아직도 식수로 사용하고 있는 집이 있어 신기하게 관찰했던 기억이 있다. 물맛은 아주 시원하고 깨끗한 느낌이었다.

식수난을 해결하는 또 하나의 방법은 마을 곳곳에 저수지 형태로 물을 가두어 두는 수리시설이 있는데, 이를 '양방통'이라 했다. 양방통은 각 마을마다 만들어져 있었는데, 가뭄이 들어 물이 부족한 때에는 물전쟁으로 난리를 겪어야 했다고 한다. 그래서 마을마다 물을 훔쳐가지 못하도록 청년들이 돌아가면서 양방통을 지키는 파수꾼 역할을 했다고 한다. 물이 얼마나 귀한 자원이었는지를 엿볼 수 있는 단면이다. 부락도 몇 개 없는 이 작은 섬에서 물이 오죽 귀했으면 돌아가면

 나는 우도 주민이 되기로 했다

서 지킴이를 자처했을까 싶은 마음에 애잔함이 생긴다. 천진동 양방
통 옆에는 공덕비가 하나 세워져 있는데, 양방통을 사비로 기증한 분
의 공덕비라고 한다. 양방통 시설을 만들어 준 사람에게 공덕비를 세
워줄 정도라니, 물은 그저 귀한 존재를 넘어 생존의 문제였음을 짐작
할 수 있다. 이런 귀중한 자원이었던 양방통은 담수장이 생기고 해저
로 수도관이 연결되면서 역사의 뒤안길로 사라지고 있다. 이제는 지
키고 보존해야 하는 문화유산처럼 되었지만, 매년 흔적이 하나씩 사
라지고 있는 것 같아 안타깝다. 부족했던 물을 확보하는 또 한 가지
방법은 아낙들이 등에 짊어지고 물을 퍼 날라야 했던 '물허벅'이다. 물
허벅은 언제나 여자들의 몫이었다고 한다. 물질(해녀)과 땅콩밭일, 그
리고 물허벅까지, 우도 여자들의 삶이 꽤나 고단했음을 미루어 짐작
할 수 있다.

이렇게 열악한 우도의 식수 문제가 해결된 것은 1997년에 세워진
담수장 덕분이다. 담수장에서 바닷물을 걸러내고 정수 작업을 거쳐
비로소 수돗물을 사용할 수 있게 된 것이다. 담수장 개통으로 식수 문
제가 해결되고 마을 사람들이 더 이상 다투는 일이 사라졌다고 한다.
비로소 마을 인심도 점점 좋아지게 되었다고 하니 '풍성한 곳간에서
인심 난다'는 속담이 거짓은 아닌 모양이다. 이 섬에서 물의 가치는
삶의 애정이요, 애증이기도 한 셈이다.
　담수장에서 생산되었던 물은 당시로서는 부족했던 담수화 기술로
인해 완전한 식수로 사용되지 못했다고 한다. 또 남아있던 염분기로

빨랫감을 상하게 했고, 농업용수로도 사용하지 못해 많은 어려움을 겪었다고 한다. 이런 어려움을 겪은 뒤, 2008년에 와서야 비로소 제주 본 섬의 남원 정수장과 해저 관로를 연결함으로써 수도 문제는 완전히 해결되었다고 한다. 지금은 집집마다 수도꼭지만 틀면 용천수로 알려진 삼다수 물을 그대로 마실 수 있다.

담수장은 역사의 산증인이 되어 10여 년 동안 우도 주민들의 식수와 농업용수를 해갈하는 역할을 톡톡히 해내고 마침내 쉼표를 찍게 되었다. 그리고 폐가처럼 비어 있던 담수장 건물은 별다른 용도로 활용되지 못하고 세월을 하나둘 먹고 있었다. 그런데 지난해부터 우도 문화 재생 사업 일환으로 비어 있던 담수장에 생명력을 불어넣기 시작했다. 비어 있던 담수장 건물을 주목한 제주문화재단은 마을 주민들과 중지를 모아 담수장을 발원지 삼아 새로운 문화사업을 시도하게 되었다. 그 사업의 일부라고 할 수 있는 문화 강좌 프로그램이 바로 우도 문화학교 〈발아 in 우도〉다. 우도를 문화의 섬으로 만들어 보고자 하는 염원이 담긴 첫 사업은 이렇게 시작되었다.

이 문화 재생 사업으로 흉물스럽게 변해가던 건축물과 사용되지 못한 넓은 주차장 부지를 보다 가치 있는 공간으로 재창조하는 작업이 진행 중이다. 제주문화재단과 마을 주민들이 지난 몇 년 동안 머리를 맞대어 의견을 교환하고 주민들의 의견을 수렴해 왔다고 한다. 담수장을 중심으로 다양한 시범사업을 통해 활용 방안을 고심해 왔다고 하니 반길 일이다. 2022년에는 시범사업 일환으로 〈물떼〉라는 타이

틀의 공연행사가 마련되었다. 문화 기획을 통해 마을 주민과 관광객을 초청하여 조촐한 공연 축제를 열었고, 이 행사에는 마을 주민들이 직접 만들고 준비한 공연들로 무대가 채워졌다. 마을에서 삼삼오오 모여 활동하는 동아리들이 꽤 있는 모양이다. 기타 동아리, 밴드 동아리, 태권도, 국악 동아리 등이 참여하여 무대를 꾸몄다. 무대 행사가 마을 주민들의 재능과 기예로 채워졌다는 점에서 축제의 의미는 남달랐다.

이렇게 좋은 발상과 아이디어를 발현하여 마을 주민과 머리를 맞대어 '문화의 섬 우도'를 만들어 간다는 소식 자체가 무척 환영할 만한 일이다. 좋은 아이디어가 제안된다고 해서 이런 일이 추진되는 것만은 아닐 것이다. 실행력 있는 기관이 참여하고, 문화·예술 분야의 브레인들이 함께 뛰어줄 때 담수장 재생 사업은 활기찬 에너지를 얻어 미래로 향할 수 있다. 행동하지 않는 일에 답은 나오지 않는 법이니까!

이번 〈발아 in 우도〉는 제주 지역에서 활동하고 있는 최고의 강사님들을 초청하여 진행하고 있다. 강좌를 시작하기 전부터 참여 강사님들의 프로필을 홍보했는데, 그 역량과 재능의 면모를 보며 수업에 참여하고 싶은 마음이 저절로 들었다. 강사진 가운데는 제주에서 직접 사업화했던 영역을 소개하면서 직접 체험하고 전문가로 성장해 온 과정을 이야기해 줄 강사님이 보였다. 현장에서 직접 겪은 이들의 진솔한 이야기를 들을 수 있겠다 싶어 더 관심이 가는 강의였다.

우도면사무소에서 오리엔테이션을 시작으로 〈발아 in 우도〉 학교가

문을 열었다. 지정 장소에서 마련된 강의를 하나씩 듣는 재미가 쏠쏠했다. 특히 '기획에서 실무까지'라는 제목으로 열린 강의는 이 마을에 적용할 수 있는 다양한 축제에 대해 고민해 볼 수 있는 시간이었다. 우도 중앙동에 자리한 북카페에서 진행된 강좌에는 제법 많은 사람이 참여하여 열기가 뜨거웠다. 또 우도작은도서관에서는 '사회적 기업과 협동조합의 이해'라는 제목으로 강의가 열렸다. 다양한 단체들이 활동하고 있는 우도에서 올바른 조직을 만들고 운영하기 위해 마을의 리더들이 반드시 들어야 할 강의라는 생각이 들었다.

'우도다방'에서는 '우도 음악살롱'이라는 주제로 클래식 음악을 알아가는 강의가 마련되었다. 무거운 주제의 강의만이 아니라 음악을 통해 마을 주민들이 쉽게 접근할 수 있도록 한 점이 돋보이는 기획이었다. 이 외에도 핸드메이드, 댄스, 그림, 글쓰기 등 다양한 분야를 접해볼 수 있는 다채로운 강좌가 개설되어 마을 주민들에게는 오랜만에 신선한 바람을 불어넣었다. 제주 지역에서 활동하는 강사님들이라 더욱 친근하게 느껴진다는 점도 이번 문화학교의 큰 장점이라 생각된다. 강사님들 대부분은 지역 현안과 환경 문제에 대한 고민을 깊이 안고 있었고, 자신들의 현재진행형 사업을 사실감 넘치게 소개해 주어 살아있는 이야기를 들을 수 있어 좋았다. 여러 강좌가 주 단위로 열리는 동안 전부 참여할 수 없었던 것이 아쉽다. 하나라도 더 많은 지혜를 나누려 애쓰는 강사님들의 열정이 돋보여 감사한 마음이 드는 시간이었다.

반면, 처음 시도하는 행사였던 만큼 부족한 부분도 눈에 띄었다. 좋

　나는 우도 주민이 되기로 했다

은 강의들이 많이 운영되고 있는데도 마을 주민들의 참여율이 낮은 점은 가장 아쉬운 대목이다. 좁은 우도 마을임에도 불구하고 홍보 방법에 문제가 있었거나, 발로 뛰는 홍보가 부족한 탓이라는 생각이 든다. 이런 특별한 문화 강좌가 열리고 있다는 사실조차 모르고 지나친 사람들이 태반이었다. 특히 마을을 이끌어 가는 단체장들의 참석이 거의 없었던 점은 정말 아쉬운 대목이다. 또 정착민들의 참여율이 떨어지는 것도 개선해야 할 점이다.

행사를 기획하고 운영하는 시각은 마을의 특성을 충분히 이해하면서 실행 계획을 짜는 것이 가장 기본이 되어야 한다. 정착민 대표자들과의 협의가 선행되었다면 참여율을 높이는 방안도 논의했을 터이고, 토착민의 참여를 유도할 다양한 아이디어도 제안되었을 것이다. 이런 폭넓은 소통을 통해 여러 단체와 그룹이 함께 참여할 수 있도록 준비하는 과정이 다소 소홀하지 않았나 싶다. 마을 주민들과 공감대를 형성하고 함께 만들어 간다는 생각이 언제나 중심이 되어야 좋은 기획도 성공할 수 있는 법이다. 행사 기획하고 실행 과정에서도 가능하면 많은 주민이 참여할 수 있도록 배려해야 한다. 공청회가 아니라면 소규모 모임이라도 자주 개최하여 의견을 수렴하는 시간이 있었으면 좋았겠다.

일정을 일방적으로 정해 두고 좋은 강의가 있으니 참여하라는 통보식 운영으로는 많은 사람들의 호응을 얻기 어려울 것이다. 보다 넓은 주제를 놓고 토론하며 의견을 조율해 가다 보면 참여 단체의 역할도 자연스럽게 생겨나기 마련이다. 좋은 기획과 강의를 준비하고도 참여자가 부족하다면 행사의 가치나 의미는 퇴색된다. 2023년, 2024년에도 이어질 문화학교 〈발아 in 우도〉가 더 좋은 방향으로 성장하기를 진심으로 바란다. 더 좋은 강의가 늘어나고, 더 다양한 아이디어가 창출되어 마을 주민들 모두가 문화학교에서 만나기를 기대해 본다.

나는 우도 주민이 되기로 했다

우도 정착민들의 모임,
우정회

'우정회'는 '우도에서 정착한 사람들의 모임'의 줄임말이다. 우도에 정착민을 준비하고, 이미 우도 주민이 된 정착민들에게는 우정회 존재 자체만으로도 힘이 되고 든든함이 된다. 고향을 떠나 잘 모르는 고장에 정착하면서 동질의 가치를 가진 사람들의 모임이 운영되고 있는 것은 낯선 이에게는 큰 배경이 될 것이 틀림없다. 모임을 꾸린 지 10여 년이 흘렀다고 한다. 뒤늦게 합류한 나로서는 정확한 역사를 아직은 잘 모르고 있다. 그렇지만 우정회를 결성한 후 우도의 다양한 문제에 관해 함께 힘을 모아 여러 문제를 해결하는 일에도 앞장서 왔다고 한다.

지난날 렌터카 입도 문제로 우도 마을 전체가 첨예한 대립을 한 적이 있었다고 한다. 또 우도 마을을 경유하는 하얀 버스와 빨간 버스 정차 문제로도 첨예한 갈등을 빚었다고 한다. 이런 굵직한 사안에 대해 우정회가 적극 참여하여 정착민의 권익을 보호하는 일에 앞장서 온 것이다. 모두가 한마음으로 단합하여 목소리를 모으는 역할을 하면서 우정회의 존재 가치는 그 어느 때보다 필요했고 중요했다고 한다.

그러나 이런 마을 현안에 참여하면서 서로의 이해관계가 맞물려 모임은 모진 풍파를 겪었고, 분열의 아픔을 겪었다고 했다. 토착민들과 정착민들의 대립, 숙박업소와 일반 음식점 간의 대립 등 각자의 상황에 따른 첨예한 의견 대립은 마을의 불씨로 등장했다. 정착민 입장에서 불합리하다고 여기는 정책이 토착민 입장에서는 반대로 해석되는 일들이 생기고, 동종업종 종사자와 비종사자들 간의 의견 대립은 서로가 공정하지 못하다며 외침을 내야 했다.

정착민 간에도 운영하는 사업 업종에 따라 갈등이 생겼고, 일부 토착민과의 담합으로 재판을 취하해 버리는 일이 발생하면서 우정회 모임은 격한 편 가르기에 휩싸여 몰락의 길을 걸어야 했다고 한다. 단합과 협력이 자랑거리였던 우정회는 한순간 오합지졸의 친목 모임으로 쪼그라져 버린 역사를 안고 있었다. 또 도항선 무료 탑승에서 마을 주

        나는 우도 주민이 되기로 했다

민이라는 기준을 어떻게 둘 것이냐는 문제로 다시 한번 전쟁 아닌 전쟁을 치러야 했다고 한다.

우도에 주소지를 두고 있어도 우도 주민으로 대우를 받지 못하면서, 주민세를 우도면에 납부함에도 불구하고 마을 주민이 될 수 없는 일은 정착민과 토착민 간의 심각한 편 가르기 문제로 비화되었고, 이 분쟁은 현재까지 이어지고 있다. 그 과정에서 숙박업체를 운영하는 업체는 렌터카를 입도할 수 있게 한다는 규칙이 만들어지면서 정착민들 사이에서는 또다시 편을 가르는 일이 생기고 말았다. 각자의 이해관계가 다르게 얽혀있는 일들에 관여하면서 우정회는 분열되었고, 일부 토착민과 정착민의 야합으로 뜻을 꺾어야 했던 쓰라린 기억은 끊임없이 되새김질 되고 있다.

이런 부침을 겪기 전에는 100여 명이 넘는 회원이 있을 정도로 활기차고 힘 있는 단체로 정착민을 대변하는 역할과 소임을 다했다고 한다. 그러니 우정회는 존재 자체만으로도 정착민들에게는 힘이 되고 버팀목이었으리라 짐작된다.

우정회는 옛 영화를 찾지 못하고 이권 단체처럼 전락하여, 자신의 이익에 부합하지 않으면 모임 일정에 참석할 이유를 찾지 못한 채 조각난 모임으로 전락하고 말았다. 마음에 들지 않는 사람이 모임에 있다는 이유로 나오지 않는 회원이 생기고, 꼴 보기 싫은 사람은 인사조차 나누지 않고 살아가면서 마음의 간격만큼 정착민들의 거리도 멀어져 갔다. 그러나 이런 부침의 세월과 과정을 뒤로 하고 우정회는 순수한 친목 모임으로 재결성되어 되살아났다.

정착민들이 고향을 떠나 이곳에 정착할 때는 나름의 이유가 있었을 것이다. 차를 타고 30분이면 우도를 한 바퀴 돌아볼 수 있을 정도로 작은 섬에서 정착민들끼리 편을 가르고 있는 것은 참으로 아픈 일이다. 그러나 새로이 친목 모임이 결성되면서 "나와 가장 가까이 사는 이웃이 진정한 가족이다"라는 말을 실천하며 우정회는 가족 같은 모임으로 거듭나고 있다니, 뒤늦게 합류한 사람으로서 반가운 일이 아닐 수 없다.

우정회는 두 달에 한 번, 적은 비용이지만 공동으로 회비를 모으고 있다. 모임이 있는 날은 행복하고 즐거운 시간을 갖기 위해 맛있는 음식을 준비하고, 함께 술 한잔 기울이는 비용으로 사용한다. 음식점을 운영하는 회원이 있다면 그 매장을 이용해 매장 매출에 작은 도움이 될 수 있도록 배려하고 있다. 이 모습은 두레처럼 우정회의 아름다운 전통으로 자리 잡았다. 모임에 참석할 때마다 지난 시간의 아픈 이야기를 들어야 했던 나는 우도에서 이방인으로 살아가는 정착민들의 모습에 충분히 공감할 계기가 되기도 했다. 세계 어느 나라, 어느 도시를 가도 이방인들이 겪는 서러움은 다르지 않다는 것을 이 모임에서도 매번 확인한다. 특히 토착민에게 느끼는 괴리감, 자기들만의 패거리 문화라 할 '괸당' 문화는 정착민들을 당황스럽게 하기에 충분했으리라 짐작된다. 그렇게 우정회는 이런저런 읍소의 시간이 지나가고 난 후에야 진정한 친목 모임으로 재결성되었다고 하니 세월이 약이라는 말이 맞는 셈이다.

     나는 우도 주민이 되기로 했다

오늘은 새해를 맞이하면서 번개 모임을 가졌다. 전 총무님인 창범 형님이 대방어를 후원하신다는 연락에 회원들 대부분이 모였다. 방어는 제주 모슬포항에서 매년 축제를 열어 홍보할 정도로 알려진 어종인데, 우도에서 대방어는 귀한 횟감으로 인정받고 있다. 우도에 정착한 지 20년이 넘은 창범 형님은 이젠 우도 토착민과 다름없는 삶을 살며 우리 모임에서 중추적인 역할을 하고 있다. 우도에 하나뿐인 태권도장을 운영하며 마을의 다양한 모임에서 리더 역할을 맡고 있을 정도로 마을에서는 인정받는 분이다. 작년까지 우리 모임에 총무를 맡아 우리 모임을 훌륭히 이끌어 오셔서 회원들로부터 언제나 만점 점수를 받는 분으로 정평이 나 있었다. 무엇보다 우도에 정착한 지 오래된 만큼 토착민과 정착민 사이에서 조율해야 하는 문제에 가교역할을 잘 해주고 계신다는 점에서 무척 힘이 된다. 이런 분이 대방어를 후원한다니 회원 모두가 모이지 않을 수 없다.

오늘 모임 장소인 띠띠빵빵은 우도 제일의 맛을 자랑하는 중식 전문점이다. 작년 한 해 동안 김창식 형님(띠띠빵빵 대표)이 회장을 맡아 오셨다. 중식 대표님인 김창식 형님과 총무 김창범 형님 두 분이 쌍두마차가 되어 이끌어 온 우정회에서는 형제자매들로, 가족으로 따뜻한 애정을 나누며 함께 할 수 있었다. 올해 회장단 자리를 넘겨주고 새로운 회장과 총무를 선출하게 되었다.

올 한 해를 이끌어 갈 회장님은 해신짬뽕을 운영하는 김일환 대표님이다. 우도 하고수동 해변에 위치한 해신짬뽕은 여행객들이 줄을 서서 먹어야 할 정도로 유명하다. 점심시간이면 번호표를 받아야 할 정도로 알려진 맛집이다. 음식에 대한 남다른 애정을 가진 덕분이라 생각한다. 김일환 대표님은 제법 거친 말투로 사람을 대하지만, 그 속마음은 인정이 넘치고 어린아이처럼 순수한 모습을 가졌다. 올해 총무님은 띠띠빵빵 현진숙 형수님이 맡으셨다. 창식 형님이 회장으로 활동할 적에도 늘 보이지 않는 후원자로서 아낌없는 지원과 배려로 우정회를 이끌어 주셨다. 올해는 총무가 되셔서 직접 이끌게 되었으니 더욱 든든해졌다. 넉넉한 어머니 같은 마음으로 우리 모임을 잘 이끌어 가리라 생각한다.

이렇게 회원 한 분 한 분의 면모를 보면 모두가 정감이 넘치고 사랑이 넘친다. 회원들은 각각 고향은 다르지만 그저 우정회라는 울타리 안에서 형제자매로 지내고 있다. 오늘처럼 창범 형님이 대방어를 후원해 주고 직접 회를 떠서 봉사하는 일은 종종 있는 이벤트다. 자신들이 가진 재능을 아낌없이 내어주는 일이 많다는 것은 우리 모임의 단단함을 보여주는 일면이다. 회 뜨는 일이 그리 쉬운 일이 아닐 텐데 바다 가까이 사는 사람은 일상처럼 배우게 되는 모양이다. 독학으로 배운 솜씨임에도 넓은 접시에 담겨오는 방어는 최고급 일식집에서나 볼 수 있는 모양새다. 무엇보다 방어회가 비싸서 한 점 한 점이 소중한데 이곳에서 먹는 방어는 그저 넉넉함이다.

모임 자리에는 늘 빠지지 않는 것이 있는데, P 형님이 직접 우영팟(뒷마당이라는 제주 방언)에서 키운 채소다. 밭고랑을 얼마나 관리를 잘 해두셨는지 가끔 들릴 때면 탐내는 채소가 되곤 한다. 언제나 넉넉한 마음으로 나누어주시는 모습에서 따뜻함과 배려를 생각하지 않을 수 없다. 일일이 언급할 수 없어 안타깝지만, 모든 회원들이 돈과 관계없이 넉넉함으로 우도의 삶을 살아가고 있으니 이보다 더 좋을 수 없다. 이것이 우도에서 살아가는 진정한 즐거움과 행복이 아닐까 싶다.

오늘은 새로운 회원이 들어왔다. 오랜만에 신입회원이 들어와서인지 분위기는 더욱더 화기애애하다. '우도꽃길'은 제주 흑돼지 수제햄버거와 대왕해물짬뽕, 두 가지 메뉴만 취급하는 식당이다. 이재진 대표와 아내 전지현 님이 새로운 회원으로 왔다. 영화배우 전지현과 동명인 덕에 그 이야기가 따라오지 않을 수 없다. 이름에 얽힌 다양한 에피소드 덕분에 많이 웃으며 박수칠 수 있는 시간을 가질 수 있었다. 오랜만에 섬 생활의 주제를 벗어나 색다른 주제로 이야기를 할 수 있어 좋았던 시간이다.

마침 우도에 여행 온 전지현 님의 친구분이 우리 모임에 동석했다. P라는 분은 마동석 주연의 〈범죄도시〉 제작사에 근무하고 있다고 소개한 덕분에 영화 이야기는 한 번 더 관심을 끄는 주제가 되었다. 마동석 배우를 우도로 모시고 오면 대방어를 또 한 번 쏘겠다는 창범 형님의 너스레에 P 님은 만날 수는 있으나 우도를 모시고 올 정도의 짬밥이 아니라며 센스 있게 답을 돌려주어 왁자지껄 한바탕 웃었다. 우정회는 이렇게 화기애애하고 따뜻한 웃음이 있는 모임으로 뭉치며 미래를 향해 가고 있다.

한편, 이런 일화도 있다. 우도에는 불법체류 하는 중국인들이 많은 편이다. 일손이 부족한 우도에 없어서 안 되는 필수인력이기도 하지만 합법적인 일손이 될 수 없어 안타까운 마음이 든다. 그런데 지난해 누군가의 신고로 출입국 사무소에서 불법체류 단속을 나와 몇몇 식당에서 근무하고 있는 이들을 체포한 일이 있었다. 그 사건으로 신고자를 색출하기 위해 혈안이 되어 우도 전체가 또다시 들썩거렸다.

그 진원지로 오해를 받았던 사람이 우정회 회원 중 한 사람이었다. 절친했던 두 매장이 메뉴 취급 문제로 다툼이 있었는데, 이 발단이 신고자라는 오해를 불러일으켰다. 소문은 소문을 낳고 말은 살이 붙어 걷잡을 수 없이 덩치를 키워나갔다. 이때 우정회를 이끌고 있던 창식 회장님이 나서서 어떤 자리에서든, 어떤 사람 앞에서든 "우리 회원 중에는 그런 사람 없다"면서 당당하게 옹호하고 나섰다.

그 사건의 진실이 무엇이든 간에 창식 형님이 우리 모임의 회원을 믿어주고 직접 나서서 행동했다는 점은 모두에게 귀감으로 남았다. 든든한 동네 형님이, 삼촌 같은 친척 한 분이 우리 뒤에 버티고 있는 느낌이었고 우리는 이 사건 덕분에 더욱더 단단한 모임이 될 수 있었다. 우정회가 존재하는 이유는 바로 이런 모습에 있다. 만나서 술 마시고 얼굴 보는 것이 전부라면 좁은 섬에서 매일 얼굴 보고 사는 것으로 충분하다. 굳이 우정회라는 이름으로 모임을 이어갈 이유는 사라진다. 이 사건은 우정회의 존재 가치를 말해주는 일이 되어 회원들 뇌리에 각인되었다.

회원이 잘못한 일이 있다면 모임의 어른이 나서고 선배가 불러서

　나는 우도 주민이 되기로 했다

한마디 정도 충고해 줄 수 있으며, 후배의 이야기가 올바른 의견이라면 수용할 수도 있어야 한다. 각자 자신의 이야기가 옳고 자기 말이 진리인 것처럼 말하고 자신의 의견을 따르지 않는다고 편 가르고, 이간질하는 일을 해서는 안 된다. 타인들의 의견이 나와 같지 않다고 모임에 반하는 행동을 하는 것은 이기적이고 비겁한 행동이며 독선에 빠진 야합의 행위다. 오만과 교만이 가득한 행동으로는 정착민들의 단합과 협력은 이루어낼 수 없다. 항상 편이 되고, 힘이 되는 것이 우선한다는 것이 우정회의 본질이 되어야 한다.

토착민과 정착민으로 대립하는 것도 부족해 같은 정착민 모임의 편 가르기는 우리 모두에게 슬픔이고 상처다. 우리가 먼저 변하지 않으면서 토착민들에게 변하기를 바란다면 어불성설이다. 우리가 포용의 자세를 가지지 않으면서 토착민들에게 우리의 권리를 주장하고 보호받기를 바라는 것도 경계해야 할 일이다. 토착민들의 일방적인 태도를 탓할 게 아니라 우리가 이 마을의 변화를 이끌기 위해 무엇을 노력하고 있는지를 먼저 생각할 수 있어야 한다.

우도에는 1,700여 명의 주민이 살고 있다. 이 중에는 주소지를 우도에 두고 있는 정착민이 더 많다. 출퇴근하는 사람들을 포함한다면 일일 3천여 명의 사람들이 우도에 머물고 있고, 그중 정착민들의 숫자가 확연히 많다. 부당하거나 불합리한 문제라고 여긴다면 정당한 방법으로 제안할 수 있어야 한다. 고착된 문화를 변화시켜 이끌어 가기 위해서는 우리가 먼저 문제의식을 갖고 개선하려는 정신이 필요하다.

"어쩔 수 없는 일이다"는 노예로 살면 된다는 말처럼 느껴져서 올바른 태도가 아니지 싶다. 토착민보다 정착민의 숫자가 더 많다는 것은 정당한 선거제도를 통해 다양한 정책을 바꿀 수 있음을 의미한다. 이장 선거에 정착민들이 출마하고 다양한 마을 주민 단체 활동에도 참여해야 한다. 정당하고 공정한 방법으로 도전하여 우도의 미래를 이끌 수 있어야 한다.

　이런 대승적인 차원으로 접근해야만 우정회의 존재 가치가 빛나고 이곳에 정착한 모두에게 밝은 미래가 있다고 확신한다. 부당한 것에 정당한 방법으로 항의하지 못하고 권리를 주장하지 못하면서 뒤에서 험담하고 비난하는 일은 자충수를 두는 일과 같다. 단합하고 협업하여 정의와 공정을 찾는 일에 앞장서서 변화를 끌어낼 줄 아는 우정회가 되어야 한다. 또 토착민과의 협력 창구가 되어 다양한 일에 대변자 역할을 할 수 있어야 한다. 새로운 정착민이 들어오면 먼저 찾아가서 우도에 대한 정보를 알려주고 앞선 사람의 지혜를 줄 수 있어야 한다. 작은 일부터 하나씩 실천해 나가는 우정회가 되면 좋겠다.

　우정회는 새로운 회원 입회 때 가능하면 회원의 만장일치를 원칙으로 하고 있다. 지난날 겪어야 했던 분열과 균열을 두 번 다시 겪지 않으려는 조심성에서 나온 발로일지 모른다. 그래도 문호를 열어 많은 정착민이 함께할 수 있었으면 하는 것이, 개인적인 바람이다. 우정회가 존재하는 이유를 심사숙고할 필요가 있다.

　타국 땅 같은 우도에서 만나 인연을 맺은 우리다. 인연을 맺는 것보

　　　　나는 우도 주민이 되기로 했다

다 가꾸어 가는 것이 더 중요하다. 정착민이라는 이름으로 모여 살아가는 동안 든든한 형님이 있고 내 편이 되어주는 부모님이 있는 마을로 인식하면서 살아가면 좋겠다. 회원을 받아들이는 일에서도 벽을 만들지 말고 문을 열어 다양한 사람들이 함께 어우러져 살아가는 기회가 많았으면 한다. 어려운 일이 있으면 내 일처럼 나서주고 다른 사람에게 오해받아 공격당하는 일이 생겨도 나의 어려움이라 여기고 함께 손잡아 주는 모임이면 좋겠다. 오늘처럼 회를 잘 뜨는 사람이 재능으로 봉사하듯 우리 모두는 각자의 재능으로 회원들과 교류하고 화합하며 살아가길 바란다. 이렇게 살아가는 우정회라면 오늘보다 내일이 더 단단해질 수 있을 것이다.

모든 사람의 생각이 같다면 공산주의나 전체주의가 된다. 다른 생각이 다양하게 있을 수 있기에 의견을 모으고 다수의 의견을 통해 중지를 모으고 결정을 해나가는 것이다. 그리고 자신의 의견이 반영되지 않더라도 승복할 줄 알아야 하고, 다수의 의견을 존중할 수 있는 성숙한 자세를 가져야 한다. 가능하면 소수의 의견이 무시되지 않는 선에서 모든 일이 결정되어야 하겠지만 때로는 그 방향에 섭섭함이 있더라도 선출한 회장단에 힘을 보태어 줄 수 있는 태도가 회원의 의무라고 생각한다.

우리 우정회가 진정 목표를 상실하지 않고 좋은 모임이 되기 위해서는 스스로 우리의 모습을 어떻게 아름답게 만들어 갈 수 있느냐를 생각할 수 있어야 한다고 믿는다. 토착민의 대표자들뿐 아니라 우도면에서 진행하는 행정에서도 정착민과의 협력이나 협업에 우정회가

그 통로로 쓰일 수 있다면 더욱 좋다. 건강한 의견과 토론이 있는 우
정회가 되기를 진심으로 바란다. 우리 모두 우도에서의 성공적인 삶
을 위해 우정회가 다시 한번 힘을 모으는 단체로 역할하면 좋겠다.

매일 아침
신발을 돌려주는 남편

"자기야! 출근하자~."

아내와 출근길을 같이해 온 지 꽤 오랜 시간이 흘렀다. 아내가 집을 나설 때면 편하게 신발을 신을 수 있도록 돌려주는 일을 매번 잊지 않는다. 아내를 배려하면서도 소소한 행복을 찾을 수 있는 루틴 중

하나다. 이런 루틴을 찾아낼 수 있었던 것은 명상의 힘이 컸다. 25년

이 넘는 시간을 빠짐없이 해온 명상 덕분에 소소한 행복 루틴을 많이 만들 수 있었다. 나는 명상을 통해 얻은 것이 많은 사람이다. 수행자처럼 닦아온 명상은 세월만큼이나 깊이가 달라졌고 넓이도 커지고 있다. 명상의 유용성을 깨닫고 눈부시게 성장해 온 부분은 집중과 몰입에 있다. 명상은 숨어 있는 잠재력을 끌어내어 장점을 더 큰 강점으로 바꾸어 주는 힘이 있다. 때로는 예수와 붓다 같은 인류의 스승들이 가졌던 영적 에너지를 명상을 수행하다 보면 어렴풋이 짐작해 볼 수 있다. 명상의 장점에 대해 구구절절 이야기하는 이유는 명상을 통해 얻는 행복의 질과 양이 생각 이상으로 크기 때문이다. 나는 명상을 통해 일상에서 평정심을 유지할 수 있어 좋았고 그것이 결국 아내와 행복하게 살아가는 방법을 찾는 데 도움이 되었다. 마음의 여유로움과 심리적으로 느끼는 안정감과 편안함은 삶의 질을 윤택하게 만들어 주었다.

명상을 여러 지인에게 권유하곤 한다. 명상으로 아내와 행복하게 사는 방법을 알게 된다고 말해주면 자녀와 아내와의 관계 개선을 원하는 이들이 명상법에 대해 진지하게 묻는다. 중년의 나이에 접어들어도 아내와 별반 갈등 없이 지내고 있는 나를 보면서 생각하는 바가 많아지는 모양이다. 가족관계나 아내와 보내는 인생에서 얻는 즐거움이 많은 것이 사실이지만 명상에서 얻고 있는 유용성은 무엇보다 업무에서 빛을 발휘한다. 명상을 통해 얻은 집중력은 많은 시간을 투자해야 하는 업무를 간단하고 심플하게 압축해서 끝낼 수 있게 한다. 또

 나는 우도 주민이 되기로 했다

몰입도를 높이면 풀리지 않는 문제들이 금방 해답으로 나타난다. 가끔은 유레카 같은 창의적인 아이디어들이 떠올라서 특허권을 확보하고 이 특허는 큰 자산이 되어 돌아오기도 한다. 명상의 또 다른 장점은 걱정이나 근심보다는 긍정적인 생각을 많이 하게 만든다. 급한 성격은 여유로운 성향으로 변하고 긍정적인 생각은 낙천적인 성향과 부드러운 성품을 지닐 수 있도록 수련된다. 무엇보다 일상에서 일어나는 다양한 문제를 단순하게 해석하여 해결 능력을 극대화할 수 있다. 지식과 지혜를 발휘할 수 있는 힘을 가지게 된다는 것을 의미한다.

나는 명상을 통해 얻는 좋은 점들을 활용하여 타자를 비교하더라도 생산성이 높고 효율적인 방향으로 시간을 활용한다고 볼 수 있다. 아무리 업무가 많아도 집중력과 몰입의 영역에 들어가 일하다 보면 잉여 시간을 확보할 수 있다. 업무 강도나 양으로 인해 육체적으로 지쳐 번아웃 상태가 되는 일이 거의 없다. 단순 수치로 표현하자면 보통 사람들이 며칠씩 시간을 할애해야 하는 일이라 해도 나는 두서너 시간이면 일을 마무리할 수 있다. 여기에서 얻어진 시간은 개인적인 취미 활동이나 가족 또는 사랑하는 사람과 보내는 시간으로 활용된다. 악기를 배우고 취미 활동의 영역을 넓힌다. 새로운 사람을 만나고 창의적인 활동을 하는 데 시간을 가질 수 있어 좋다. 여유로워진 시간 덕에 아내와 많은 대화를 할 시간이 있고 둘만의 데이트 시간으로 사용한다. 그리고 아내와 함께 있을 때마다 소소한 행복 루틴을 만들고 그 루틴은 우리 모두에게 행복지수를 높이는 것으로 승화된다. 이 유용한 시간이 하나씩 저축되면 중년의 우리 부부 생활은 더욱 윤택해진다.

인간이 느끼는 행복의 가치는 저마다 다를 것이다. 그것이 명예에 있을 수 있고 부를 축적하는 것에 있을 수 있다. 학문적 지식을 충족하는 일에 있을 수도 있고 사회적 지위를 획득하는 것에서 성취감을 느끼는 사람도 있을 것이다. 또 다른 누군가는 세속에서 떠나 탈속의 삶에서 행복의 가치를 찾을 수도 있다. 사는 환경을 바꾸고, 좋아하는 일을 직업으로 전환하고, 새로운 사람을 만나는 일이 행복의 기준이 될 수 있고 발명 같은 창의적인 활동이 기준이 될 수 있다. 나처럼 아내와 보내는 시간에서 행복지수를 높이는 사람도 있을 것이다. 아내가 나의 생각에 동의하는지 모르지만 나와 함께 보내는 시간 동안 짜증스럽게 여기지 않는 것을 보면서 표현하지 않는 동의라고 해석하곤 한다. 감사하고 고마운 일이다. 일에 흠뻑 빠져 살던 지난 시절에는 알지 못했던 행복이다. 열심히 일한 덕분에 적절한 경제적 독립을 이루었을지는 모르겠지만 영혼은 속세에서 이미 탈탈 털려버린 채 많이 가난해져 버린 것만 같았다. 행복보다는 불행 쪽이 더 가까운 인생이 아닐까 싶은 날이 많았다. 경영 일선에서 물러나 글을 쓰면서 아내와 보내는 시간이 많아진 뒤부터는 불행보다는 행복하게 여기는 시간이 훨씬 많아진 것이 사실이다. 젊은 시절 아내에게 할애하지 못했던 시간을 열심히 채워 넣는 중이라 그럴 것이다. 이런 생각을 하고 있으면 늘 아내에게 미안한 마음이 가득하다.

행복에 대한 가치가 저마다 다르지만 변치 않아야 하는 한 가지가

    나는 우도 주민이 되기로 했다

있다. 각자 다른 모습의 행복이라 해도 행복의 주어가 자신이 되어야 한다는 것은 변치 말아야 하는 중심축이지 싶다. 무엇을 하더라도 행복은 언제나 자신이 우선 되어야 한다고 믿는다. 자녀를 키울 때, 좋은 이웃들과 시간을 보낼 때, 개인적인 목표를 성취할 때도 먼저 자신이 행복해야 한다. 행복에는 다양한 조건들이 있다고 생각한다. 사회 활동을 통해 인정받는 것, 적절한 부(富), 이타적 삶, 봉사와 희생에서 얻는 만족감 등 많은 조건이 갖추어지면 행복의 크기는 더 커질 수 있다. 그 행복의 조건 중 중요한 하나는 단언컨대 부부관계다. 죽는 순간까지 평생 마주해야 할 사람과 행복하지 못하다면 그 어떤 조건도 무의미해진다.

좋은 부부관계를 유지하기 위해서는 좋은 대화를 할 수 있어야 한다. 오랜 시간 함께 살아온 부부들의 공통적 특징 중 하나는 대화할수록 관계가 악화된다는 것이다. 그래서 가능하면 대화를 길게 하지 않는 것이 현명하다고 말한다. 그렇지만 부부는 평생 친구처럼, 애인처럼 그리고 조언자로, 동반자로 살아야 하는 존재다. 그래서 부부의 소통이 불통이 된다면 불행을 스스로 자초하는 일이 된다. 건강한 부부의 소통은 건강한 성생활에 지대한 영향을 미치게 된다. 건강한 성생활을 하지 못하는 부부가 암에 걸릴 확률이 높다는 통계가 건강 정보 프로그램에서 늘 밝히는 예다. 건강한 성생활을 갖지 못하면 노화 속도가 훨씬 빨라지고 수명까지 단축된다는 연구 결과도 다양한 사례와 논문을 통해 발표되고 있다. 이런 측면에서 본다면 건강한 부부는 건강한 성생활과 소통 잘하는 대화법을 가진 부부라는 말로 정의되지 싶다. 이는 건강한 부부관계가 행복의 바로미터라는 이야기로 귀결되는 것이다. 건강한 부부관계뿐만 아니라 정치적 성향이나 취미 활동까지 잘 맞는 부부라면 금상첨화다. 행복의 조건이 많다고 해도 자신이 행복 주체자가 되어야 하는 것이 첫 번째다.

　나는 아내와 함께 대화를 나누는 시간이 즐겁다. 평상시에는 말수가 거의 없는 아내지만 대화할 때는 제법 수다를 떨어준다. 밖에서 쓸데없는 말을 잘 하지 않는 나의 성향을 아내가 잘 맞춰주는 셈이다. 아내는 생각보다 다양한 주제를 가지고 있는 사람이다. 아내는 다른 사람의 험담을 하거나 부정적인 문제를 대화 주제로 가져오지 않는 현명함이 있는 사람이다. 스트레스받는 일이나 부정적인 일을 말해야 할 때는 더 큰 일에 비하면서 툭 털어버리는 재주도 있는 사람이다. 그래서 늘 새로운 대화거리를 내놓는 아내를 보면 감탄할 때가 많다. 아내는 주로 새로 읽는 책에 관한 이야기를 하는 것을 좋아한다. 또 책 속에서 이해되지 않는 부분들을 설명해 달라고 요청하기도 한다. 때로는 봉사 활동에서 얻게 된 마음과 이타적 삶에 대한 태도에 대해 진중히 자신의 의견을 피력할 때면 절로 존경심이 샘솟는다. 때로는 힘든 결정을 해야 하는 문제를 마주할 때, 해결책을 알고 있으면서도 내게 물어올 때가 있다. 나의 존재 가치를 알려주기 위한 대화법이기에 늘 고마움이 커진다. 아이들의 교육 문제에 대해 가치관의 차이가 생길 때가 종종 있지만 그 또한 지혜롭게 받아 넘겨준다. 전쟁터와 다름없는 기업 현장에서 보내는 동안 아이들의 성장을 제대로 살피지 못했다. 이런저런 핑계로 집안 대소사를 챙기지 못했고 넘치는 업무 덕분에 집을 비우는 날들이 많았다. 그럼에도 불구하고 집에 돌아오면 변함없이 아내는 자리를 지켜주었다. 늦은 시간 퇴근하더라도 나의 일상을 묵묵히 지켜봐 주고 어떤 이야기도 진중하게 들어주었다. 술에 취해 한 잔 더 외치며 아내를 귀찮게 해도 안주를 맛있게 만들어 주면서 나의 고단한 하루를 응원해 주었다. 이런 아내 덕분에 중년의 나이에도 대화 없이 사는 부부 신세는 면할 수 있었다. 돌이켜 보면 모든 것이 아내의 노력 덕분이다.

경영 일선을 떠난 후부터 난 껌딱지처럼 아내 옆에 붙어 지내려 노력한다. 도서관이나 서점을 함께 다니며 시간을 보낸다. 시장바구니를 들고 장을 보러 다니는 일도 즐겁다. 우리는 늘 새로움을 부여하면서 살기를 바라는 부부다. 신선한 에너지는 오래 살아온 부부에게는 필수적인 영양제라 여긴다. 그래서 영화를 볼 때도 같은 영화관을 찾기보다는 매번 다른 영화관을 예약해서 다닌다. 단골로 다니는 맛집보다는 새로 생긴 집을 간다. 새로운 집을 방문하다 보면 맛에 대한 다른 평가로 할 말이 많아진다. 우리는 걷는 여행도 자주 하는 편이다. 텐트에서 잠을 자기도 하고 화려한 호텔에서 하루를 묵기도 한다. 어떤 여행에는 완전히 대중교통만을 이용하기도 하고 어떤 때에는 자동차로만 여행을 떠나기도 한다. 배를 타는 여행을 하기도 하는데 밤을 새워야 기항지에 도착하는 배를 타기도 하고 쾌속선을 선택해서 변화를 주는 여행에 의미를 둔다. 우리는 가능하면 지루한 삶이 되지 않기 위해 반복적인 일을 가능하면 하지 않는다. 권태나 나르시시즘은 반복된 일상에서 나온다고 믿는 우리 부부다. 오랜 시간 부부로 살다 보면 서로가 하는 말 뒤에 어떤 말을 이어갈지를 대충 짐작할 수 있다. 이런 부부관계는 지루하고 식상해질 수밖에 없다. 그래서 상대의 이야기를 끝까지 들으려 하지 않는 일이 생기고 그건 곧 다툼의 발화점이 된다. 그래서 우리 부부는 늘 새로운 일을 시도하고 대화의 주제를 다양성에 둔다. 또 행동반경을 늘 새롭게 구성하려고 노력한다. 우리 부부의 대화 주제는 책에서 주로 찾는다. 때로는 격렬한 토론을 해야 할 주제가 있지만 덕분에 아내의 진면모를 발견하는 기쁨을 가진다. 그럴 때면 처음 연애를 할 때 마음처럼 가슴이 설렘으로 가득해진다. 함께 시장을 다니고 요리를 하면서 아내가 좋아하는 음식과 식성을 알게 된 것도 즐거움 중에 하나다. 이런저런 수다를 떨고 실없는 말로 웃기도 하지만 언제나 긍정적인 조언으로 용기를 주는 아내다. 이런 일상을 살면서 그동안 아내와 함께 해보지 못한 일들을 한풀이하듯 마음껏 하면서 시간을 보낸다.

아이를 키우느라 변변히 여행 한 번 다니지 못했던 아내에게 늘 미안했다. 뱃길로 하늘길로 다닌 여행만 수만 리가 되지 싶다. 등산 가방에 노숙 장비를 챙겨 다니며 열심히 걸었고 텐트 속에서는 떨어지지 않았다. 햇살 좋은 양지에 캠핑 장비를 깔고 라면과 어묵탕을 안주삼아 자연 속에서 보내는 시간이 많았다. 밤이면 쏟아지는 별들을 함께 바라보면서 감탄사를 연발하기도 했다. 한 번은 폭풍우 속에서 텐트와 같이 몸이 날려가는 일이 있었다. 당시에는 무서운 공포 영화 한

   나는 우도 주민이 되기로 했다

편이었지만 지금은 우리 부부에게는 즐거운 추억 거리 중 하나다. 일본 영화 〈러브레터〉 주인공이 "お元気ですか(오겡끼데스까?)"라며 설원에서 소리치던 명장면이 오버랩되는 설산을 제주에서 찾아냈다. 눈밭을 뛰어다니며 어린아이가 되어 놀면서 몇 밤을 눈밭에서 보낸 적이 있었다. 밤에 듣는 노루 소리가 그렇게 괴기스러운 소리인 줄 그때 처음 알았다. 처음 느낀 생경한 공포감은 밤새 우리 부부가 떨어질 수 없도록 만들었고 텐트 속에서 둘만의 시련(?)을 견디기도 했다. 계절이 돌고 돌듯 우리는 세상을 돌고 돌며 많은 추억과 이야기를 켜켜이 쌓아왔다. 우도는 우리가 저축하고 있는 인생 여정의 또 하나의 새로운 이야기 한편이 되고 있는 셈이다.

아내는 아침잠이 많은 사람이다. 아니 아침잠이 그렇게 많은 사람인 줄 예전에 미처 몰랐다. 그럼에도 불구하고 십수 년을 새벽에 일어나 아이들의 성장을 위해 자신의 아침을 포기하고 살아온 것이다. 잠든 아내의 얼굴을 가만히 바라보고 있으면 고단했던 지난날의 그림들이 보여서 미안함과 감사함이 동시에 생긴다. 그 오랜 시간 동안 얼마나 힘들고 고통스러웠을까 싶은 마음에 애잔하다. 하기 싫은 일들이 많았을 테지만 그 자리를 지금껏 묵묵히 지켜온 아내가 감사할 뿐이다. 그래서 아내에게 만들어 주는 행복 중 하나는 아침 식사를 챙기는 것이다. 충분한 아침잠을 선물로 주고 싶어서다. 아내와 걷기 명상을 함께하는 일도 행복 조건 중 하나다. 집을 나설 때면 어김없이 신발을 돌려서 편하게 신을 수 있도록 챙긴다. 아침 운동뿐만 아니라 아내의 외출이 있을 때는 꼭 챙기는 습관이 되었다. 마트를 함께 가면 시장바구니는 언제나 내가 들고, 택배 박스 같은 무거운 물건을 들지 못하도록 먼저 나선다. 친한 지인들은 이런 나의 모습을 보면서 반응이 각양각색이다. 세상 로맨티스트가 따로 없다며 부러움을 표하기도 하고, 요즘은 마누라 말 잘 듣고 떠받들고 살아야 한다며 너스레를 떨어주는 지인도 있다. 반면에 "재수 없다. 다른 데 가서는 그런 행동 하지 마라"며 남자 망신시킨다며 꼰대 같은 말투로 볼멘 소리하는 친구도 있다. 그렇지만 나는 행복을 만들어 가는 조건을 변함없이 하나씩 추가하면서 인생의 주체자로 살아가고 있다. 겉으로 보기에는 아내를 위한 행동처럼 보이지만 사실 궁극적인 이유는 자신의 행복을 위해서라는 말이 적확하다. 행복해야 할 순간들을 놓치고 사는 것은 어리석은 일이다. "감사하다, 사랑한다, 미안하다, 네가 있어 기쁘다" 같은 표현을 아내에게 자주 해주지만 사실 이 모든 표현은 나 자신을 향해 하는 주문과 같다. 가끔은 아내에게도 이런 나의 가치관을 이야기하면 아내도 동의해 준다. 우리 부부는 늘 자신을 위한 삶을 사는 것이 중요하다는 생각에 동의하고 있는 덕에 서로를 더욱 아끼며 살 수 있게 되었다. '누구를 위한 삶을 사는 것'에는 진정한 행복을 찾을 수 없다. 그래서 매 순간을 놓치지 말고 서로를 아끼며 사랑하며 살자고 말한다. 죽는 순간 "우리 더 많이 사랑하고 살 걸" 같은 말은 하지 말자며 말이다.

인간은 죽기 전에 후회하며 죽는 동물이라고 한다. "~공부했더라

　나는 우도 주민이 되기로 했다

면, ~친구를 사귀었더라면, ~여행을 했더라면, ~시간을 잘 사용했더라면…” 하며 소위 ‘~라면의 저주’에 빠지며 후회한다는 것이다. 후회하지 않는 삶을 사는 유일한 방법은 라면의 저주에 빠지지 않아야 하는 것이 아닐까 싶다. 우리 부부가 동의하고 있는 가치관 덕분에 명상을 함께하고, 걷기를 함께할 수 있게 되었다. 이제는 아침 식사를 챙기고 신발을 돌려놓는 내 행동을 두고 “고마워”라는 말을 잊지 않고 해주는 아내와 여정을 함께한다. 아내도 자신의 행복을 위해 스스로 주어가 되고 있는 것이다. 우리 부부는 하루가 지나갈 때마다 행복의 조건들을 계속 추가하면서 삶을 살고 있다. 아내도 “자신의 행복을 위해 살아야 한다”는 말이 이기적이고 각자도생으로 해석되는 의미가 아니라는 것을 잘 알고 있다. 때로는 의견 충돌로 부딪히는 날이 와도 금세 우리는 웃음으로 화해하며 문제를 현명하게 해결하며 지낸다. 오늘도 나는 변함없이 출근을 함께하면서 신발을 돌려준다. 아내가 환하게 웃으며 “이런 멋진 신랑이 있어서 너무 행복하다”며 여우처럼 한마디를 던진다. 나는 오늘도 아내의 말에 기분 좋게 속으며 살고 있다.

잘 노는 아이는
미래가 밝다

가족여행을 오는 여행자들을 보면 부러운 마음이 절로 든다. 부모와 형제, 자녀들까지 대가족이 함께 온 분들을 볼 때마다 대단하다는 생각을 지울 수가 없다. 여행지를 정하고 날짜를 맞추는 것부터가 난제이지 싶은데도 대가족이 함께 여행 올 수 있다는 것은 가족의 화합을 단적으로 보여주는

 나는 우도 주민이 되기로 했다

일이기 때문이다. 또 가족 수만큼 다양한 구성원들의 성향으로 숙소부터 식사까지 하나하나 챙겨야 하는 세심함이 드러나는 일이다. 그럼에도 불구하고 시간을 맞추어 30여 명 넘는 대가족이 한 지역을 여행한다는 것은 웬만한 구심점이 없다면 상상하기 쉽지 않은 일이다. 4인 구성 가족 여행객을 만나기도 그리 쉽지 않은 시대여서인지 이런 대가족 여행객을 보면 신기하고 존경심마저 생긴다. 또 초등학생들을 데리고 온 여행객을 보면 "아이가 미래다"라는 말이 절로 생각난다. 아이가 귀해지는 시대를 살고 있어서인지도 모른다. 밝은 미래를 향하는 아이로 키우고 싶어 좋은 부모 역할을 하는 이들을 보면 흐뭇하지만, 반대로 부모 여행에 들러리로 아이를 세우는 것을 보면 여간 마음이 불편하다.

돌이켜 보면 아이들에게 나도 좋은 부모가 되지 못했다. 너무 어린 나이에 아이를 낳고 키우다 보니 좋은 부모가 무엇인지 몰랐다. 아이를 키우는 법도 잘 몰랐고, 아이를 어떻게 성장시켜야 한다는 방향도 특별히 없었다. 좋은 부모의 정의에 대해 솔직히 깊이 있게 생각해 본 적이 없다. 그저 아이가 건강하게 자랄 수 있도록 보살핀 것이 전부였던 것 같다. 체계적인 교육을 제공하고 좀 더 나은 환경에서 교육받게 하려는 것보다 그저 많이 뛰어놀게 하는 것이 전부였다. 아이들에게 공부하라는 그 흔한 말조차 한번 해주었던 기억이 없는 아버지였다. 잘 뛰어놀고, 공부보다는 아이답게 자라도록 배려하는 것이 좋다고 여긴 단견에서 나온 행동이었다. 선행학습과 사교육 시장에 내몰아 아이들에게 불행의 그림자를 안고 살게 하지 않으려는 의식은 있었던 것 같다. 지나고 보니 공부를 더 할 기회를 주지 못한 것이 아쉽고, 부모로써 아이들의 진로에 적극적으로 개입해 욕심을 더 냈으면 아이들이 선택하는 인생의 폭이 조금은 더 좋은 방향으로 달라졌을까 싶은 생각이 들기도 한다.

여행을 다니는 부모들이 아이를 대하는 태도를 보면 아이들의 행불행이 조금은 보이는 것 같아 희비가 교차하기도 한다. 요즘은 초등학교 입학 전에 한글을 떼고 들어가는 것도 모자라 선행학습이라는 이름으로 영어를 유창하게 구사하는 아이들이 많아졌다. 정규수업을 마치면 영어·수학·논술 등등 학원을 한 바퀴 돌아야 하고, 놀고 싶어도 학원으로 향한 아이들밖에 없어서 친구를 찾아 학원을 가야 한다. 이 우스운 현실을 보면서 아이들이 열심히 놀 수 있는 마당을 만들어 주는 것이 옳지 않을까 싶다. "교육에는 왕도가 없다"는 말이 있듯 어느 것이 정답일지는 지금도 알 수 없는 일이다.

최근에 어느 심리학 실험 통계를 읽으면서 무척 충격에 빠진 적이 있다. 30여 가지 문항의 답변으로 아이들의 행복지수를 측정하는 연구가 있었다. "부모를 사랑합니까?"라는 설문에 "그렇지 않다"고 대답한 초등학생이 설문 참여자의 50%를 넘겼다. 심지어 "부모를 죽이고 싶다"라고 답한 아이가 10% 정도였다는 결과는 충격이 아닐 수 없었다. 이 연구 결과를 보면서 자신의 아이를 가장 잘 안다고 착각하는 부모가 많다는 사실을 새삼 상기하게 되었다. 부모가 내 아이와 진짜

     나는 우도 주민이 되기로 했다

대화를 나누고 있는지 자문해 볼 필요가 있지 않을까 싶다.

학교를 마치고 돌아온 아이에게 어떤 질문부터 하는 부모인가? 같이 있지 못한 시간 동안 있었던 이야기를 스스로 부모에게 말할 수 있는 아이인지 관찰할 필요가 있다. 스스로 좋은 부모라 착각하고 있는 건 아닌지 자문해 보는 시간도 있어야 한다. 옆집 아이와 비교하고, 학원을 보내지 않으면 불안하고, 선행학습을 하지 않으면 뒤처질까 두려워 아이가 싫어하는 수업에 떠밀고 있지는 않은지도 되살펴 보아야 한다. 게임이나 인터넷을 통해 유해 사이트에 빠질까 봐 스마트폰 사용을 막고 있지는 않은가? 결국 부모 눈을 피해 사용하는 아이로 키우는 건 아닌지도 살펴보아야 한다. 여행하는 가족들을 살펴보면 이 문제가 아이들과 가장 많이 부딪히는 문제로 보인다. 21세기는 디지털 시대라고 말은 하면서 20세기형 아이로 키우고 있는 부모를 발견할 때마다 안타깝다. 자식을 올바른 방향으로 이끌어 가기 위해서는 부모 공부가 우선되어야 한다.

개인 서고를 정리하다 보니 지난 20년간 읽어온 심리학 서적이 책장을 가득 채우고 있다. 심리학 기초 분야인 개론부터 미술, 음악치료 그리고 가족상담심리, 인간행동학까지 그동안 탐독해 온 흔적들이다. 내 아이를 잘 키워보겠다는 일념으로 다양한 심리학 서적으로 공부해 왔다. 그럼에도 아이들의 세계는 미지의 세계다. 하늘의 의미를 안다는 지천명을 훌쩍 넘긴 나이에도 알 수 없는 것이 아이의 마음이다. 그럼에도 내 아이를 잘 안다고 자신할 수 있는지, 요즘 부모가 진지하게 생각해 볼 일이다.

　개인적으로는 아이가 스스로 선택하고, 시간을 관리할 수 있는 교육이 필요하다고 믿는다. 사회에서 요구하는 체계에 맞춘 교육이 아니라 아이 스스로 결정하고 선택할 수 있는 교육 말이다. 아이는 열심히 놀아야 한다는 견해다. 어떤 이유든 무조건 잘 놀아야 한다고 확신한다. 아이가 행복하게 웃을 수 있으려면 즐겁고 재밌게 놀 수 있는 시간을 주어야 한다. 스스로 잘 노는 아이가 창의력이 높다는 연구는 수두룩하다. 아이를 믿어야 아이가 스스로 사고하며 성장할 수 있다. 내 아이를, 믿지 못하는 아이로 키우면서 아이가 제대로 성장하길 바라는 부모는 이율배반적이다.

　최근에 한 후배의 자녀가 우리 집으로 여행 왔다. 후배는 내성적인 성향의 자녀가 평소 자신감이 떨어져 밝지 못한 아이로 자라지 않을까 걱정한다며 좋은 경험을 만들어 달라며 여행을 보냈다. 뜻하지 않게 육아 독박을 쓰게 되고 보니 살짝 당황스럽기도 했다. 그렇지만 선배를 믿고 맡겨온 책임이 있으니 가만히 있을 수는 없는 노릇이었다. 아이가 재밌고 신나게 놀 수 있는 여행을 함께 만들어 보기로 하고 일정을 조정했다. 아이가 스스로 결정하는 게 좀 더 의미 있지 싶어 우도 여행을 직접 선택하도록 맡겨 보았다. 지도를 펴고 어디를 여행할지, 무엇을 하면 좋을지 결정해 보도록 했다. 아이답게 당나귀 체험부터 하고 싶어했다. 당나귀를 직접 타 볼 수 있는지를 묻더니 만져도 물지 않느냐며 호기심 넘치는 질문이 시작되었다. 체험장에 도착하기

　　　　　나는 우도 주민이 되기로 했다

도 전에 궁금증이 쏟아지는 걸 보니 기대 만발인 모양이다.

"당나귀를 직접 타면 네가 궁금해하는 것들을 전부 알 수 있지 않을까?"

"좋아요."

벌써 흥분한 아이는 당나귀 체험장에 도착하자마자 뛰어오른다. 그렇지만 당나귀를 마주하는 순간 당황하는 기색이 역력하다. 당나귀를 만져보는 것부터 두려운 모양이다. 먹이를 주는 일부터 시작하면 당나귀와 친해지지 싶어 당근 몇 개를 직접 구매하도록 배려했다. 작은 것에서 재미를 붙이고 큰 방향으로 조금씩 옮겨주는 것이 아이를 다루는 좋은 방법이다. 아이들의 질문은 시작되면 꼬리에 꼬리를 무는 경우가 많다. 금세 지칠 때가 많지만 항상 진지하게 대답해야 한다. 공부는 학교 교실보다 자연에서 더 많다는 것을 알려주면 좋다.

어느새 당나귀를 쓰다듬어 보고 싶다면서 슬금슬금 당나귀 앞으로 접근한다. 조금은 무서움을 느끼는 듯했지만 제법 친해졌다고 여기는 모양인지 당나귀를 쓰다듬는 데 성공한다. 마침내 함께 사진을 찍는 일까지 해냈다. 아이는 곧 당나귀를 타보고 싶다고 한다. 당당하게 당나귀 등에 올라 10여 분 동안 당나귀 여행을 시작했다. 다양한 경험은 뇌 활동에 많은 자극을 줄 것이 분명하다. 특히 처음 하는 경험이 더 큰 자극이 될 때 그 기억은 강하게 각인되는 법이다. 이제 당나귀를 타는 것이 시시한지 말타는 법을 배우고 싶어 한다. 좀 더 높아진 등 위에서 느끼는 두려움이 있지만 감각은 한 층 더 벼려지는 듯하다. 말 등에 올라 보니 달라진 시야에 세상을 바라보는 시각도 다르게 보일 것이다. 두 발을 모아 초원을 뛰는 승마에 아이는 연신 소리를 질러댄다. 모든 감각이 깨어나는지 감탄사를 연발한다. 부모와 보내는 시간이 통제가 아님을 느끼는 것이 중요하다. 자신이 선택하고 결정하는 일에 함께하고 지지해 주는 사람이라고 여기면 심리적으로 안정감을 가지면서 진짜 대화를 할 수 있게 된다.

다음 여행지로 이동하면서 다양한 주제로 대화를 많이 나눈다.
"한국에서 제일 높은 산은 어디야?"
"백두산요."
"우와! 어떻게 알았지?"
"어떤 책에서 봤어요."
"이야! 그런 걸 기억해. 대단하네."
진정성 있는 칭찬과 어떻게(HOW) 질문은 아이에게 생각과 표현을 더 많이 할 수 있게 해준다. 아이가 자유롭게 표현할 수 있게 하고 자신감을 심어주는 대화법이 좋다. 또한 감탄사는 아이의 감정과 동화되는 기법 중 하나다. 아이는 일체감을 느끼고 그로 인해 친구라는 생각을 하게 되면서 마음을 열게 된다.
"백두산은 북한에 있잖아. 그런데 너는 지금 제주도에 있으니까 한국에서 가장 높은 산은 뭘까?"
"몰라요."
지도를 펴 보여주면서 한라산의 위치를 알려준다. 지도를 보여주는 것은 공간 감각을 익히는 아주 좋은 방법이다. 자신이 있는 위치를 알

    나는 우도 주민이 되기로 했다

게 되면 주변 지리를 궁금해하고 거리 감각을 알기 위해 또 다른 질문으로 이어질 가능성이 높다. 한라산이 있는 위치를 보여주면서 우도에서도 한라산을 볼 수 있다고 설명해 준다.

"한라산은 얼마나 높은데 여기서도 볼 수 있는 거예요?"

"한라산이 얼마나 높을까?"

"우리 집 앞산보다 높아요. 하하하."

자유로운 대화를 하면 아이들은 예상 밖의 창의적인 대답을 쏟아낸다.

"우와 앞산보다 높은 걸 어찌 알았지~."

아이는 까르르 신나서 한바탕 웃는다.

"한라산 높이를 알려줄 테니 따라 해봐. 한 번 구경 오세요."

"한 번 구경 오세요."

아이는 리듬을 타며 따라 한다.

"1,950미터, 이게 한라산 높이야. 알겠지!"

"다시 해볼까!"

리듬을 타면서 함께 신나게 외쳐 본다.

"한 번 구경 오세요."

함께 놀이한다는 생각이 드는지 아이는 더 신나서 더 많이 떠들고 웃는다. 이동하는 동안 끊임없이 조잘거리고 밝게 웃는 모습을 보니 내성적인 아이라는 후배의 말이 의아스러웠다. 사실 부모는 자신의 아이를 제일 잘 안다고 착각하는 경우가 많다. 하지만 함께하지 않은 시간에 대해 아이와 진실한 대화를 하지 않으면 부모는 알 수 없다.

그런 면에서 아이를 더 세심하게 관찰하고 챙겨볼 수 있어야 진짜 자신의 아이에 대해 잘 알 수 있는 법이다. 아이와 제법 성공적인 여행 경험을 하는 것 같아 나도 기분이 덩달아 좋아졌다. 연상기억법으로 알게 된 한라산 높이는 오랜 시간 아이의 기억에 남을 것이다.

아이는 당나귀 체험 비용부터 직접 결제하게 했더니 무척 신기해했다. 항상 부모님이 해버려서 얼마를 하는지, 어떻게 계산하는지 모르는 것이 많다고 했다. 직접 해보니 돈이 이렇게 많이 드는지 몰랐다는 말도 한다. 부모는 의식하지 않았겠지만, 아이에게는 이 모든 것이 학습이고 교육이다. 직접 계산해 보는 것은 실물경제를 익히고 경제개념을 심는 아주 중요한 공부다. 돈 쓰는 법을 알아야 돈 버는 법을 가르칠 수 있고, 돈 버는 법 알고 난 뒤에라야 돈을 관리하는 법을 배울 수 있다. 무엇이든 어른이 나서서 전부 해주는 일은 자립적 사고를 거세하는 일이다.

점심 식사 시간이 되었다. 여행길에 수저를 챙기는 일은 이제 시키지 않아도 스스로 척척 해낸다. 자신이 선택한 일은 무엇을 해도 기분 좋게 할 수 있고 능동적으로 행동할 가능성이 높다. 아이는 점점 더 능동적인 아이로 바뀌어 가는 것 같다. 짧은 여행에서 생기는 변화지만 생각 이상으로 달라진 아이다.

식사하는 동안 또 다른 주제로 대화가 시작되었다.
"독서는 한 번에 얼마나 동안 하면 되는 거야?"
"15분요."

하루 15분씩만 독서를 하는 것이 좋겠다는 나의 말에 아이는 "진짜 요?"라며 연신 좋아한다. 책을 읽는 시간이 무척 힘들었다고 했다. 머리에도 잘 들어오지 않는데 엄마가 자꾸 책을 보라고 종용한다는 것이다. 제일 오래 할 수 있는 일이 무엇이냐고 물었더니 역시 게임이라고 답한다. 독서 시간은 15분, 게임은 50분씩 해보는 것은 어떻겠냐고 타협안을 말했더니 "정말 그래도 돼요"라며 의심스러운 질문이 돌아온다.

매일 책을 읽게 하고, 한 번 읽는 책은 끝까지 읽어야 한다면 아이들은 책을 싫어할 가능성이 높아진다. 또, 독서감상문을 반드시 쓰도록 강제하면 영원히 책에 대한 흥미를 잃을 수 있어 오히려 독이 될 가능성이 높다. 그래서 책을 읽는 것보다 중요한 것은 책을 좋아하게 하는 것이다. 아직 단어나 어휘를 정확히 문해하지 못하고 독해하지 못하는 아이에게 독서 습관이라는 명목으로 반강제 하는 것은 결코 도움이 되지 않는다. 억지로 한다고 좋은 결과가 나오지 않는다는 걸 알면서도 부모의 불안이 아이를 부추기는 게 아닌지 돌아보아야 한다. 대다수 아이의 집중력은 15분을 넘기기 어렵다. 독서를 매일 하는 것보다 매일 독서에 싫증을 느끼지 않게 하는 것이 더 중요하다. 15분 집중법은 아이가 책을 좋아하게 하는 유용한 방법이다.

"독서하고 나면 뭘 해야 해?"

"놀아요."

"얼마 동안 놀면 좋겠어?"

"40분요."

"그다음에는 어떤 걸 하고 싶어?"

"게임요."

"얼마나 하면 좋지?"

"50분요."

"스스로 결정한 거니까 약속은 잘 지킬 수 있지?"

신나게 "네" 하고 대답한다.

부모는 시간을 넘기지 않도록 챙겨주면 된다. 아이가 자꾸 통제받는 느낌을 가지지 않도록 해주는 것이 필요하다. 통제는 아이가 느끼지 못하도록 큰 울타리 속에서 하는 것이 좋다. 능동적 아이가 되기를 바란다면 부모가 앞서 해주려는 관성적인 습관을 버려야 한다. 아이는 그렇게 한 달 넘게 우도에서 여행과 함께하는 생활을 보내다가 부모 품으로 돌아갔다.

손자를 키우는 마음으로 함께 보낸 시간이었다. 오랜만에 육아를 맡아서인지 내 아이를 키울 때 마음이 새록새록 되살아났다. 다시 아이를 낳아 키울 수 있다면 이제는 더 좋은 아이로 성장시킬 수 있을지 모르겠다는 마음이 들면서 헛웃음을 지어 본다. 아이는 매일 내게 소식을 보낸다. 오늘은 어떤 게임을 했는지 조잘거리고, 다음 날은 어떤 책을 읽었는지 문자를 보내기도 한다. 결정이 어려운 일이 있으면 질문을 쏟아내기도 하고 호기심 가득한 일이 생기면 열정 가득한 표현으로 직접 전화를 걸어오기도 한다. 며칠 전에는 유튜브에 자신이 만든 영상을 올렸다면서 자랑해 왔다. 링크를 보내주면서 이제는 재밌

   나는 우도 주민이 되기로 했다

는 영상을 만들어 볼 것이라며 사진을 많이 찍고 있다고 했다. 아이의 성장을 바라보는 일이 너무 흐뭇하다. 아이는 무조건 열심히, 행복하게 많이 놀아야 한다는 것을 새삼 느끼는 경험이었다.

청년들이 몰려오는
우도마을

아침 조간신문에서 뜻깊은 칼럼 한 편을 읽게 되었다. 인구 다섯 명 중 한 명이 노인 인구가 된 대한민국이다. 초고령화 사회로 진입하면서 청년층 일자리가 줄고 청년들이 일할 기회가 사장되는 등 심각한 위기라는 내용을 담고 있다. 그럼에도 불구하고 충북 괴산에는 청년들이 귀촌하여 인

구가 늘고 있다고 했다. 전국 지자체 인구가 소멸하는 데 반하여 괴산은 좋은 아이디어로 외부 인구를 유입하여 인구를 늘리고 일자리를 창출하고 있다는 내용이다.

"우수한 기업 하나가 일천 명의 가족을 먹여 살릴 수 있다"는 말처럼 젊은 인재 하나가 좋은 아이디어를 제안하여 젊은 친구들을 농촌으로 눈 돌리게 해 정착 가능한 마을로 만들고 있다는 소식은 참으로 반가웠다. 청년들은 귀촌하면서 '국가에서 어떤 지원을 받을 것인지'를 묻지 않고, '무엇을 하고 싶은지'를 질문하면서 농촌에서 가능성을 엿보았다고 했다. 발상의 전환으로 자신이 하고 싶고, 좋아하는 일을 선택하여 정착을 결정하게 된 사연이다. 젊은 청년들에게 무차별적으로 지원금을 주는 것이 아니라 귀촌하여 이 마을 주민이 되어 살아갈 수 있도록 해야 한다는 것. 문화 기반을 만들어 정착지에서 어떤 삶이 펼쳐질지 비전을 제시해 주는 것이 진정한 귀촌이라는 것이다. 청년들의 삶의 방식을 우선 존중하는 데서 시작하다 보니 청년들의 우수한 아이디어를 정책적으로 받아들일 수 있는 기회가 생겼고 성공의 기틀이 되었다고 한다.

이 칼럼을 읽으면서 우도라고 다르지 않다는 생각이 들었다. 사실 우도는 청년을 매일 넘치도록 보는 섬이다. 청년이 몰려들지만, 정착을 생각하는 젊은이가 없다는 아이러니가 있다. 연간 200만 명의 관광객 중 70% 이상이 20~30대 MZ세대라는 점에서 우도는 활기 넘치는 젊은 도시인 셈이다. 그들이 우도가 기회의 섬임을 눈치채지 못하고 돌아가는 것이 안타깝다. 그렇지만 젊은이들이 이곳에 정착할 수 있을까 하는 질문을 스스로 해보면 고개를 저을 수밖에 없는 것이 현실이다. 이들이 정착하기 위해서 갖추어야 할 문화 기반이나 인프라는 거의 전무한 상태라는 점에서 의문이 들기 때문이다. 이런 문제에 대한 방향 모색조차 찾아볼 수 없다는 점에서 우도 주민들의 인식 개선이 아쉽기만 하다. 연간 200만 명의 관광객이 작은 이 섬으로 몰려드는 데는 분명 이유가 있을 것이다. 이런 점을 미루어 짐작해 볼 수 있는 젊은이라면 충북 괴산의 선례와 다르지 않은 일이 이 섬에서는 더 큰 발화점으로 나타날 수 있다.

어떤 것이든 관심을 가지게 되면 질문을 하게 되고 다양한 질문이 이어지면 관점을 다르게 하는 눈이 생긴다. 그리고 관찰의 깊이가 달라지면서 지금까지 알고 있던 세상을 다른 방식으로 해석하는 시간을 맞이하게 된다. 바뀐 관점은 올바른 정의를 내릴 수 있게 한다. 올바른 정의가 내려진다면 올바른 방향을 알게 되고 올바른 선택을 할 가능성이 높아진다. 그래서 이 섬에 관한 관심은 출발이고 질문의 시작인 셈이다. 올바른 정의를 내리지 못하면 올바른 준비를 할 수 없고, 준비가 되지 않으면 기회가 와도 기회인 줄 모르게 되며 기회인 줄 알아도 그 기회를 온전히 내 것으로 만들 수 없다. 그러므로 언제 어디서나 자신의 시각을 통찰과 통섭의 눈으로 이끌어 가는 지혜의 눈을 열어둘 줄 알아야 한다. 사고는 언제나 날카롭게 벼를 줄 아는 젊은이가 되면 좋겠다. 자기 삶에 기회가 될지도 모른다는 마음으로 여행을 하면 좋겠다. 젊은이들이 남다른 시각을 가지고 번쩍이는 아이디어를

     나는 우도 주민이 되기로 했다

도출할 기회를 가질 수 있어야 한다고 믿는다.

우도는 아메리칸드림처럼 기회가 넘치는 섬이 분명하다. 서울에서 동물원 조련사로 근무했던 부부가 내려와 동물 체험 카페를 차려 좋은 성과를 거두고 있다. 또 두 평 남짓 점포에서 한치빵이라는 독특한 아이디로 특산 빵을 판매하는 매장도 적지 않은 매출을 올리고 있다. 천혜의 자연환경을 활용하여 최고의 인생샷을 남길 수 있는 장점은 웨딩용품 대여숍으로 연결되어 MZ세대에게 인기를 얻고 있다. 최근에는 한류 붐을 타면서 관광객 대상으로 한복을 대여해 수익을 내는 매장도 생겼다. 더불어 해수욕의 계절이 되면 카약매장을 열어 별도의 매출을 올리기도 한다. 투명카약이나 제주도 뗏목이라고 할 수 있는 '테우' 형식의 배를 타는 체험장도 인기다. 또한 발효 음식을 개발해 경쟁력을 높이는 식당이 있고, 배달앱 사용 매장이 거의 없다는 것을 간파하고 배달 전문점을 만들어 운영하는 젊은이도 있다. 자신만의 특별한 레시피를 활용한 수제 햄버거 가게는 문전성시를 이룬다. 제주 최연소 해녀로 방송에 알려진 젊은이는 최근 자신의 가게를 오픈하여 직접 채취한 해산물로 다양한 요리를 선보이면서 기회를 포착하고 있다.

이렇게 좋은 아이디어를 활용하고 틈새시장을 찾아내어 자신들만의 기회를 만들고 있는 젊은이들을 보면 반갑기만 하다. 넘치는 젊은 에너지를 끌어내어 자신의 미래를 설계하고 스스로 인생을 개척해 나가는 모습에 우도의 미래를 엿볼 수 있기 때문이다. 그들이 이곳을 삶의 터전으로 만들 수 있도록 밑바탕을 마련하는 일은 우도 주민의 몫이다, 젊은이들이 우도에 오래 정착해 살아갈 수 있도록 문화 인프라를 조성할 것을 권유하고 싶다.

또 젊은이들에게 더 큰 힘을 실어주기 위해서는 법률과 행정이 뒷받침되어 지속적이고 신속하게 정책을 마련하여야 한다. 젊은이들이 머무는 지속 가능한 마을을 만들기 위해서는 우도 마을 주민 모두가 이런 책임 의식을 가져야 하고 토착민들이 더 많은 관심을 가져야 한다. 젊은이들이 많이 머무는 도시는 어떤 곳보다 희망이 넘치는 지역이 될 테니 말이다. 토착민들이 가진 관심은 이들의 아들과 딸이 고향으로 돌아와 정착 가능한 기반을 만드는 일이다.

젊은이들이 잘 살아가는 우도가 되기 위한 노력은 어느 한 사람의 역량으로 해결할 수 있는 문제는 아니다. 젊은이들이 넘치는 만큼 젊은이들이 우도를 사랑할 수 있도록 만들어야 한다. 우도의 미래가 젊은이들에게 있다는 생각만큼 미래지향적인 발상은 없다.

지금의 현실을 살펴보면 우도의 미래가 그리 밝지만은 않는 것이 사실이다. 렌트카, 도항선, 그리고 다양한 마을 사업들이 분쟁을 안고 있고 기득권 세력들의 이해관계는 첨예한 대립각을 세우고 있기 때문이다. 젊은이들이 공존하는 방식을 선택해야 발전하는 우도의 미래를 그려볼 수 있다고 확신한다. 젊은 청년이 없는 마을은 결국 도태할 수밖에 없다. 그들이 머물러 활기 넘치는 도시가 될 수 있다면 우도는 분명 미래가 밝은 섬이 될 것이다. 젊은이들의 에너지가 가득한 역동적인 섬 우도를 만나는 날이 꼭 있기를 기대한다.

PART 3

우도에서 삶을 다시 짓다

여행공동체의
기록

여행공동체 일을
하면서

공동체란 무엇인가? 공공의 선이란 어떻게 정의 내릴 수 있을까? 한동안 세상 구경하며 여행을 열심히 다녀서인지 가끔은 삶에 통찰력이 생길 때가 있다. 그렇다고 세상을 통달할 만큼 도력을 닦은 것은 아니지만 문제의식이 발현될 때마다 집중력을 발휘하여 되살펴 보면 사람의 면모가 보

일 때가 있다. 세상을 돌아다녀 보면 신기하게도 어떤 마을에서는 발길이 떨어지지 않는 경우가 있다. 그럴 때는 마을에 거처를 마련하여 토착민들의 일상으로 들어가 보곤 했다. 창작 작업을 하기에 적당한 마을을 만나거나 매력적인 풍경에 빠지면 떠나고 싶지 않아 머물게 된다. 예기치 않는 순간 옛 추억을 소환하는 음식 맛을 느끼면 눈물이 왈칵 쏟아지는 날도 있다. 아이들과 보낸 추억이 떠올라 한동안 그 마을에서 지내는 결정을 하기도 했다. 그렇게 머물다 보면 인연은 맺어지고, 맺은 인연 덕분에 친구가 생기곤 했다.

많은 여행 경험에서 깨닫는 하나는 인연에 대해서다. 인연을 맺는다는 의미는 사람과 사람의 관계로 한정되는 것은 아니지 싶다. 어느 마을에 머물다 보면 마을의 특이한 음식을 맛보고 그 음식을 사랑하게 되고 그 음식과 이어지게 된다. 그 장소에서만 볼 수 있는 특별한 풍광을 만나게 되면 그 장소와 인연을 맺기도 했다. 계절의 변화와 시간에 따라 달라지는 예쁜 풍경에 매료되어 자연과 끊어지지 않는 연결성을 만들기도 한다. 사람과 사람의 관계를 넘어 사람과 사물, 사람과 음식 그리고 사람과 장소로 이어지는 관계는 인연의 또 다른 확장판과 같다.

인연은 그렇게 단순한 가치가 아니라는 깨달음이 생길 때마다 전율을 느꼈다. 어느 순간 예상하지 않은 그 인연의 끈끈함이 길어지다 보면 머무는 시간은 생각보다 길어지기도 한다. 열린 마음을 가지면 세상 모든 것이 나와 연결되어 시절 인연으로 우주의 시간이 작용하고 있다는 것을 알게 된다. 마치 마법에 걸린 듯 그렇게 시공간의 차원을 넘나드는 순간에 여행의 참 묘미를 느끼는 것이 아닐까 싶다.

　우도가 내게는 그런 시절 인연과 같은 마을이다. 덕분에 마을을 객관적으로 바라볼 수 있는 여유가 있었고, 나는 공동체의 필요성을 절감하게 되었다. '공동체'라는 정의가 무엇인지 새롭게 정립해 볼 필요가 있었다. 작은 단위의 마을일수록 공동체 문화는 더욱 단단해질 수 있다는 생각이 들었다. 우도 또한 공동체의 결속력이 강한 사회라고 할 수 있다. '궨당'이라는 문화는 그 결속력을 대변하는 단어라고 볼 수 있다. 그러나 이 문화가 긍정적인 방향의 결속이 아니라 배척으로 작용한다면 걸림돌이 될 수 있다.

　공동체에 대한 의미를 다시 한번 되새김질하게 된 배경에는 이 마을에 녹아있는 배척의 문화를 체감하면서부터다. 이 마을을 이끄는 리더들과 인연을 맺을 기회가 많았다. 이런저런 마을의 현안들을 두고 제법 깊은 고민을 나누면서 많은 의견을 주고받을 수 있었다. 우리 여행공동체의 아이디어와 방향에 대한 의견 교환도 그중 하나였다. 우도의 미래를 바꿀 수 있는 일이라며 응원을 아끼지 않으신 분들이 많았다. 새로운 시도를 통해 올바른 방향으로 이끌고 있다는 사실에 감사의 인사를 주시는 분들도 더러 있었다. 그리고 여행공동체 운영에 도움이 필요하면 언제든지 요청해 달라는 격려까지. 이들의 관심과 사랑이 전달되어 눈물을 왈칵 쏟을 정도로 감동 한 사발 마시는 순간도 있었다. 그동안 척박한 우도 마을에서 배척의 기운을 감당하며 힘겹게 버텨온 날들이 주마등처럼 지나가서일지도 모르겠다.

　　　　나는 우도 주민이 되기로 했다

우도 면장님과 부면장님이 찾아오셔서 내년 지역주민 참여예산 사업 정보를 주시면서 참여해 달라는 요청과 함께 행정 서류까지 직접 가져다주셨고 지원을 약속했다. 그렇지만 나는 이 사업에 지원하는 걸 고민하지 않을 수 없었다. 그 어떤 지역보다 이질적 문화가 더 짙은 이 섬에서 한 번도 시도해 보지 않은 아이디어를 내놓는 순간 뛰어나온 정으로 취급받아 망치질 당하지 않을까 하는 두려움이 앞섰기 때문이다. 그렇게 숙고의 시간을 보냈고 리더님들의 지속적인 권유에 용기를 내어 지원하게 되었다.

주민 참여사업 설명회 개최를 기다리며 자료를 정성껏 만들었다. 사업 설명을 하는 날은 주민위원회 위원들이 설명을 듣고 마을에 필요한 사업인지 우선 결정하는 심의의 자리다. 마을의 주요 단체 대부분이 참여하여 사업 배정을 받기 위해 다양한 아이디어를 제안하고 설명한다. 우리 여행공동체는 세 번째 순서로, PPT 자료를 띄우는 순간부터 문제에 맞닥뜨려야 했다. 사업 설명을 하기도 전에 마을 주민 인지부터 질문받아야 했으니 말이다. 상당히 거칠고 비난적인 태도로 일관하는 질문이었다. 그러나 설명회를 원만하게 마치기 위해 차분히 답했다. 첫 질문부터 이미 우리 사업은 본 사업에 참여해서는 안 된다고 선을 긋는 듯했다. 사업을 결정하는 자리가 아니라 설명하는 자리임에도 이미 우리 공동체는 배제된 것이나 다름없는 뉘앙스를 느낄 수 있었다. 우리 공동체가 추구하는 방향과 내용을 듣기도 전에 이미 배척된 것 같아 실망스러웠다. 또 사업과 전혀 무관한 질문을 쏟아내면서 공격적인 언사와 태도를 멈추지 않았다.

우리는 이 설명회에 참여하여 제대로 된 기회조차 가지지 못한 채 물러나야 했다. 이후 지금까지 제법 큰 후유증을 앓고 있다. 말로 표현할 수 없는 일들을 겪어내면서 괸당 문화의 비극을 감내하는 일은 현재진행형에 있다. 개인 사업을 공동체 사업으로 둔갑시켜 일을 한다는 소문에 시달리면서 여행공동체에 균열이 생기기 시작했다. 지역 주민 사업 설명회 여파는 그동안 방향을 잘 잡아가던 우리에게 꽤 큰 상처를 남겼다. 당연히 여행공동체 사업은 진행 과정부터 처참하게 탈락했다. 아니 언급조차 되지 않았다. "사비를 털어 가며 이런 공동체 사업을 이끌어 가는 분들이 어디 있겠냐"며 응원과 격려를 아끼지 않던 마을 유지분들은 그 이후 만날 수조차 없었다.

그날 이후 여러 마을 주민에게 이 사태에 대한 다양한 의견을 들을 수 있었다. 마을 사업을 진행할 때 토착민들의 결정은 공정과 상식, 올바른 행정적 절차나 법 제도가 아니라 마을 이장이나 주민 대표들과 척지지 않는 것에 실리가 있고, 그동안 굳어져 온 관습법이 우선하는 것이 관례가 되었다는 의견이 많았다. 이 마을에서 오래 살아온 사람들의 입장에서 보면 대다수 친척이고, 어린 시절부터 선후배로 이어진 학연과 지연의 연결고리를 끊어내는 일이 쉽지는 않을 터이다. 사업의 내용과 무관한 그들만의 리그에 참여한 나의 잘못이 컸는지도 모르고, 어쩌면 내 결정이 성급했던 게 아닌가 싶어 스스로 위로받을 수 있었다. 오랜 시간 한 마을에서 살아온 사람들의 유대 관계를 생각하면 서로 불편을 겪고 싶지 않았을 것이다. 그렇지만 사업 설명회 참여를 권유한 분들은 이 마을을 이끌어 가는 분들이었고 설명회 참여

   나는 우도 주민이 되기로 했다

에 동기부여를 제공한 입장에서 따뜻한 말 한마디 정도로 위로해 주는 미덕을 발휘해 주었다면 하는 아쉬움과 씁쓸함이 생기는 것은 사실이었다.

　최근에 국가로부터 지원을 받으며 활동하는 비영리 단체들의 예산 전행과 횡령 사건이 뉴스에 집중적으로 다루어지고 있다. 특히 단체장의 개인 용도로 사용되는 문제로 인해 비영리 단체를 없애고 예산 지원을 삭감한다는 뉴스까지 보도되었다. 우도에도 이 뉴스에 자유로울 수 없는 단체가 많다. 사실 여부를 확인할 길은 없으나 마을 단체에서 진행하는 사업에 이런저런 문제가 있다는 이야기를 너무도 많은 일화로 들어왔다. 마을에서 진행되는 국가 예산 지원 사업을 집행하는 단체 중에는 어김없이 잘못 사용되거나 전용되고 있다면서 구체적인 액수와 대상까지 들을 수 있었다. 마을 주민을 위해 펼치는 사업이 매년 기득권의 배를 불리고 그들이 유리한 방향에서 사업을 결정하고 시행하는 일이 많다는 이야기가 떠돈다. 최근에는 포구 방파제 공사를 하면서 마을 이장이 독단적으로 공사를 강행하는 바람에 데모가 벌어지기도 했다. 당연히 제주도 지역 뉴스에 이슈로 등장했고 언론 보도로 이어졌다. 몇몇 소식은 실체 없는 유언비어일 수 있지만 보도 자료를 통해 터져 나온 잡음은 분명 사실에 입각한 취재라는 점에서 경각심을 가져야 할 심각한 문제다. 우도 주민이 되고 보니 꼭 서류로 확인하지 않아도 세금이 줄줄이 새어나가는 사업이 눈에 보이는 것도 사실이다.

주민참여예산 사업에는 정착민들이 제안하는 사업은 거의 배제되기 일쑤다. 실제 정착민들이 제안하는 사업 수와 사업이 결정되어 예산이 집행된 사례에 대해 정보를 알고 싶다면 주민위원이 되어야만 가능하다. 그렇지만 주민위원이 되기 위해서는 이 마을에서 몇 년 이상을 살아야 한다는 규정을 두어 정착민들이 주민위원으로 참여할 수 없도록 사실상 막아둔 셈이다. 주민위원회가 결정하는 사업은 요식행위와 같은 절차를 거치는데 몇몇 사업을 두고 스티커를 붙이며 주민 의견을 수렴한다. 이 절차를 거치면 주민 모두가 동의한 것이 되고 가장 민주적인 방식으로 사업을 결정한 것이 된다. 그러나 현미경을 들이대어 이 문제를 깊이 들여다본다면 마을의 공동 번영과 공익을 목적으로 하는 사업에 예산이 배정되는 것이 전부가 아니라는 생각이 든다. 이 사실은 토착민 다수와 정착민들에게 의견을 구해 본 입장이다. 정당하게 집행된 사업이 정착되어 마을 발전에 도움 된 사업도 적지 않다. 반면에 마을 주민이 모르는 사이 벌어지는 사업 중에는 공익의 가면을 쓰고 집행되는 사업도 종종 있어 보인다.

그렇지만 나는 지금까지 이런 일에 전혀 개입하지 않았다. 이방인으로 살면서 굳이 이런 일에 끼어들고 싶지도 않았기 때문이다. 그러나 막상 우리 공동체의 당면 문제가 되고 보니 선명하게 보이기 시작했다. 마을 공동 사업에 오염된 사업들이 생각 이상으로 많다는 사실에 문제의식이 발로한 것이다. 제주도청과 시청에 정보공개 청구를 통해 사업 내용을 파악하는 일부터가 우선되어야 했다. 짐작과 추론만으로 잘못이라고 말하는 것은 안 될 일이기 때문이다.

　　　　　나는 우도 주민이 되기로 했다

잘못을 바로잡기 위한 투쟁은 긴 시간을 요구하고 있다. 홀로 행정과 법률적인 문제를 파헤치고 기득권의 부당에 맞서는 일은 생각보다 쉽지 않다. 우도를 이끌어 가는 분들과 단체에서 우선 마을 전체를 대변하여 투명하고 공정한지를 되살피고 우도의 미래를 위해 나아가고 있는지를 자문해 보는 시간이 제발, 있기를 바란다.

공동체라고 하면 공공의 선에 우선순위를 두어야 하고 공익적인 목적을 달성하기 위해 권익을 보호하고 신장하는 일에 공통의 목표를 두어야 한다. '공동체'의 정의를 올바르게 내리지 못한다면 그 공동체는 다른 방향으로 달려갈 가능성이 높다. 그 방향은 폭거이거나 폭주라 불러야 할 것이다. 오랜 관행이나 관습이라는 명분의 가면을 쓰고 개인의 이익이나 기득권을 보호하기 위한 목적으로 단체가 구성되고 활용되어서는 안 되는 것이다. 섬이라고 해서 다른 관습과 풍습이 있다는 말로 시대착오적인 발상을 하는 것은 곤란하다. 공공의 선을 가장하여 활동하는 단체라면 퇴출되는 것이 마땅하다.

정착민이라는 이유로 배제하고, 자신들의 이익에 부합하지 않는다고 배척하는 일이 기준으로 적용될 수는 없다. 진짜 배척해야 하는 대상은 정착민과 토착민이 아니라 공동체의 목적에 부합하지 않는 단체라야 한다. 또 관행과 관습이라는 이름으로 법의 한계선을 마음대로 넘어서는 일을 해서도 안 된다. 국가 예산을 투입하는 사업이 기득권의 영역을 지키고 그들의 이익을 위해 존재한다면 민주적인 감시 체계는 이미 무너진 것이다. 국가 예산 사업이 자기 잔치를 위한 자리로 이루어진다면 마을의 미래는 캄캄할 수밖에 없다. 사업 결정에 구태의 고리가 만연한다면 아무리 좋은 아이디어를 제안한다고 해도 좋은 결실을 얻을 수 없다.

　'마을 주민이란 무엇인가?'라는 질문이 고개를 쳐든다. 지난날 렌트카 입도 문제로 정착민과 토착민이 대립했다. 이 대립은 법정 문제로 비화 되었고 재판을 진행하는 도중에 서로의 이익에 담합하는 일이 발생했다. 마을은 사분오열로 찢어졌다. 아직도 그 앙금은 곳곳에 고스란히 남아있는 것으로 보인다. 이런 일들이 켜켜이 쌓이면 또다시 그 광풍이 재현되지 않으리라는 보장은 없다.

　이 마을에 주소지를 두고 있는 사람은 우도마을 주민이다. 이 당위성이 인정되지 않는다면 누구도 마을 주민으로 가져야 할 의무와 책임은 없어진다. 당연히 마을 주민으로 이 섬의 발전을 위해 아낌없는 희생과 봉사에 참여할 이유도 없어진다. 서로가 알아보지 못한다는 이유로 마을 주민 여부를 물어야 한다면 대한민국에서 마을 주민이라는 법적 근거를 어디서 찾아야 하는지 반문할 수밖에 없다. 이방인 취급을 받는 것도 속상한데 마을 발전과 미래를 지향하는 일에 무조건적인 반대를 당하는 주민이 된다면 어떤 사람도 마을과 운명 공동체로 살아가고 싶지 않을 것이다.

　이번 사건은 이방인으로 겪는 서러움 같은 일이라 여기기로 했다. 토착민들 속에 마을 주민으로 살아가는 게 쉬운 일이 아님을 다시금 일깨우는 계기였다. 또 우리 공동체에 대한 정의를 다시 한번 내려보는 시간이 됐다. 국가지원 사업에 참여하기에는 아직도 준비되지 못

　나는 우도 주민이 되기로 했다

한 우리 문제라고 여겨야 할지 모르겠다. 여러 가지 시스템과 행정, 법률적 문제들이 여물지 않은 우리 공동체이고 적극적인 홍보를 통해 공동체 사업에 대한 인식을 제대로 알리지 못한 나의 부족함을 인정할 수 있어 감사한 마음으로 받아들였다. 좀 더 신중하고 진중하게 이 문제를 살펴보고 진정한 공동체 문화를 성숙시키는 데 앞장서는 사람으로 이 마을에서 굳건하게 살아가려 한다.

우도 걷기
여행프로그램

우도에는 멋진 걷기 여행프로그램이 있다. 우도 주민들과 함께하는 일상 걷기가 아니라 우도 여행자들에게 제공하는 걷기 여행프로그램이다. 우도의 문화와 역사를 스토리텔링으로 엮은, 섬마을 주민들이 살아온 이야기를 전하는 걷기 여행이다. 우도 마을의 다양한 이야기를 전해주는 것

 나는 우도 주민이 되기로 했다

이 이 프로그램이 추구하는 가치다. 나도 처음 참여하고 보니 알지 못했던 마을의 다양한 이야기를 들을 수 있어 좋았다. 덕분에 마을 곳곳의 다양한 유래를 알 수 있었고, 마을을 이해할 수 있는 일들이 많아졌다. 프로그램 참여 후 우도가 훨씬 더 지근거리에 있는 느낌이 들었고, 마을에 더 많은 애정을 가질 수 있게 되었다. 그래서 이런 기회를 더 많은 여행자들에게 만들어 주면 좋겠다는 생각이 들었다. 전기자전거나 전동차로 해안도로만 한 바퀴 휙 돌고 가는 여행지가 아닌 머물러도 좋은 여행지가 되길 바라는 마음으로 운영되면 좋겠다 싶었다. 이곳에 머물면서 진짜 아름다운 우도를 발견할 수 있다면 주민이 되고 싶어 다시 돌아올 수 있지 않을까.

1박2일, 2박3일 걷기 코스를 개발하게 되었다. 여행에서 가장 부담되는 것은 역시 숙박비다. 숙박비가 부담된다면 여행을 머뭇거리게 된다. 그래서 숙박은 우리 집을 내어주는 것으로 계획해 보았다. 최소한의 경비로 여행 기회를 제공한다면 우도를 올바르게 여행할 수 있고 자연스럽게 머무는 여행과 함께 걷기 프로그램에도 참여할 수 있지 싶어 기획하게 되었다. 규모를 크게 하지 않더라도 단 한 사람이라도 우도를 다시 볼 기회를 마련한다면 성공한 프로그램이지 싶었다.

나는 걷기 지도자 자격증을 가지고 있는 걷기 전문가다. 그동안 다양한 걷기 행사에 참여하였고 다양한 대회에 참가하여 좋은 기록을 보유하고 있다. 또 걷기 탐방을 통해 칼럼을 지속적으로 써왔고 새로운 길을 개척하는 일에도 많이 참여했다. 우도에서도 나의 경력을 바

탕으로 기획된 프로그램에 전문성을 보탤 수 있다면 더 좋은 여행프
로그램이 될 것이라 여겼다. 길 전문가가 운영하는 스토리텔링 걷기
프로그램이라는 홍보는 더 많은 사람에게 더 큰 신뢰감을 줄 수 있지
싶어 세부적으로 기획했다. 이 프로그램을 기획하고 운영하면서 여행
자들에게 가장 많이 들은 말은, 걷기 코스가 "너무 힙하다"는 말과 마
을 이야기를 듣다 보니 "주민이 된 것 같다"는 말이었다.

'힙하다'라는 생경한 표현을 듣고 보니 이 표현이 궁금했다. 검색을
해보면서 젊은 세대들이 사용하는 이 신조어가 매우 창의적이라는 생
각이 들었다. '힙하다'는 MZ세대들이 사용하는 은어다. 자신들만이
알고 있는 정보를 소수의 인원만 공유하며 공간과 문화를 자신들끼리
만 즐긴다는 의미다. 예전에는 한정판 같은 물건들이 소수의 전유물
이 되어 과시처럼 즐겼다면 MZ세대들은 그런 재화보다는 장소와 문
화의 가치를 정보로 사고파는 일을 한다. '힙하다'는 '핫하다'로 확장되
기 전 단계의 표현으로 쓰이는 것 같다. 그래서 '핫플레이스'보다 '힙
플레이스'를 찾는 것이 이들의 새로운 트렌드가 되는 모양이다.

MZ세대들의 의미대로라면 이 걷기 여행프로그램은 분명 '힙하다'
고 할 수 있다. 우도에서 여행자를 대상으로 이런 프로그램을 개발·
운영하는 첫 번째 시도였고, 걷기 코스 또한 마을 사람이 아니라면 알
수 없는 코스를 중심으로 개발했다. 또 이 걷기 여행의 힙한 점은 지
역주민이 운영하는 로컬 맛집에서 식도락을 즐길 수 있다는 데 있다.
내가 직접 발품 팔면서 음식 맛을 보고 서비스를 챙겨본 것이니 이보
다 더 정확한 정보는 없을 것이라 자신한다. 물론 음식은 호불호가 있

　　　　　　　나는 우도 주민이 되기로 했다

지만 보편적인 잣대를 가질 수 있는 곳을 방문하면 여행자에게 언제나 좋은 별점을 받을 수 있다고 믿는다.

우도 매장 대부분은 여행객을 유입하기 위해서 블로그 광고에 의존하는 경우가 많다. 그런데 글을 살펴보면 광고성 글로 여행객을 유혹하는 곳이 많다. 심지어는 매장을 방문하지도 않고 몇 장의 사진으로 글을 써둔 가짜 글들이 존재한다. 매장 수익을 위해 광고비용을 많이 사용하는 것은 잘못이 아니다. 그러나 우도 정보를 찾는 여행자들이 광고에 속아 사실과 다른 정보로 실망을 느끼고 돌아가는 것은 심각한 문제다. 진짜 알려져야 하는 우도 대표 맛집이 자본 논리에 가려지는 경우가 다반사다. 우도 특산 재료와 오랜 시간 장인 정신으로 만들고 있는 음식들이 소개되지 못하는 것은 안타까운 일이다. 이런 현실을 극복해 보고자 하는 여망이 우리 걷기 여행프로그램에 온전히 담겨 있다.

오늘은 우도의 일출을 보는 코스로 출발했다. 새벽 시간부터 우도 담수장 주차장에 모였다. 가벼운 걷기 체조를 하면서 올바른 걷기 자세에 대해서 간단한 강좌를 연다. 여행자들에게는 걷는 자세를 통해 고쳐야 할 자세를 개별로 코칭해 준다. 제자리 걷기를 통해 교정해야 할 체형을 진단해 보기도 한다. 60초의 짧은 시간이지만 몸 상태를 확실하게 발견하면서 놀라는 여행자들이 많다. 이 시간을 통해 비틀어진 골반과 불균형한 신체를 마주하며 관심은 급격히 올라간다. 교정이 필요한 부분에 대해서는 보완 방법을 알려주고 일상에서 어떤 운동을 하는 것이 좋은지도 지도해 준다. 이렇게 간단한 걷기 강좌 후 우두봉을 오른다.

지금부터 스토리텔링이 있는 걷기 여행을 시작한다. 진정한 우도 여행 출발이다. 1997년에 개설된 우도 담수장의 역사를 이야기하면서 현재 담수장이 변화되고 있는 이야기를 들려준다. 잠시 가파른 등산로를 따라 올라오면 성산일출봉을 정면에서 바라볼 수 있다. 그리고 우도 전체를 한눈에 조망할 수 있는 유일한 힙플레이스, 민동산에 도착한다. 산불 관리를 하는 기간에는 방문할 수 없는 지역이다. 오래전 민동산은 난방용 땔감으로 벌목을 무분별하게 했다고 한다. 이 훼손으로 민낯이 되었지만, 지금은 소나무가 조림되어 울창해졌다. 산림이 조성되지 못했을 때는 우도 전체를 360도 돌면서 볼 수 유일한 장소라고 한다. 민동산에서는 가까이 천진항을 한눈에 내려다볼 수 있고 멀리 성산일출봉을 볼 수 있다. 하우목동항을 지적인 듯 바라볼 수 있고 맑은 날에는 멀리 백록담을 볼 수 있는 행운을 만난다. 성산일출봉 뒤쪽을 볼 수 있는 풍경은 감탄사가 절로 나오는 곳이다. 운이 좋으면 산림을 관리하는 망원경으로 성산일출봉을 오르는 사람까지 명확하게 볼 수 있다.

민동산을 오르는 길 가장자리에는 억새가 지천으로 널렸다. 우도의 억새는 초가집 지붕을 엮는 재료로 사용된 귀한 건축 자재였다. 이 귀한 억새는 우두봉에만 서식하고 있어서 뗏목을 타고 제주로 억새를 구하러 나가야 했다. 우두봉에서 자라는 억새만으로는 마을 집집마다 건축자재로 사용될 수 없어서다. 마을 공동작업으로 억새를 베어와 지붕을 고치고 덮어야 겨울을 따뜻하게 날 수 있었기에 가장 중요한 연례행사가 되었다고 한다. 가끔은 억새를 배에 실어 오면서 풍랑을 만나 목숨을 잃는 일이 생겼다고 하니 억새는 이곳 사람들에게는 관광 상품이 아니라 삶의 애환이 담긴 물건이라 할 수 있다. 이 작업을 하면서 목숨을 잃은 분들이 마을 공동묘지에 묻혀 있고, 그 자손들이 지금도 이 섬에서 살아가고 있다. 억새의 사연을 들려주면 여행자들은 경건한 마음을 가지고 애도를 표하곤 한다. 이 모습을 바라보고 있으면 감사한 마음이 절로 들고 가슴이 먹먹해지기도 한다.

민동산을 떠나 우도 등대 방향으로 길을 잡는다. 우도 등대는 우도에서 가장 높은 지역으로 우도의 중심 역할을 하는 곳이다. 우도에서 등고선이 가장 높은 위치에 있는 등대는 전방 50km 밖에서도 볼 수 있는 조도를 가졌다. 이곳 주민들은 등대 불빛이 한 바퀴 돌아와서 집을 밝혀주면 그 불빛으로 주경야독했다며 농담하곤 한다. 등대에 오르면 등대 홍보관이 개설되어 있다. 2005년 7월에 항로 체험관으로 개설되었다고 한다.

우도 등대는 제주에서 제일 먼저 불을 밝힌 등대다. 일제 강점기 때 일본인들의 배 길을 밝히기 위해 '등간'으로 제작된 것이 등대의 시작이라고 한다. 등간은 2005년 12월에 등대 개설 100주년을 맞아 원형을 복원하여 목조 건물로 세워져 전시되어 있다. 우도 등탑은 무려 97년 동안 우도를 지나는 선박들의 길잡이 역할을 끝내고, 2003년 퇴역했다. 그리고 현재의 등대가 세워졌다. 등탑은 항로 표지의 역사적 가치를 인정받아 2006년에 등대 문화유산 7호로 지정되었다.

드디어 우도의 일출을 볼 수 있는 시간이다. 오늘은 일출을 제대로 보지 못할 모양이다. 먹구름에 가리어 새색시마냥 빼꼼 내밀고는 이내 숨어버렸다. 반쪽 얼굴만 내밀고 있지만 저마다 일출의 벅찬 감동을 가슴에 새기면서 소원을 빌어본다.

우두봉에서 바라보는 일출은 특별함이 있다. 동쪽 바다는 무풍지대처럼 정지된 느낌을 준다. 햇살이 함께 어우러지면 바다는 정지된 상태로 신비한 시공간을 연출한다. 파도와 바람이 일렁이고 있는데도 바다는 원형을 그리면서 물살을 머금고 놓지 않은 채 정지화면처럼 보인다. 우도가 마치 커다란 접시 위에 얹혀 있는 듯 착시 현상을 발견할 수 있는 바다다. 거대한 키를 가진 설문대할망이 우도의 바다를 붙잡고 놓아주지 않는 것만 같다.

제주에서 가장 잘 알려진 설화는 역시 설문대할망 전설이다. 설문대할망의 배설물로 제주를 만들었다는 설화부터 한라산 오백나한상이 생긴 유례를 담은 설화까지 다채로운 이야기들이 존재한다. 설문대할망은 키가 무려 4만 9,000m라고 알려져 있다. 그중에 가장 많이 알려진 설화는 가마솥에 빠진 설화다. 설문대할망은 500명의 자녀에게 먹이기 위해 가마솥에 죽을 쑤고 있다가 가마솥에 빠지고 만다. 사냥을 나갔다 돌아온 아들들은 허기를 참지 못하고 끓여진 죽을 맛있게 먹었다. 맛있게 먹던 막내가 갑자기 죽에서 나온 뼈를 발견하고 어머니임을 알게 된다. 500명의 아들 모두 통곡하며 한라산 영실로 올라가 바위가 되었고 막내는 형들과 헤어져 차귀도의 바위가 되었다. 이 전설이 바로 한라산 영실 코스에 있는 오백나한상 바위이고, 또 다

      나는 우도 주민이 되기로 했다

른 하나는 차귀도다.

어떤 면으로 본다면 참으로 엽기적인 전설이 아닌가. 그러나 신화나 설화가 황당무계할 정도로 패륜적인 내용을 담고 있는 이유는, 기록이 없던 시대에 전승을 위한 방편으로 가학적이거나 충격적인 스토리로 전하는 것이 유리한 방법이라고 말한 어느 학자의 견해를 생각해 보면 설문대할망 전설은 귀여운 수준이 아닌가 싶다. 설문대할망의 신비한 전설처럼 거대한 접시 위에 놓인 우도를 상상하면서 여행한다면 신비의 섬 우도를 만날 수 있다.

한편 우두봉에서 계단을 따라 내려서면 '세계 등대 미니어처 공원'이 자리 잡고 있다. 독도의 원형을 그대로 재현해 둔 작은 미니 공원은 우도 팔경을 설명하는 표지판과 함께 안내되어 있다. 또 이 공원에는 우리나라를 대표하는 등대와 역사적으로 가치를 인정받고 있는 등대 10점이 전시되어 있다. 한 층을 더 내려가면 세계 대표 등대가 미니어처로 만들어져 전시되어 있다. 이집트 알렉산드리아 등대를 포함한 세계 대표 등대 7점을 전시해 두고 있다. 등대를 통해 세계 역사 속으로 들어가 과거와 현재를 잇는 경험이 가능한 여행지다. 다신의 섬으로 알려진 제주는 섬 속에 섬이라 일컫는 우도 곳곳에서도 설화와 신화를 남겨 여행자들의 발길을 붙잡고 있다.

우두봉에서 천진동 방향으로 내려다보면 잔디의 푸른 향연이 펼쳐진다. 바로 우도 팔경의 하나인 '지두청사'라고 불리는 풍광이다. 지두청사에는 예전부터 말과 소를 키워왔던 목초지다. 그래서 말똥과 소똥은 흔했고 그 분변은 난방 연료로 사용되었던 귀한 재료였다. 그래서 아이들에게는 하루 중 난방 연료를 줍는 일은 아주 중요한 일과였다. 새벽에는 이곳에 올라 연료를 줍지 못하면 부모님께 심한 꾸지람을 들어야 하는 일이 일상이었다고 하니 이곳은 전쟁터나 다름없던 셈이다.

우리도 소똥과 말똥을 줍는 체험을 해보자고 제안했다. 이런 신박한 체험을 도시에서는 결코 해볼 수 없다. 장갑과 봉투를 하나씩 나누어 주니 금세 한 무더기의 변이 모인다. 세상 처음 해보는 체험을 하면서 여행자 모두는 웃음보가 터진다. 이제는 이 체험이 웃음으로 승화되어 옛말을 할 수 있는 일이 될 정도로 풍요로워진 우도다. 우도를 제대로 안다는 것은 이런 체험 하나가 추억이 되고 기억되는 것에 있을 것이다.

알오름 방향으로 걷는다. 알오름은 말 그대로 새 알 모양으로 생겼다고 해서 지어진 이름이다. 알오름 동쪽은 우도를 일구어낸 1세대가 잠들어 있는 공동묘지로 조성되어 있다. 특이한 점은 집집마다 비슷한 시기에 제삿날이 중첩되는 경우가 많다고 한다. 현재는 봉안당이 마련되어 장례 절차가 간소화되고 편리해졌다고 하지만, 공동묘지가 알오름 아래 지역으로 계속 늘어나는 걸 보면 매장 문화가 사라지지 않고 있다는 걸 알 수 있다. 납골 문화보다 매장 문화가 아직은 대세를 유지하는 듯싶다.

알오름을 지나 우두봉을 거치면 바람의 언덕에 닿는다. 톨칸이를 내려볼 수 있는 이곳은 우도에 숨겨진 비밀 장소와 같다. 소의 목젖에 해당하는 지역으로 지형도 움푹 패어있다. 유년 시절에 학교 수업을

   나는 우도 주민이 되기로 했다

땡땡이치면 톨칸이에 모여서 놀았다고 한다. 우도 토박이들에게는 추억이 있는 장소고 동무들의 이야기가 있는 장소인 셈이다. 바람의 언덕을 지나면 승마 체험장이 있다. 말을 타고 유유자적한 자연의 공기를 느끼면서 기분 좋게 지두청사를 한 바퀴 돌아볼 수 있다. 지두청사를 지나 조금 아래로 걸어 내려오면 사자 바위가 있다. 용맹스러운 사자가 바다를 쳐다보고 있는 모습의 바위다. 여행자들이 기념사진을 많이 남기는 인기 장소다. 이렇게 스토리텔링 걷기 여행을 마무리하게 된다.

이 프로그램에 참여한 여행객들은 우도의 다양한 이야기를 들을 수 있어 좋았다는 후기를 남긴다. 그냥 지나쳐 버릴 수 있는 우도를 제대로 알게 되는 계기가 되어 주민이 된 기분이라고 말하곤 한다. 우도를 살아내고 지켜온 사람들의 애환을 담은 이야기 속에 더 많은 애정을 느끼게 됐다고 리뷰를 남기기도 한다.

걷기 여행을 마무리하면서 참여 소감을 들어보는데 대다수는 이런 여행길이 아니었다면 우도의 속살을 어떻게 알 수 있었겠냐며 감사 인사를 대신한다. 또 올바른 걷기 방법을 배울 수 있어서 돌아가면 건강한 걷기를 할 수 있겠다며 감사를 전하기도 한다. 작은 습관을 고치는 것만으로도 건강을 예방할 수 있음을 알게 되어 감사하다며 박수를 보내주기도 하고, 이 여행 덕분에 우도가 달라 보인다고도 하고, 우도에 너무 많은 애정이 생겼다며 기뻐하기도 한다.

올바른 여행을 한다는 것은 인증샷을 남기기 위한 것이 아닐 것이다. 여행길에서 무엇을 배웠는지를 질문할 수 있어야 진짜 여행이 된다는 지론이다. 어떤 곳으로 여행하더라도 토착민들만 알고 있는 숨은 여행지가 있기 마련이다. 관광지로 개발된 순간부터 토착민들의 발길은 멀어지고 그 지역민들만 찾아가는 공간 말이다. 또 주민들이 모이는 음식점이 있고 지역 특산물을 활용한 그 지역만의 고유 음식이 반드시 있기 마련이다. 우도도 다르지 않다. 내가 만든 걷기 여행에는 우도의 숨은 여행지가 있고, 사는 이야기가 숨 쉬고 있다. 우도만의 음식이 있고 사람이 있다. 그래서 좋은 여행길이 되어준다고 생각한다. 아이들과 가족과 동료들이 함께 이 여행에 참여할 수 있다면 아날로그의 감성을 제대로 느끼는 여행길이 되지 싶다. 우도는 그렇게 매일매일 아름다워지고 있다.

  나는 우도 주민이 되기로 했다

제주방송
출연 이야기

여행공동체 일을 하나씩 성장시켜 나가는 재미가 쏠쏠하다. 지난 4월에는 제주에서 가장 큰 언론인 〈한라일보〉와 인터넷 신문사인 〈제주의 소리〉에 기사가 나가면서 우리가 만든 여행프로그램들이 좋은 반응으로 되돌아오고 있다.

"잠시 둘러보는 우도… 새 여행문화 필요한 시점이죠"
박소정 기자, 〈한라일보〉, 2023년 3월 26일

홍보 경쟁에 빠진 제주 우도… 매장 30여 곳 '프리패스' 협업
김정호 기자, 〈제주의소리〉, 2023년 3월 26일

그래서인지 최근에는 제주 여행을 오면서 우도 일정을 잡는 것이
아니라 우도가 오고 싶어 곧장 우도 여행 계획을 잡고 달려왔다며 말
하는 여행자들이 제법 늘고 있다. 우도 여행이 우선 된다는 소리를 들
을 때면 우리가 올바른 방향으로 나가고 있는 공동체라는 사실을 확
인받고 있다는 생각이 든다. 제주 관광 산업이 외면받는 데에는 여
행 비용이 너무 비싸다는 이유가 크게 작용한다. 그래서 동남아나 일
본 여행이 가격 면으로 항상 비교되면서 제주 여행 산업이 외면당하
고 있다는 뉴스를 자주 접하는 요즘이다. 여행에서 필수 경비로 사용
되는 항공료, 렌트카 그리고 숙식비가 부담스럽다면 여행자 입장은
제주 여행보다 저렴한 해외여행을 선택할 가능성이 높은 것이 사실이
다. 제주 관광 산업은 이런 기류를 심각하게 받아들일 필요가 있다.
해외로 발길을 돌리는 관광객을 국내 여행으로 돌리게 하는 일은 어
느 한 개인의 노력으로 이루어지는 일이 아니기에 더욱 귀담아들어야
할 대목이다. 그래서 민간과 지자체가 협력하여 지혜를 모아야 하고
장기적인 포석을 두는 계획을 진행할 필요가 있다.

    나는 우도 주민이 되기로 했다

　우리 여행공동체는 최근 이런 심각성을 인지하고 많은 고민 끝에 알뜰 여행을 할 수 있는 여행프로그램을 고안했다. 가성비 좋고 서비스의 질이 높은 상품이라면 여행자들에게 외면받을 일은 없을 것이라는 믿음에서 만든 여행프로그램이다. 이런 우리의 취지가 주변을 통해 아름아름 알려지다 보니 제주 KBS 방송에서 촬영 요청이 들어왔다. 〈탐나는 제주〉라는 방송은 지역 정보를 엑기스처럼 추출해서 알리고, 깨알 같은 정보를 세심하고 알차게 제공하는 로컬 프로그램으로 제주 대표 방송 프로그램이다. 이번 방송 제작으로 우리가 만든 여행프로그램이 좀 더 활발하게 알려질 것이라는 기대를 하면서 촬영에 응했다. 방송 컨셉은 우도를 걸으며 우도 여행지를 안내하는 방식을 택했다.

　이틀 동안 촬영을 하면서 여러 가지 힘든 점이 많았다. 먼저 부슬부슬 내리는 비가 발목을 잡았다. 맑고 청양한 제주 하늘을 담을 수 없는 아쉬움이 가장 컸고 비로 인해 촬영 장소와 시간부터 문제로 등장했다. 그러나 어려움이 많았던 만큼 강나래 리포터님과 방송촬영 기사님 그리고 이 PD님과 정이 가득 들어버렸다. 역시 인간은 힘든 과정 속에서 더 큰 추억으로 기억되고 그 추억은 더 깊은 의미나 가치를 담게 되는가 보다. 비가 오락가락하다 보니 깨끗하고 화창한 우도를 담기 힘들었고 여행프로그램을 알차게 소개하는 것에도 한계가 있었다. 또 촬영 중에 우도를 방문한 여행자들을 안내해야 하는 경우가 생겨서 촬영을 잠시 중단하는 경우가 생기기도 했다. 또 길을 찾지 못하는 여행자님들을 서비스해야 하는 일로, 여행자의 경미한 사고 소식으로 당장 달려가야 했던 경우가 발생하여 잠시 촬영을 중단해야 했던 일도 있었다. 그럼에도 불구하고 방송 관계자들의 배려로 무사히 촬영을 마칠 수 있어 감사하지 않을 수 없다.

마을 공동체 대표를 맡고 있는 Y 님의 인터뷰는 여행공동체 사업의 취지를 잘 설명하는 내용을 담았다. 검멀레 해변에 자리하고 있는 거인 바위 앞의 촬영은 "거인 바위의 입술 부위 바위를 빼면 우도가 큰 바다로 떠내려간다"는 전설을 소개하는 내용이다. 또 산호사 해수욕장은 서빈백사로 알려진 우도 팔경 중의 하나로, 천연기념물로 지정되어 있지만 여행자들의 관심 밖으로 밀려난 것이 안타깝다는 내용도 전달하는 내용으로 촬영했다. 이런 대단한 해변을 가진 우도지만 등잔 밑이 어두워서 놓치고 돌아가게 되니 꼭 빠지지 않는 여행길이 되기를 바란다는 내용을 전달했다. 서빈백사 해변을 거닐면서 촬영을 이어갔는데 카메라에 익숙하지 않은 나를 강나래 리포터님이 생기발랄한 성격으로 잘 이끌어 주었다. 방송 출연이 어색할 수밖에 없음에도 마다하지 않고 출연하게 된 것은 마땅히 다른 인물로 대처할 방법이 없었던 까닭이다. 카메라 앞에서 이런저런 이야기를 하고 정해진 컨셉대로 멘트하는 일이 그리 쉽지만은 않았다. 웃는 것도 어색했고 행동 하나하나가 조심스럽기도 했다. 더구나 말을 계속해야 하는 방송 대본 덕분에 목감기를 앓고 있던 건강 상태가 더욱 힘들게 했다. 따뜻한 물을 많이 마시며 촬영했지만, 긴장감은 결코 쉬운 일정이 될 수 없었다. 그러나 강나래 리포터님의 좋은 리더십과 좋은 성격 덕분에 끝까지 웃음을 잃지 않으면서 촬영을 무사히 마칠 수 있었다. 이용우 연출님과 영상 촬영 감독님의 후덕한 성향과 인자한 마음 씀씀이 덕분에 우도의 아름다운 모습을 구석구석 담아낼 수 있었고 우리가 만든 여행공동체 프로그램을 잘 소개하고 마칠 수 있었다.

　촬영을 마치고 난 후 여행공동체 회원 매장인 우도띠띠빵빵 중식당에서 마련한 식사로 든든하게 마무리할 수 있었다. 방송 관계자님들은 해물 짜장면과 해물짬뽕을 드시고는 연신 엄지척을 내밀면서 모두가 맛에 감탄하는 모습이다. 여행공동체 회원의 식당이라는 점에서 방송 관계자들에게 맛을 인증받은 것은 무척 기쁜 일이다. 이틀 동안 우도를 걸으면서 촬영을 마치고 나니 긴장감이 풀려서인지 건강 이상의 불청객이 적신호가 되어 찾아왔다. 기침이 끊어지지 않아서 가슴에 통증이 고스란히 느껴졌다. 그렇게 몸을 추스르다 보니 방송 송출 날짜가 다가왔다. 긴장감을 놓을 수 없었던 이틀 촬영 내용이 고스란히 TV를 통해 나왔다. 촬영 분량만큼 방송이 전부 나올 수 없어 아쉬움이 무척 컸다. 우리가 원하는 것을 모두 담아내어 시청자들에게 보여주지 못하는 것이 못내 아쉬웠다. 그렇지만 우리가 진행하고 있는 공동체의 일이 어떤 가치를 담고 있고 여행자들에게 어떤 혜택을 줄 수 있는지를 알려준 것만으로도 감사한 마음이 가득했다. 이 여행프로그램에 함께 참여해 주고 있는 마을 공동체 회원들의 한마음이 아니었다면 방송은 엄두를 낼 수 없는 일이었다. 여행자의 입장을 고려하면 사소한 것 하나라도 놓치지 않아야 한다. 더 좋은 서비스를 만들어 가기 위해 협력하여 만들어 온 결실을 방송이라는 수확으로 보답

받는 것 같아 기쁜 날이었다.

 방송 이후 여기저기서 고생 많았다면 격려 전화를 많이 받았다. 동네를 나서면 "수고했다"며 식사라도 하고 가라며 불러 세우는 일도 많아졌다. 토착민이 아닌 이방인이 우도에 작은 변화를 이끌어 가는 것에 비뚤어진 시선으로 바라보는 이가 적지 않은 것이 사실이다. 그래서 그동안 외지인이 들어와서 분란을 일으키는 것 아니냐며 싫어하는 표시를 내는 이들이 제법 있었다. 공동체 일이 아닌 개인 사업을 하는 것이 아니냐는 등의 불편한 이야기를 전해 들을 때도 많았다. 때로는 면전에 두고 공격적인 언행을 하는 이들도 있었다. 아마도 우리가 올바르게 자리 잡는 동안은 이런저런 오해와 따가운 시선은 어쩌면 처음부터 감당해야 할 책임이고 의무였을지도 모른다. 이번 방송 출연으로 불편한 시각이 조금은 퇴색되었으면 좋겠다는 바람이 있다. 좀 더 많은 사람이 이 일에 대한 이해의 폭이 커질 수 있다면 이번 방송에서 얻은 수확은 한가득인 셈이다. 앞으로도 이 마을의 발전에 작은 밑거름이 되는 일이라면 여행공동체의 일을 묵묵히 해나가는 외에는 별다른 선택이 없다고 여기면서 나아갈 것이다.

 제주KBS 〈탐나는 제주〉 유튜브 방송
 https://www.youtube.com/watch?v=b4v6mTGjilU

 나는 우도 주민이 되기로 했다

여행객이
친척이 되는 마을

"사장님! 숙박 손님 예약 받으려고 하는데요, 인원은 ○명이고 ○○일 ~○○까지 이틀 예약해 주세요! 103호 작은 방 ○○만 원에 예약을 받을 수 있으면 여행자님께 안내해 드릴게요."

"좋아요."

"이번 여름에는 방이

많이 비어서 걱정했는데 마을 여행공동체에서 고객을 많이 보내주셔

서 너무 감사해요. 퇴근하는 길에 우리 집에 들러서 성게 따놓은 것 있는데 가지고 가서 드세요.”

“감사합니다. 사장님.”

섬은 오전 8시부터 관광객을 맞이하느라 분주해진다. 이렇게 활기찬 우도는 관광객을 통해 경제가 돌아간다. 마을 주민으로 2년여를 살고 보니 우도의 배면을 하나씩 알아가게 된다. 육지에서 들어오는 정착민들은 우도가 마지막 보루라고 생각하고 마지막 남은 소규모 자본금을 가지고 입도하는 경우가 꽤 있다. 물론 우도의 미래를 예지하고 큰 자본력을 가지고 들어온 사람들도 적지 않지만, 해안도로를 따라 매장을 열고 있는 사람들 대다수는 영세 상인이고 소상공인들이다. 그렇게 우도에 삶의 터전을 잡고, 좀 더 나은 삶이 되기를 바라며 하루하루 최선을 다해 살아가는 사람들이 대다수다.

우도에서는 장사가 잘되는 매장은 하루 기천만 원의 수익을 올린다는 말을 전해 듣고 처음에는 깜짝 놀랐다. 그러나 반대편에는 하루 몇만 원의 매출을 올리기도 힘든 매장들이 있으니 이 작은 섬에서도 어김없이 빈부의 격차가 적용되고 있는 셈이다. 매장마다 매출의 차이가 있는 이유는 여러 가지 요인이 있겠지만 가장 큰 문제는 광고의 논리에 물들어 있는 자본주의 시스템에 있다는 것이다. 매출이 높은 매장들은 광고비용을 몇백만 원에서 많게는 몇천만 원을 쓴다고 한다. 포털 사이트에서 검색 기능을 활용하면 광고비용을 많이 투자하는 매장의 노출 비율이 훨씬 높은 것은 당연하다.

     나는 우도 주민이 되기로 했다

우도 여행자 입장에서 보면 노출이 많이 된 매장을 검색하게 되고, 이들이 주는 일방적인 정보를 우선 접할 수밖에 없는 것이 현실이다. 문제는 이런 광고 중에는 우도를 방문조차 하지 않은 채 가짜로 쓴 글들이 많다는 사실이다. 또 소위 인플루언서 블로그 중에는 광고성 글들이 우선 자리를 차지하고 있어 제대로 된 정보가 아니라 돈에 따라 뿌려진 정보라는 것에 문제가 있다. 자본의 논리에 따른 것이라면 어쩔 수 없는 일이지만 진짜 알려져야 하는 마을의 대표 식당들이 직격탄으로 피해를 입는다. 우도에서 생산되는 토속 재료로 만든 음식들이 제대로 소개되지 못하는 안타까움은 폐업이나 마을을 떠나는 일을 목도할 때 더욱 커진다.

우도에서 자랑할 만한 메뉴를 가지고 있음에도 불구하고 가짜 광고에 가려져 매장이 어느 순간 사라져 버린다. 또 합리적인 가격으로 제공되는 숙소부터 시그니처메뉴를 만들고 있는 카페까지, 알려져야 하는 매장들이 생각보다 많지만 어느 순간 매장이 문을 닫고 우도를 떠나간다. 광고 경쟁이 가장 큰 문제지만, 소자본가들이 이런 시스템을 제대로 경쟁력을 갖추려는 노력이 부족한 점도 문제다. 또 이 시스템을 잘 활용하고 싶어도 가르쳐 주는 곳이 없고, 배우고 싶어도 터무니없는 교육비를 요구하는 경우가 많아서 포기하게 된다.

이런 현실에 결국 소자본으로 운영되는 매장은 버티지 못하고 투자한 시설과 장비, 인테리어를 그대로 둔 채 다시 육지로 떠난다. 남겨진 장비와 시설들은 고철 가격으로 인수되거나 주변 상인들에게 아주 싼값에 매매되는 악순환으로 이어진다. 또한 장사가 잘되어 알려진 가게가 되면, 중도에 계약이 철회되거나 지역 토착민들에게 밀려 재임대조차 할 수 없는 상황에 놓여 쫓겨나는 모양새가 된다. 우도만의 독특한 젠트리피케이션이 일어나는 것이다.

이 반복되는 악순환의 고리를 끊어내지 못하면 지역 경제는 지속적인 피해를 입게 되고, 미래 또한 희망적일 수 없다는 사실을 알게 되었다. 이 불합리하게 기울어진 운동장을 보면서 장기적인 우도의 미래를 고민하게 되었다. 관광객에 기반을 둔 우도 경제라면, 여행문화를 바꾸는 것에 답이 있다는 결론을 내리게 된 이유다. 그래서 만들게 된 것이 여행공동체다. 지역의 맛집이나 숙소, 카페와 식당, 레저 등 다양한 매장들을 모아 여행공동체를 꾸렸다. 여행객들에게 더 좋은 서비스를 제공하면서도 알뜰한 여행을 할 수 있도록 기획한 여행 서비스다. 1년여 동안 주변 지인들을 불러 시범 운영하면서 문제점을 찾아 개선하고, 2023년 1월 정식으로 판매를 시작했다.

그러나 공동체를 꾸려 실제 운영을 시작해 보니 생각보다 많은 난관에 부딪혔다. 오랜 시간 시범 운영을 했음에도 보완할 점들이 계속 생겨났다. 먼저 여행공동체라는 단체를 규합하고 운영해 나가는 미숙한 경영이 가장 큰 요인이었다. 미래를 목표로 나아가기 위한 희생과 봉사 정신의 부재 또한 걸림돌이었다. 또 여행객이 만족할 만한 서비스를 제공하기보다 돈벌이를 우선하는 이기적 행위들 역시 문제였다. 작은 비용조차 양보하지 않으려는 모습을 볼 때마다 씁쓸함이 남았다.

 나는 우도 주민이 되기로 했다

여행객을 돈으로만 바라보는 순간, 눈앞의 친절은 의미를 잃게 된다. 사람의 마음이란 겉치레로 다가서면 금방 표시 나기 마련이다. 잠시 다녀가는 여행객이라도 우도에서 바가지요금만 기억하게 된다면, 우도 이미지는 영영 찾을 길이 없다. 여행자들의 소소한 질문에 투박한 말투로 답하는 것만으로도 진심이 묻어나지 않는다고 느끼는 경우가 많다. 하물며 금방 약속해 둔 일을 단돈 1천 원, 1만 원 때문에 번복하며 여행객을 돌려보내는 일을 현장에서 겪을 때면, 이 삐뚤어진 서비스 정신을 어떻게 바꾸어야 할지 막막할 때가 한두 번이 아니다. 좋은 기억으로 남지 않은 우도를 여행자들이 다시 찾을 일은 만무하니 더 걱정스럽다.

여행공동체는 크고 작은 문제들을 직면하면서 수많은 고민을 거듭한 결과 탄생한 아이디어라고 할 수 있다.

우리 여행공동체는 광고비와 교육비 등 모든 지원을 무료로 제공한다. 매월 부담해야 하는 광고비를 조금이라도 줄일 수 있다면, 그 비용을 여행객에게 돌려 더 나은 서비스를 제공할 수 있을 것이라 생각했기에 만든 시스템이다. 그래서 다양한 SNS를 활용하여 회원 업체들의 홍보를 매일 무료로 진행하고 있다. 매체 특징에 따라 글을 쓰기도 하고 쇼츠 영상을 제작하여 배포하기도 한다. 때로는 유튜버나 틱톡커들과 협업하여 영상을 제작하고 불특정 다수를 대상으로 배포하기도 한다. 이런 작업을 하면서 지출해야 하는 다양한 제작비용은 회원들에게 청구하지 않는다. 또 스스로 블로그 관리를 할 수 있도록 매장 대표자나 운영자들에게 교육을 지원하고, 포털 사이트 활용법과 광고 시스템 운영 방법 역시 무료로 안내하고 있다. 이렇게 무료로 지원되는 비용들을 감안하더라도 여행객에게 보다 나은 서비스를 제공하려는 마음가짐이 공동체 회원들의 기본 정신이 되어야 한다.

그럼에도 여행자들이 불편을 겪는 일들이 종종 생겨날 때면 안타까움과 아쉬움이 커진다. 또 당장 눈에 띄는 광고효과가 없다는 이유로 이를 무시해 버리는 태도는 답답함으로 이어진다. 광고효과라는 것이 눈앞에서 바로 매출로 이어지는 경우는 드물다. 오랜 시간 꾸준히 지속하고 관리해야만 성과가 나타나는 분야이기에 단시간에 체감하기 어렵다. 장기적인 관점에서 인내하며 지속해 나갈 때, 비용을 최소화하면서도 효율적인 매장을 운영할 수 있다.

이런 활동의 중요성을 회원들이 충분히 인식하지 못하고 있다는 생각에, 더 노력해야 한다고 스스로 위로한다. 공동체가 하나의 목표를 향해 같은 방향으로 나아간다면 반드시 좋은 결과를 만들어 낼 수 있음을 끊임없이 설명하고 설득하는 일이, 가장 어렵고 중요한 일임을 매일 절감하고 있다. 그래서 우도의 이미지가 조금 더 나아져, 한 번 다녀가는 섬이 아니라 친척 집이 있는 것처럼 자주 찾고 싶은 섬이 된다면 우리의 노력은 헛되지 않을 것이다. 여행자가 친척이 되는 마을이라면, 얼마나 멋지고 감동스러운 일인가. 이 마음으로 여행공동체가 성장해 나간다면, 우리의 미래는 분명 밝을 것이다.

최근 우도면사무소 주최로 여행 사업을 주제로 한 강의가 있었다.

제주관광공사의 이성은 박사님이 강사로 나와 관광 분야의 성공 사례를 소개했다. 덴마크의 홈스테이 관광을 설명하면서, 여행객이 마을 주민이 되어 다양한 체험형 프로그램을 운영한 사례를 들려주었다. 그 강의를 들으며, 우리 여행공동체가 이미 시도하고 있거나 더 나은 시스템으로 운영하고 있다는 사실을 알게 되었다. 그럼에도 우리의 역량 부족으로 널리 알리지 못하고 있다는 점을 자성의 계기로 삼게 되었다. 민과 관이 함께 지혜를 모으는 일을 만들어 내지 못한 미숙함이 아쉬움으로 남았다. 언젠가 여행객들이 우도 주민들에게 친척 같은 정을 느껴 "우도에 내 친척이 있는데…" 하며 이 섬을 자연스럽게 소개하는 날이 오길 희망해 본다.

뚜벅이들의
올레길 점검기

밤새 피어오른 안개가 지척을 구분할 수 없을 정도로 짙어진 새벽이다. 해무가 익숙한 우도지만 오늘은 다른 날보다도 더 짙은 해무의 몸부림 속으로 몸을 밀어 넣고 있다. 여행공동체를 만들고 활발한 활동이 이어지면서 우도 여행 정보를 질문해 오는 여행자들이 많아지고 있다. 그중에서도 우

          나는 우도 주민이 되기로 했다

도 올레길 정보를 묻는 이들이 눈에 띄게 많아졌다. 녹음이 짙어지는 5월은 아무래도 걷기 좋은 계절이기 때문이지 싶다. 그래서인지 우도 올레길 1-1코스를 걷기 위해 오는 여행자 중에는 올레길 표식이 잘 보이지 않는다며 문의해 오는 일이 잦아졌다. 또 방향을 제대로 안내해 둔 표지가 없어서 길을 알 수 없다는 볼멘소리도 자주 듣는다. 우도여행자센터를 운영하는 나로서는 이런 소리가 반갑게 들릴 리 만무했다.

우도 구석구석 걷지 않는 곳이 없는 나로서는 올레길 완주가 의미 없어진 지 오래지만, 올레길보다는 계절따라 변화무쌍한 우도의 숨은 여행지를 찾는 일에 시간을 더 많이 할애하고 있다. 그렇게 찾아낸 예쁜 장소는 지도에 표기하고 여행자들에게 내가 직접 만든 지도를 주면서 안내해 준다. 그러나 올레길 완주를 목표하고 있는 뚜벅이들에게는 우도 올레길이 반드시 완주해야 하는 길이기에 숨은 여행지에 대한 정보로는 귀가 열리지 않는다. 그들에게는 반드시 정확한 코스를 알려주어야 할 필요성이 있다. 여러 차례 올레길 위치나 표식에 대한 민원을 받다 보니 직접 올레길을 걸으며 점검해 볼 필요성을 느껴 점검 길을 떠났다.

우도 올레길은 섬 특성상 어디서 출발하더라도 원점 회귀할 수 있다. 하우목동항에서 출발하면 황소동상 바로 옆에 마련된 곳에서 스탬프를 찍고 출발하면 된다. 또 하고수동 해변에는 범선식당 앞쪽에 마련되어 있는 스탬프를 활용하면 된다. 출발지를 반드시 항구로 잡지 않아도 걷다가 스탬프가 마련된 지역을 지나가면서 스탬프를 찍는 방법도 좋다. 출발 지점이 곧 도착 지점이라고 생각하고 걸으면 되는 우도다.

오늘 올레길 점검에는 좋은 길동무가 한 분 동행했다. 우도에서 20년째 해녀 사진을 찍고 있는 L 작가님이다. 사진작가가 바라보는 올레길은 어떤 모습일지 무척 궁금해진다. 식사 거리 몇 가지를 챙기고 커피와 물도 넉넉히 챙기고 떠난다. 부슬비와 해무가 이끄는 날씨 속으로 몸을 던지며 출발했다.

오늘은 이정표와 표식이 제자리에 부착되어 있는지를 점검하고 끊어진 길은 없는지를 점검하는 것을 목표로 한다. 걷기 전용 어플인 트랭글 앱을 사용하였다. 이 앱을 기준으로 정하고 사라지거나 새로이 생긴 길이 있는지를 점검해 보기로 했다. 트랭글 앱은 지자체가 개발하고 한국관광공사가 주체가 되어 만든 다양한 걷기 길 정보를 제공하는 유용한 어플이다. 특히 올레길과 해파랑길 같은 대한민국 대표 길에 대한 정보는 무척 정확하다. 또 하나의 장점이라면 워커가 스스로 개척한 길을 따라가기 기능으로 활용하여 생경한 길을 갈 때 무척 유용하다. 나는 이 기능을 거의 사용하지 않는 편이지만 점검을 위한 걸음이라 오늘은 우도 올레 1-1길 따라가기 기능을 활용했다. 지금부터 트랭글은 나의 친구가 되어 등고 높이를 계산하고 걷는 방향을 알려주며 거리를 계측해 주는 역할을 해줄 것이다. 개인 운동 정보까지 세세히 음성으로 알려주는 어플이라 혼자 걸을 때는 더욱더 좋은 친구가 되어준다.

　　　　　나는 우도 주민이 되기로 했다

해무와 보슬비는 습도 가득한 우도를 만들고 있지만 자외선 가득한 태양을 피할 수 있어서 걷기에 아주 좋은 날씨다. 그러나 1미터 앞조차도 가늠하지 못하는 해무의 장난질 덕분에 지척에 있는 바다 풍광을 제대로 보지 못하고 걸어야 하는 환경은 살짝 아쉽다. 그래서일까! 시각보다는 청각이 더 예민해져서 평상시 듣지 못하는 자연의 소리로 감각을 깨울 수 있어 좋다. 밀려오고는 파도와 부서지는 파도 소리가 섞일 때 바다의 울림은 새로운 세상을 연다. 한 번도 들어보지 못한 음률이 귓속으로 들어온다. 이들이 들려주는 하모니는 세상 어떤 음악과 견줄 수 없는 화음을 만들며 콧노래가 절로 흥얼거리게 한다. 이 감성 가득한 걸음걸이에 자동차 경적이 해무를 뚫고 해체시켜 버린다. 순식간에 거인이 나타난 것처럼 자동차에 소스라치게 놀라 몸을 급히 피한다. 순간 정적이 엄습해 오면서 자연이 주는 음악의 흐름이 산산조각 난다. 자동차는 아무렇지 않은 듯 해무 속으로 사라진다. 우도 올레길 대부분은 해안도로를 끼고 걸어야 하기에 자동차 사고는 항상 염두에 두어야 한다. 그래서 오늘처럼 도항선이 운영되지 않는 날 걷게 된 것은 또 다른 행운 같다. 여행객이 사라진 우도는 어딘가 어색하지만, 워커에게는 더 없는 안식과 편안함으로 걸을 수 있다.

올레길을 걷다 보면 방향을 알려주는 몇 가지 인식표를 발견할 수 있다. 우선 부드러운 곡선으로 만들어진 화살표 형태가 있다. 주황색은 상행선을, 파란색은 하행선 방향을 가리킨다. 순환하는 이 섬에서 상하행 방향 표시는 큰 의미는 없지만 직선 방향으로 나아가야 하는 본 섬 올레길 표식에서 색상 구분은 중요한 방향점이다. 지형이나 환경 조건으로 화살표 표기가 어려운 곳은 리본을 사용한다. 리본 색깔도 화살표 형태와 동일하게 주황색과 파란색을 적용하고 있다. 우도에서는 아직 발견하지 못했는데 별 모양 캐릭터로 제작된 올레길 가게 표지도 있다. 이 표식을 찾는 재미도 올레길을 걷는 쏠쏠한 묘미다.

우도여행자센터를 출발해서 마을 안쪽 길로 들어서면 조일리 복지회관 길이 나온다. 하고수동 해변 방향으로 이어져 제법 우거진 길을 걸을 수 있다. 범선식당과 바람이야기 펜션을 지나면서 마련된 올레길 스탬프를 찍고 해변 방향으로 걷는다. 하고수동 해변은 우도에서 유일하게 워싱턴야자가 자란다. 최근에는 마을 사업으로 해변을 따라 한창 벽화 작업을 진행 중인데, 관광객들에게 포토존이 되어줄 모양이다. 방파제 역할을 하는 담벼락을 활용하여 예쁜 그림을 그려 넣고 감성을 자극하는 문장들을 캘리그라피 형태로 새겨넣고 있다. 완성되면 여행객들에게는 사진 촬영 장소로 한몫하지 싶다. 개인적으로 자연 그대로 두지 못하고 알록달록하게 색칠하는 일은 거북하다. 무언가를 해야만 관광객이 쳐다볼 것이라는 발상의 근원이 무엇인지 궁금하다. 조금만 다른 시각을 가지면 자연을 살리면서 관광객들에게 더 나은 풍광을 아름답게 선보일 수 있고 거기에 어울리는 아이디어는 얼마든지 있을 것이라는 생각이 들어서인지 아쉬움이 크다.

방사탑을 지나면 '불턱'이라는 생경한 장소가 나온다. 불턱은 해녀복을 갈아입는 탈의장 역할과 물질을 마친 후 해녀들의 몸을 녹이는 쉼터가 되는 곳이다. 불턱이 이곳에 있다는 사실은 걷지 않으면 지나

　　　나는 우도 주민이 되기로 했다

치기 쉽다. 또 해녀를 주제로 제작한 동상과 우도를 주제로 한 시비가 뚜벅이의 발걸음을 멈추게 한다. 해녀와 물질을 소재로 한 한편의 시(詩)를 읽고 있으면 여기가 해녀의 섬 우도임을 알게 된다.

해녀를 동상과 불턱에서만 만날 수 있는 것은 아니다. 멀리 가마우지 두 쌍이 바다에 둥둥 떠 있는 테왁에 올라서 있는 신기한 모습을 발견할 수 있다. 물질을 하기에 여념 없는 해녀 옆에 자리한 채 한 놈은 구애하는지 한동안 날개를 활짝 편 채 파닥거리고 있다. 해녀 옆에서 매일 숨비소리를 들어야 하는 가마우지는 해녀 옆에서 어떤 마음으로 구애하고 있을지 궁금하다. 가마우지는 오랜 시간 이렇게 해녀들과 함께 살아왔고, 해녀들은 가마우지 곁에서 생명을 확인받으며 공생해 왔는지 모른다. 이른 새벽부터 트랙터가 동원되는 걸 보니 해녀들의 수확이 좋은 날인 모양이다. 해녀들은 L 작가를 발견하자마자 반가운 인사와 안부를 나눈다. 해녀 곁에서 오랜 시간 사진으로 역사를 남기면서 한 가족과 다름없이 살아온 작가다 보니 이들과 나누는 대화는 그저 사랑스러운 딸을 만난 듯 정겹다. 이들의 대화와 서로를 아끼며 쓰다듬는 표현을 보면서 가족의 의미를 다시 한번 생각하게 된다. 마음 깊은 곳에서 우러나는 일상의 안부와 걱정으로, 진심 어린 마음으로 서로를 안아주는 모습에 뭉클하다.

천진항을 지나 DC 레저 담벼락을 끼고 직진하면 수국길이 조성되어 있다. 청진동 수국길이라고 이름 붙여진 이곳은 작은 돌탑들과 어우러져 있어 사진 촬영하기 좋은 장소로 알려져 있다. 그리고 '톨칸이'라고 불리는 지역을 걷다 보면 한반도 지도 모양을 닮았다는 바위가 나오게 된다. 이곳을 '여'라고 하는데, 막다른 길에 멋진 정자가 세워져 있다.

나는 이 정자가 한국에서 가장 아름다운 정자라고 홍보하고 다닌다. 세계 지질학적으로 보존 가치를 인정받고 있는 우도 팔경의 하나인 '후해석벽(後海石壁)'을 정자에서 일부분 바라볼 수 있다. 보트를 타고 바다를 나가야 온전한 후해석벽 풍광을 볼 수 있지만, 이 정자에서 바라보는 반쪽짜리 후해석벽은 보이는 만큼 또 다른 운치가 있다. 눈을 오른쪽으로 살짝 돌리면 성산일출봉을 가장 가까이에서 볼 수 있는 정자다. 자연의 경치를 모두 담아내는 이곳은 돈 한 푼 안 들이고 천혜의 자연 조경을 완전히 공짜로 즐길 수 있는 셈이다.

'여'라고 불리는 한반도 모양의 바위는 오전 11시에서 오후 3시 사이에 물때를 맞추면 찾아볼 수 있다. 차경 기법이 적용된 듯한 이 정자는 자연과 완벽한 조화를 이루고 있다. 정자에 앉아 바람과 파도를 즐기면 무릉도원이 따로 없다. 이런 황홀한 자연이 만든 정원에서 식사할 수 있는 호사는 아무나 누릴 수 있는 행복은 아니지 싶다. 요즘은 버너를 사용할 수 없는 국립으로 지정된 산과 공원들이 많아서 발열 버너를 필수 장비로 가지고 다녀야 한다. 발열 버너를 켜고 요리를 시작하니 처음 보는 물건이라는 듯 L 작가가 신기해한다. 불 없이도 요리가 가능한 시대를 산다는 것은 정말 감사한 일이다. L 작가에게는 생경한 경험이 하나 더 쌓이게 되나 보다. 오랜만에 길 위에서 푸짐한 한 상으로 식사를 차려 먹는 기분은 무엇으로 표현하기 힘들다. 워커에게는 익숙한 풍광이지만 사진작가에게는 쉽지 않은 일이라고 한다.

 나는 우도 주민이 되기로 했다

식사를 마치고 간단히 걷기 체조를 하면서 긴장하고 굳은 몸을 풀고 다시 출발한다. 장시간 걷기를 하려면 발 근육과 종아리 근육을 풀고 정리하는 것을 자주 해야 한다. 하우목동항 근처에 자리하고 있는 우도랑 카페 뒤에는 세계에서 제일 큰 돌하르방이 있다. 석공예 명장으로 알려진 장공익 선생의 유작으로 알려져 있다. 이곳을 지날 때마다 꼭 들러 명장의 솜씨를 보면서 감탄사를 남기곤 한다. 그렇지만 안타깝게도 이 카페가 들어서면서 올레길이 끊어지게 되었다. 사유지 내로 올레길을 만든 것이 문제지만 건물이 들어서고 난 후 정확한 표식을 남겨두지 못한 것이 아쉽다. 아마도 뚜벅이들에게는 지도에 나타나지 않는 이곳이 길을 헤매야 하는 지역으로 남을 것임을 짐작할 수 있다.

우도 5월의 들판은 아름답다는 표현 한마디면 충분하다. 해무가 걷힌 자리에 바다와 파도 그리고 바람의 풍광이 채워진다. 수평선 위로 피어난 뭉개뭉개한 구름은 한 폭의 수채화로 우도 마을을 그린다. 어느새 보슬비가 멈추고 햇살은 대지를 비추면서 걷는 이들에게 다시 좋은 환경이 찾아왔다. 오늘 우리가 걸은 우도 올레길 코스를 정리하자면 다음과 같다. 우도여행자센터 ▷ 조일리복지회관 ▷ 범선식당 앞 스탬프 찍기 ▷ 하고수동 해변 ▷ 방사탑 ▷ 하고수동 해변 ▷ 불턱 ▷ 서광리 올레길 ▷ 우도랑 카페 ▷ 하우목동항 ▷ 천진항 수국길 ▷ 우두봉 ▷ 우도 실크로드길 ▷ 우도여행자센터를 순환한다. 원점으로 회귀하는 약 18km 코스를 완주한 길이다. 원점으로 회귀하고 보니 허기가 어김없이 찾아든다.

　우도띠띠빵빵에 들러 중식을 먹기로 했다. 우도띠띠빵빵 사장님은 40년 넘도록 음식에만 진심을 다하신 분이다. 장인정신으로 자신만의 맛을 만들어 오신 사장님의 요리는 그 자체가 명품이다. 그중에도 해물짬뽕과 해물짜장면은 말이 필요 없는 강력 추천 메뉴다. 음식에 진심을 담아 오랜 시간 한결같은 길을 걸어온다는 것은 누구나 할 수 있는 일은 아닐 것이다. 오늘의 즐거움과 행복을 함께한 L 작가님도 완주의 기쁨과 성취감을 한껏 느끼게 되어 기쁜가 보다. 덕분에 식사와 아이스크림을 한 턱 쏘면서 오늘의 행복을 대신한다. 우도 여행 완주증을 증정하는 간단한 행사와 축하 선물 증정식을 진행했다. 작가님은 우도 생활 20년 만에 처음 올레길을 완주하고 상장까지 받게 되었다며 평생 기념해야 되는 날이라며 함박 웃는다.

　올레길을 지키고 가꾸는 비영리 단체가 있다. 우도 올레길에도 끊어진 길과 사라진 길이 있는데 다른 올레길에서도 같은 일들이 있으리라 짐작된다. 또 사라진 표식을 점검하고 달라져 버린 길이 있을 것이다. 올레길을 관리하고 성장시키는 단체에서 좀 더 세심한 노력을 기울여서 정확한 표식을 할 수 있도록 점검하는 일에 노력을 아끼지 않으면 좋겠다. 수시로 올레길 전 코스를 점검하는 일이 제주의 대표 상품인 올레길을 오랜 시간 보존하고 사랑받는 길로 만드는 일이 될 것이다.

　한동안 제주 인구가 늘어나면서 지역마다 새로운 건물이 들어서 길

　나는 우도 주민이 되기로 했다

모양이 조금씩 달라지고 있다. 주거를 위해 삶의 터전을 만들어야 하는 인간들의 활동이 마을을 바꾸고 길을 변하게 하는 것은 어쩔 수 없는 일이다. 그래서 주기적인 점검을 통해 이정표를 정비하고 표식을 제대로 달아두는 일을 게을리하지 않아야 하는 것이 올레길 단체의 역할이다. 좀 더 세심한 관심을 가졌으면 하는 바람이 있다.

특히 교차하는 골목길과 굽어있는 길에서는 뚜벅이들에게 언제나 혼선이 생기기 마련이다. 바닷바람이 거센 곳은 올바르게 표지를 세워두어도 바람에 표지 방향이 살짝 돌아가 혼선을 가져오는 경우도 왕왕 있다. 이런 점을 고려하여 좀 더 단단하게 설치하거나 하나의 표식을 더 달아 대안을 마련하는 것도 필요하다. 비단 우도만의 문제라기보다 제주의 부속 섬에서는 거의 동일한 현상이 일어날 수 있는 일로 짐작할 수 있다. 또 해변에서 마을로 들어서는 지점에는 표식이 거의 다 사라져 찾기 어려웠다. 도로가 변형되거나 새로운 건물이 들어서서 길이 끊어진 곳은 표식조차 없어 사유지를 침입해야 하는 사태가 생긴다. 민원 발생이나 다툼의 여지가 있다. 트랭글 어플에서도 이탈 알림이 반복적으로 울리는 것을 보면 길이 끊어져 연결되지 못하는 곳이 많다는 것을 의미한다. 영일동 마을 위쪽의 돌담 지역에는 - 나는 이곳을 우도 실크로드라고 부른다 - 1.5km 정도 올레길이 표기되고 있는데, 우도 올레길 코스에는 포함되지 않아 멋진 길을 놓치는 것 같다. 트랭글 어플에서 이 길을 인식조차 하지 않는 것 같아 코스 점검이 필수다. 올레길 완주뿐만 아니라 해파랑길 등 다수의 국내 유명 걷기 길을 완주하면서 트랭글 어플을 사용해 왔는데, 경로가 맞지 않은 적은 거의 없었다는 점을 고려하면 우도 올레길 전 코스는 반드시 전체적인 점검이 필요해 보인다.

올레길의 또 다른 심각한 문제 중 하나는 해안도로의 쓰레기다. 부유물이 밀려들어 시각적으로 눈살을 찌푸리게 한다. 해안 곳곳에서 발생하는 악취는 여름이면 더 심각해진다. 스티로폼과 생필품 쓰레기가 밀려들어 해변을 뒤덮고 있는 것이 안타깝다. 청정 우도를 만들기 위해 민과 관이 함께 환경 활동 노력을 일상적으로 하고 있다는 것을 잘 알고 있다. 그럼에도 감당할 수 없는 쓰레기는 우도의 문제를 넘어 전 지구적 문제라는 것을 인식하고 공유되어야 한다고 생각한다.

최근 일본 후쿠시마 원전의 오염수 방류 문제로 한일 간 첨예한 대립뿐만 아니라 국제 이슈로 부상했다. 일본 주장에 의하면 오염수 방류 후 태평양을 따라 미국 서부지방 해안까지 갔다가 한국 해역까지 되돌아오는 시간이 5~6년 정도 걸리게 된다는 주장을 펼치면서 아무런 피해가 되지 않는다고 말한다. 과학적으로 검증되어 안전하다고 우기는 일본의 무식함과 무지는 어디서 기인하는지 모르겠다.

사실 우도의 당면한 문제를 먼저 생각해 보면 해안 쓰레기뿐만 아니라 농사를 지으면서 사용한 농약과 그 잔존물들이 우도 연안으로 흘러 들어가는 것을 우선 해결해야 할지도 모른다. 어쩌면 우리는 후쿠시마 오염수를 걱정하고 태평양을 돌아 한국으로 밀려드는 해류를 걱정해야 하는 것이 아니라 우도에서 발생하고 있는 오염원을 먼저 살펴보아야 하지 싶다. 인간이 버린 플라스틱과 쓰레기로 인해 바다 곳곳에는 한국보다 더 큰 플라스틱 섬이 해류를 따라 만들어져 있다

 나는 우도 주민이 되기로 했다

고 한다.

치워도 끝이 없는 인간의 무분별한 흔적은 더 이상 우리만의 문제가 아니다. 치우고 치워도 끝이 없는 쓰레기 몸살을 이제는 어쩔 수 없는 일로 치부해 버리는 분위기다. 과학적 검증을 거쳤으므로 안전하다며 오염수를 방류하는 일을 받아들여야 한다는 주장은 깊이 생각해 보아야 할 화두다. 또 태평양의 해류를 거쳐 우리나라로 되돌아오는 시간이 길다는 이유로 합법화시키는 일에 문제의식을 갖지 않는다면 이것이 진짜 문제가 아닐까 싶다.

우도 올레길이 관광자원으로서 미래의 우도 경제의 중추적 역할을 하는 존재라면 지금이라도 작은 일부터 하나하나 챙겨나가는 지혜가 필요하다. 청정 우도의 이미지를 추락시키는 결정적 요인이 될 수 있다는 문제의식을 가져야 하는 이유다. 관이 주도하는 정책과 민이 함께 실천하는 대안을 마련할 필요가 있다. 누군가가 반드시 해야 할 일이라면 우리 모두가 마음을 모아 어제보다 다른 내일을 만들어 갈 수 있으면 한다. 우도여행자센터를 찾아 우도 정보를 질문해 오는 많은 여행자들을 위해서도 우도를 아끼고 사랑하는 일은 변함없이 지속할 일이라 여긴다.

우도 소라 축제의
단상

우도를 대표하는 축제 중에는 '소라 축제'가 있다. 이번 축제는 코로나19로 인해 중단되었다가 4년 만에 다시 열리는 행사라고 한다. 지난 4월 14~16일까지 3일간 천진항 광장에 메인 무대를 설치하여 진행했다. 첫째 날은 날씨가 썩 좋지 못해서 축제장이 한산했고 준비된 프로그램도 정상적으로

 나는 우도 주민이 되기로 했다

운영되지 못했다. 준비된 부스가 일찍 문을 닫아서 축제장에 한산함만 가득해서 아쉬움이 컸다. 다행스럽게도 쾌청한 날씨로 돌아온 둘째 날과 셋째 날 축제장은 성황을 이루었다.

우도는 예로부터 뿔소라가 많이 나는 고장이다. 덕분에 소라는 우도의 대표 먹거리 상품이 되었다. 소라회를 비롯해 소라죽, 소라무침, 소라파전, 소라국수 등 다양한 요리로 재탄생되어 관광객들에게 소개되고 있다. 뿔소라는 해녀들이 수확하는 특산품 중 대표 상품으로, 먹을 때마다 그 수고스러움이 느껴져 감사한 마음이 절로 드는 음식이다. 7~8월에 금어기에 들어가고 9월이면 다시 해녀들이 활동하여 잡는다고 한다. 그래서 10월이면 뿔소라가 가장 맛이 익어가는 계절이라고 한다.

우도의 대표적 관광지인 비양도 초입과 소원 의자 옆에는 버려진 뿔소라 껍질을 활용하여 뿔소라 탑을 만들어 두었는데 대표 포토존으로 인기 만점이다. 평상시에는 정자 앞 해녀들이 운영하는 식당에서 뿔소라 구이와 회를 판매하고 있어서 여행객의 발길을 잡는다. 이런 여러 가지 연유로 '소라 축제'는 우도를 알리는 첨병 역할을 하며 대표 축제로 자리 잡았다.

이번 우도 소라 축제에는 직접 참여하여 부스를 운영하게 되어 더 가까이에서 축제를 바라볼 수 있게 되었다. 우도에서 매장을 운영하는 사업주로, 마을 주민으로, 여행자의 시선으로 발견한 이번 소라 축제의 명암이 있어 정리해 보았다. 직접 축제를 준비하는 과정에 참여하지는 못했지만, 행사 일정 동안 부스 운영에 참여하면서 행사장 곳곳을 두루 살핀 관객의 시선도 덧붙여 본다.

소라 축제는 약 1년간 마을청년회와 부녀회 공동으로 준비하는 행사다. 마을 부녀회, 주민 자치회 등 다양한 마을 단체가 함께 중지를 모아 축제를 기획하고 운영하고 있다고 한다. 섬을 알리고, 특산물 뿔소라를 홍보하며 우도 관광을 알리기 위한 목적으로 매년 한 차례 행사가 열리고 있다. 행사 현장에는 마을 부녀회와 청년회가 공동으로 운영하는 먹거리 판매 부스가 가장 크게 자리한다. 우도면사무소, 우도 해양환경센터, 119소방대 등 유관기관 부스도 마련되고, 우도도서관, 달그리안 신문사, 우도 시문학동아리 등 다양한 마을 단체 부스가 참여한다. 그리고 축제에 빠질 수 없는 특산품 판매 부스와 커피와 음료 판매부스, 기념품 판매부스 등이 관광객을 맞이하고 풍선 터트리기, 캘리그라피 그리기, 막대풍선 만들기 코너 등 오락성 부스가 함께 마련되어 축제 분위기를 고조시킨다.

메인 무대에서는 다채로운 이벤트 행사가 진행되었다. 먼저 관광객이 참여하는 노래자랑대회와 이색소라 경매대회, 대형 풀장을 설치해 금소라, 은소라를 잡는 대회 등 관광객과 주민들이 어우러져서 참여할 수 있는 프로그램이 진행되었다. 또 무대 행사에는 마을 주민이 참여하는 동아리 프로그램들이 공연으로 꾸며졌다. 태권도 줄넘기 시범, 기타 동아리공연, 합창단, 밴드공연 등이 참여하여 관광객과 마을 주민들에게 흥겨움과 재미를 선사하였다. 무대 행사에는 마을 주민을 참여시킨다는 목표를 충실하게 이행하면서 기획되었다. 마을 주민들이 준비한 공연으로 프로그램을 채워서 행사가 운영되었다.

이 축제의 재미있는 특징 한 가지는 우도 지역의 학교 동문회, 향우회 등 각종 마을 모임이 소라 축제 기간에 행사장에서 열린다는 점이다. 덕분에 축제는 한바탕 마을 잔치로 변한다. 마을 어른들을 한자리에서 뵐 수 있는 행사가 되고 선후배가 오랜만에 만나 의기투합하는 자리가 된다. 또 마을 어른들은 먹거리 판매 부스를 찾아 음식을 팔아주는 것으로 부조를 대신하고 이 행사를 준비하느라 수고해 온 행사 관계자의 노고를 치하하는 자리가 된다. 두레 같은 모습으로 운영되며 인정 있고 따뜻한 마음을 나누며 전통을 이어가는 행사로 자리매김하는 마을 축제장이다.

그러나 이런 현상 속에서 좀 더 내밀하게 축제를 들여다보면 어딘가 어색함이 느껴지는 행사라는 것을 금세 눈치채게 된다. 마을 사람들이 대다수 축제의 공연자이면서 관객으로 채워지기에 축제는 원래의 목표를 상실한 채 운영된다. 축제장의 밤이 깊어질수록 토착민만 남게 되고 정착민들은 그 자리에 머무는 것이 어색해져 버린다. 또 관광객은 찾아볼 수 없어서 축제 본연의 목적과 목표를 상실한 느낌을 지울 수 없다. 우도의 대표 관광 상품을 만들어 우도를 알리고 관광객을 유치하는 것이 이 축제의 목표다. 이 목적을 달성하기 위해 예산을 가져왔다면 축제장에는 관광객이 많이 머물 수 있게 운영되어야 한다. 그렇지 못한 운영이라면 본질이 반감된 것이 틀림없다. 이런 상황들을 직접 겪고 보니 소라 축제가 더 큰 축제로 성장할 수 없는 문제점을 발견할 수 있었다.

첫째, 관광객에게 제공되는 대표 교통수단인 전동차(2인용)와 전기자전거 운행이 축제 기간에 중단되는 문제다. 대중교통을 이용하게 한다는 취지로 버스만 운영한다. 그렇지만 이 정책은 실제는 관광객에게 불편과 불만을 야기하고 있다. 또 주요 교통수단이 운영되지 않으면서 대다수 매장은 영업 손실을 감내하면서 문을 닫아야 한다. 교통수단을 운영하지 못하게 막은 후 생기는 손실분에 대한 보전 문제에 전혀 합의된 바가 없다는 점은 상공인들에게는 불만의 싹이다. 실제 매장을 운영하는 대다수 사업주는 심각한 문제로 인식하고 있었다.

교통수단이 운영되지 않는다면 천진항 항구에서 멀게 자리한 매장들에는 여행객들이 찾아오기 힘들다. 당연히 매출과 직결되는 문제다. 그래서 축제 기간 울며 겨자먹기식으로 매장 문을 닫게 된다. 오히려 축제 기간에는 활용하지 않던 교통수단이라도 더 늘려서 섬 전체가 축제장이 되게 해야 한다. 우도를 찾은 관광객이 더 자유롭게 다닐 수 있고 축제를 즐길 수 있도록 로드를 만드는 것이 상식이지 싶다. 그럼에도 버스 회사에만 운영 권한을 주는 것은, 결국 어떤 명분을 내세우더라도 버스 회사에만 좋은 일이다. 마을에서 운영되는 버스는 공영버스가 아닌 이익을 추구하는 주식회사인데, 이 버스 회사의 주주는 토착민이 대다수라는 점에서 공정성을 잃은 정책으로 인식될 수밖에 없다.

관광객 입장에서는 이런 속내를 알 턱이 없다. 붐비는 천진항 주변과 축제 광장 주변 버스 정류장에는 오랜 시간 기다려서 버스를 타야하고 그마저도 만원이라 더 큰 불편을 겪는다. 탑승 후 콩시루 같은 버스 환경을 경험해야 하는 관광객들은 불만을 쏟아내기 일쑤다. 버스를 기다리지 못해 걷는 이들이 많았는데 걷다가 지쳐서 불평을 쏟아냈고 버스를 타는 정류장을 몰라서 헤매는 관광객들도 많았다. 축제 기간 관광객을 통해 직접 듣고 본 사실을 취재한 내용이다.

관광객의 불만은 우도 이미지를 추락시키는 일이고, 문 닫은 매장들의 손실분은 특별한 통계가 아닌 단순 추산만 해보더라도 수억 원대라는 것을 미루어 짐작할 수 있어 심각한 갈등 문제로 대두된다. 교통수단을 대중교통인 버스로 일원화한 것은 특설 행사장에 관객을 집중시키고자 하는 의도로 풀이된다. 이는 축제장을 한정된 장소로 국한하는 생각 때문으로 보인다. 천진항 주변에 있는 업체는 특수를 누리는 구조지만 다른 지역은 아무런 소득 없는 피해자가 된다. 이런 문제점들은 집안 잔치에 손님을 초대한 후 오히려 더 많은 불편을 만들어 주는 격이다. 관광객들의 니즈를 제대로 파악한 정책이 아니라 마을 잔치 입장에서 축제를 운영하는 시각적 차이로 우를 범하는 꼴이다. 또 내부적으로 합의되지 못한 운영 정책은 주민 모두에게 갈등의 원인이 된다는 사실이 드러난 셈이다.

둘째는 뿔소라 특산품의 판매 가격 문제를 지적하고 싶다. 보통 특산품을 특화하여 홍보하는 지방 축제들은 특산품 가격을 평상시보다 무척 저렴하게 판매하거나 무료 제공함으로써 관광객 집객 효과를 불러일으킨다. 이런 효과를 통해 축제를 알리는 데 시너지를 발휘하고 구전효과까지 얻을 수 있다. 봉화의 송이 축제, 횡성이나 광양 소고기 축제, 언양 불고기 축제, 춘천 닭갈비 축제 등이 대표적인 사례다. 그런데 소라 축제에서는 축제 동안 평소보다 더 비싸거나 비슷한 비용을 지불하고 먹어야 한다. 지자체에서 배정한 예산에는 분명 뿔소라를 수매할 예산이 포함되어 있을 것이다. 그럼에도 별다른 가격정책이 없는 상태로 축제장에서 음식을 먹어야 한다면 관광객들은 축제를 외면할 수밖에 없다.

평상시와 같은 가격이라 해도 축제장에서 판매하는 음식은 매장에서 먹는 것보다 질이 떨어지기 십상이다. 특히 위생이나 청결 부분에서 그러하고 테이블 사용이나 제공되는 반찬들이 부족하기 때문이다. 매장 내에서 받을 수 있는 화장실, 냉난방 서비스 등 안전하고 편리한 서비스를 이용할 수도 없다. 그럼에도 불구하고 가격정책이 제대로 적용되지 못하는 것은 축제의 의미를 반감시킬 수밖에 없다. 관광객 입장에는 무대 행사를 구경하고, 다양한 프로그램에 참여하며, 평소보다 더 저렴한 가격에 제공되는 음식을 맛볼 수 있는 기회를 놓칠 수 없기에 축제장을 찾는 것이다. 축제에서 이런 정책이나 프로모션이 없다면 축제를 찾을 이유는 옅어질 것이 틀림없다.

셋째는 소라 축제를 개최하는 시기에 대한 여론이다. 소라 축제를 더 활성화하고 전통 있는 행사로 자리매김하기 위해서는 축제 일정을 10월로 옮겨야 한다는 것이 중론이다. 소라 채취 작업 기간이 특정 기간에 정해져 있고 특히 산란기인 7~8월은 금어기로 이 시기를 지나야 소라가 제맛 나는 철이 된다는 점에서 그렇다. 관광객들에게 가장

　　나는 우도 주민이 되기로 했다

좋은 맛을 느낄 수 있을 때 선보여 특산품의 진수를 보여주는 것이 당연한 목표가 되어야 한다. 그래서 10월이 제격이라는 의견을 주장하는 사실을 고려해 볼 필요가 있다. 특산물을 특화하여 관광객들에게 홍보하고 축제를 활성화하는 것에 목적이 있다면 축제 일정을 변경해 보는 것도 고려해 볼 일이다. 현재처럼 4월에 축제를 계속한다면 뿔소라는 싱싱한 상품이 아니라 냉동된 상품을 선보여야 한다는 점도 깊이 숙고해야 한다.

또 한 가지 필요한 변화는 축제의 시각을 바꾸어야 한다. 우도 관광을 와보니 소라 축제가 열리는 것이 아니라 소라 축제를 보기 위해 우도를 방문할 수 있어야 한다. 매년 열리는 소라 축제에 반드시 참여해 보고 싶은 마음이 들게 하는 축제, 즉 버킷리스트로 만들어야 진정한 목표가 달성되는 것이다. 이런 축제를 만들기 위해서는 특정 장소만이 아니라 우도 전체가 축제장이 되어야 한다는 인식 전환이 필요하다.

섬 전체를 축제장으로 만들기 위해선 해안도로를 중심으로 영업하는 업체들의 협력이 필요하다. 이 매장들의 자연스런 참여를 유도하기 위해서는 축제 기간 매장 앞에 별도의 부스를 설치할 수 있는 권한을 주는 것도 좋은 방법이다. 각자의 시그니처메뉴를 외부 부스에서 판매하게 하거나 축제 기간 특별한 아이디어 상품을 판매할 수 있도록 앞마당에 장터를 여는 것이다. 관광객들은 걷는 재미가 있을 것이고 어떤 교통수단을 활용하더라도 접근이 쉬워져서 축제다운 분위기가 섬 전체에 펼쳐질 수 있다.

매장들의 자발적 참여를 위해서는 축제 기간 더 많은 관광객을 유입할 수 있어야 한다는 전제가 필요하다. 또 늘어난 관광객 덕분에 더 많은 매출이 생겨날 수 있도록 정책을 만들고 홍보해야 한다. 현장에서 관광객이 더 많이 즐기고 놀 수 있도록 적극적인 정책을 만들어야 한다. 그래서 단순히 무대 행사로 노래자랑대회를 열기보다는 가수선발전이나 오디션을 개최하는 방법으로 프로그램을 기획하는 것도 시도해 볼 만하다. 우도 출신 가수나 예술인을 발굴하여 그분의 명칭을 딴 대회를 개최하는 것도 좋다. 목포의 '난영가요제'나 울산의 '고복수 가요제'를 벤치마킹해도 좋지 싶다.

또 세계 공인 걷기 코스를 개발하여 인증받는 방법도 섬 전체를 축제장으로 만들 수 있는 좋은 대안이지 싶다. 공인 코스가 만들어지면 마니아층과 선수들이 대회에 참여할 수 있다. 또 이 대회에 일반인이 참여할 수 있는 5km 내외의 이벤트형 걷기대회를 운영해 일반 관광객의 즉석 참여를 유도할 수 있다. 마니아층이나 선수들이 참여하는 대회인 30km, 60km, 100km 코스를 관전하는 관객이 되어 자연스럽게 우도를 찾게 된다. 또 이런 장거리 대회는 최소 8시간에서 24시간 정도의 장시간을 걷는 일정이 되므로 대회 규정상 머무는 관광으로 만들어질 가능성도 높다.

또한 우도는 소를 테마로 하는 축제를 만드는 것이 자연스럽다. 우두봉의 넓은 초원에 세계 대표 소를 모으고 관광객이 직접 심사위원으로 참여하게 하면 더욱 재미있는 이벤트가 될 수 있다. 가칭 '이쁜

    나는 우도 주민이 되기로 했다

소 선발대회'나 '우량 소 선발대회' 등 기획형 대회를 만들고 관광객에게 사진 촬영에 잘 응하는 '최고 모델 소 선발대회' 같은 행사를 열면 관광객들이 재밌게 참여할 수 있는 기획이 되지 않을까 생각한다.

또 섬 전체를 경기장으로 활용하여 변형된 '철인 3종 경기', '철인 5종 경기' 등 다양한 스포츠 행사를 개최하는 방식도 관광객을 유입하는 좋은 방법이 될 수 있다. 대회에 참여하는 사람이 선수가 되면서 관객이 되고 그들을 응원하고자 함께 오는 동반자들이 모두가 관광객이 될 수 있는 것이다. 이런 대안을 마련하여 축제를 운영한다면 축제기간 우도 섬은 불이 꺼지지 않는 축제의 섬으로 거듭나 축제 마니아들이 찾을 수 있는 최고의 섬이 될 수 있지 않을까 싶다.

네덜란드에는 네이메헌(Nijmegen)이라는 도시가 있다. 이 도시에서는 매년 걷기 축제를 열고 있는데, 축제 기간 400~500만 명의 관광객이 들어온다고 한다. 추산 통계가 많을 때는 천만 명이라는 통계를 내는 언론도 있다. 이 행사는 하루 30km씩 나흘 동안 120km 걸으며 8개 마을을 지나도록 코스를 운영한다. 120년 전통의 행사로 세계에서 가장 오래된 걷기 축제이자 대회다. 8개의 마을 인구는 7만~8만 명 정도인데 축제 동안 대다수 마을 사람의 단합과 화합으로 참여하여 1년 수익을 수확하는 행사가 된다. 직접 대회에 참석해 본 경험에 의하면 대회 참여에 500만~700만 원 정도를 사용했다. 그렇지만 대회의 권위와 축제의 즐거움 덕에 기꺼이 사비를 털어 참여할 수 있었다. 이런 축제 분위기다 보니 축제장에는 자국민보다 외국 관광객이 더 많고 관광객은 기꺼이 지갑을 연다. 이런 행사를 운영하고 축제를 창출하는 국제도시들의 선례는 얼마든지 많다는 점에서 벤치마킹해 볼 필요가 있다.

우도라고 크게 다르지 않다고 본다. 다른 국제도시에서 운영하고 있는 장점을 살려낼 수 있는 인프라를 많이 가지고 있는 우도다. '소(牛)'라는 테마를 중심으로 잡는 것이 너무 당연하고 세계 어디와 비교해도 빠지지 않는 아름다운 천혜의 환경이 있다. 제주 본 섬과 가까워서 관광객을 유입시키기에도 유리한 지리적 조건을 갖추고 있다.

5월이면 수국과 함께 다양한 꽃들이 들판을 메우고 돌담 사이를 예쁘게 수놓는 거리의 꽃들은 우도를 더욱 아름답게 만들어 주는 섬인 까닭에 국제 축제로 가치를 한껏 높일 수 있다. 우도에서 잘 자라는 수국이나 향나무를 활용해 섬을 수국과 향나무를 대표하는 섬으로 만드는 일에 집중하는 것도 새로운 관광 아이디어 상품이 될 수 있을 것 같다.

축제를 성공시키기 위해서는 좋은 아이디어가 반드시 필요하지만, 가장 중요한 것은 주민 모두가 한마음으로 참여하는 것이 출발점이다. 또 축제를 통해 모두에게 이익이 돌아가야 한다는 점도 잊지 말아야 한다. '모두에게 이익'이라는 정신은 반드시 물질에만 있는 것이 아닐 것이다. 축제를 성공시키는 성취감에서부터 마을의 일원으로 참여하고 있다는 자부심, 작은 부분에라도 역할이 있어 자신이 마을 주민으로서 일조하고 있다는 뿌듯함, 그리고 자신에게 주어진 책임감과 보람 등이 포함될 것이다.

 나는 우도 주민이 되기로 했다

소라 축제가 토착민만의 리그가 된다면 앞으로도 좋은 결과를 기대하기는 어렵다. 반대로 토착민의 리더십에 이유 없는 반대와 불만으로 대응하는 정착민이 많아진다면 성공된 축제는 있을 수 없다. 축제장에서 토착민들끼리만 모여 인사하고 반가워한다면 정착민들이 그 축제장을 나가볼 이유를 찾지 못하게 된다. 또 정착민들의 적극적이고 자발적 참여가 없으면서 토착민들만의 잔치라고 터부시하는 것도 경계해야 할 일이다.

축제를 준비한다는 것은 많은 사람들의 시간과 노력 그리고 희생이 따른다. 그래서 보이지 않는 수고스러움은 상상 이상으로 많을 것이다. 그러나 이 노고를 평가받는 것은 결국 축제 결과에 있다. 행사를 준비하는 입장에서는 하나에서 열까지 세세하게 챙긴다고 해도 부족하기 마련인 것이 행사다. 그래서 "행사는 잘하면 본전이고 못하면 욕먹는 일이다"라는 말로 자평하게 된다. 현미경을 들이밀어 관찰하게 된다면 어떤 축제장도 문제점은 발견되기 마련이다. 쓰레기통 운영 문제, 현수막 도안이나 부스 배치, 부스 운영 방법, 무대 규격 등등은 개인의 호불호의 문제여서 주최 측이 아무리 좋은 의도로 기획해도 관객이나 참여자의 성향에 따라 다른 평가를 내릴 수밖에 없다.

그러나 축제 기간 교통수단을 운영하는 문제는 많은 사람들의 생존에 직결된다. 직접적으로 매출 타격을 감수해야 하는 소상공인들의 문제라는 점에서 더욱 세련되고 구체적인 계획으로 접근되어야 하고 합의가 이루어져야 한다. 또한 축제장에만 집중되는 운영 방식이나 축제 목적에 부합되지 못하는 운영 프로그램들은 다시 한번 되살펴 보아야 한다. 특히 우도의 300여 개 매장들의 손실과 희생을 강제하면서 운영되는 정책과 마을청년회와 부녀회가 주체가 되어 운영되는 판매 부스는 자칫 심각한 비판의 대상이 될 수 있다. 특히 이 운영을 통해 얻은 수익이 마을 공동체를 위해 사용되지 않고 특정 단체의 활동비나 해외여행 경비로 사용되고 있다는 후문은 씁쓸함을 넘어 심각한 넌센스라 할 수 있다. 개인적으로 진정 유언비어이길 바란다.

축제를 준비하는 동안 우도의 다양한 단체와 주민 자치회가 참여해서 많은 회의를 거쳤겠지만, 정작 매장을 운영하는 사업주들은 준비 과정에 대해 모르는 사람이 많았다. 준비 과정을 알지 못한다면 결정된 사항만이라도 정확히 전달해야 할 책임과 의무를 주최 측이 가져야 한다. 그러나 대다수 매장 대표님은 내용을 정확히 알지 못했다. 불만과 불평이 더 심하게 난무하는 빌미를 제공한 것이다. 행사장 부스에 참여한 나도 부스 위치를 몰랐고, 개별 부스에 설치물을 언제, 어떻게 진행해야 하는지를 듣지 못했다. 또 부스 운영자들이 행사 기간 내에 협조해야 하는 사항들이 무엇인지를 알 수 없어 회의가 있었는지 묻기도 했다(참석 공지를 개인적으로 전달받지 못했을지 몰라서 여러 곳으로 알아보았지만 그런 회의는 없었다고 했다).

토착민과 정착민이라는 이분법 구도가 늘 우도를 긴장하게 만드는 것이 아닌가 싶을 때가 많다. 축제 운영 과정을 생각해 보면 정착민들은 언제나 배제 대상처럼 보이는 것도 사실이다. 이번 축제에서도 실제 정착민들 매장이 축제 부스에 참여한 경우는 없었다. 어쩌면 주최

 나는 우도 주민이 되기로 했다

측에서 참여를 독려하고 부스 운영에 기회를 주었지만, 관심 없는 정착민들의 외면이었을지 모른다. 그러나 주최 측에서 광범위하고 다층적인 회의를 열지 못했다면 사전에 포스터나 팸플릿을 배포하면서 협조를 구하는 것도 하나의 방법이지 싶다. 이 대안을 이야기했더니 행사만 있으면 후원금만 요구하는 것에 진저리가 난다는 사업주를 만나서 깜짝 놀랐다. 이런 보이지 않는 금긋기가 한 해 두 해 불신의 벽을 쌓은 것이 아님을 알 수 있는 대목이다.

그렇지만 마을의 미래를 걱정하고 발전 방향으로 나아가야 하는 것이라면 무엇이든 시도해 보는 것이 바람직하다. 매장에 팸플릿이나 홍보지를 부착하고 배포해 두면 관광객들이 자신의 자리로 돌아가서 소라 축제 기간에 다시 방문할 수 있는 가능성을 열어두고 있는 일과 같다. 또 그들이 다른 지인들에게 소라 축제를 소개할 수 있는 홍보사원이 되어줄 수 있는 일이다. 무엇보다 이 활동을 통해 매장 업주들을 자주 만나 대화할 수 있는 기회로 삼는다면 외면이나 배제라고 느끼고 있던 사람들은 줄어들 것이고 관심의 울타리로 이끌어 낼 수 있다고 본다.

서로 다른 이해관계에 있는 집단을 공통의 문제로 인식하게 하는 효과를 만들 수도 있어야 성공된 축제를 만들 수 있다. 공통의 문제로 인식되는 순간, 축제 기간 생기는 크고 작은 일들에 대해 협조를 요청할 수 있고 협업의 체계가 마련될 수 있다. 하나의 공통 목표를 향해 공감대를 이룰 수 있는 일이 쉽지는 않겠지만 함께 노력해야만 가능한 일이다.

우리는 모두 이 섬 덕분에 경제활동을 하고 일상을 살아가고 있다. 누구도 우도에서 발 딛고 살아가지 않는 이가 없기에 섬이 주는 수혜를 입지 않은 사람은 단언컨대 없다. 그래서 정착민과 토착민이라는 이분법 구도에 매몰되지 말고 '우리'라는 의식을 가져야 한다. 비단 축제를 통해 느끼는 문제의식이 아니더라도 우도라는 섬이 구심점이고 그 구심점 속에 '우리라는 의식'으로 뭉쳐야 하는 것이다. 이것이 축제를 성공적으로 이끄는 유일한 방법이고 우도 마을을 하나로 만드는 일이다.

우리가 지혜를 모으고 현명해져야 한다. 정착민과 토착민이 아닌 '우리'라는 집단 지성의 공동체를 건설하는 데 힘을 아끼지 말았으면 한다. 어쩌면 나의 글이 수고한 분들에게 불편한 글이 될지 모른다. 그러나 그 불편이 누군가를 폄훼하자는 의도가 아니라 공동체의 발전을 위한 의견이라고 생각하면 좋겠다. 축제의 문제점과 대안을 제시하는 의견을 이야기했지만, 어쩌면 근원적이고 실제적인 문제를 알지 못하고 있을지도 모른다. 적은 축제 예산과 집행 그리고 인력 활용 등의 문제는 내가 알지 못하는 정보의 한계일 수 있다. 오랜 시간 마을을 위해 희생과 봉사를 해온 분들에 대한 편견이나 편협으로 해석되지 않았으면 한다. 소라 축제를 준비하고 참여하신 모든 분께 응원과 감사 인사를 대신하고자 한다.

우도,
배 타는 법

우도가 제주도 부속 섬인지 모르는 사람들이 제법 있다는 사실을 새삼 알게 되었다. 제주에 도착해서야 우도라는 섬이 있다는 것을 알고 방문하는 여행객도 꽤 있는 모양이다. 우도를 여행하려면 반드시 배를 타야 한다. 성산항

에서 우도까지 직선거리로 1.7km밖에 되지 않는데도 다리가 놓이지

않고 있다는 것은 무척 아이러니하다.

우도를 입도하기 위해서 배를 탈 수 있는 항구는 두 군데다. 가장 많이 이용되는 항구는 단연 성산항이다. 성산항에서는 30분 단위로 배가 왕래하며, 도항선은 천진항과 하우목동항을 번갈아 운항한다. 성산항을 출발하는 배는 계절별로 운행 시간이 다르다. 예를 들면 3월과 10월은 오전 8시가 첫 배이고, 오후 5시 30분은 마지막 배다. 1·2월, 11·12월은 오전 8시에 첫 배가 출발하고 마지막 배는 오후 5시다. 4월과 9월은 첫 배 시간은 같고 마지막 배가 오후 6시까지 운항된다. 5월부터 8월까지는 오후 6시 30분까지 마지막 배가 운항된다.

또 하나의 항구는 종달항이다. 종달항은 1~3월과 11·12월에는 하루 4번 운항하며 오전 9시 30분부터 오후 4시까지 배가 있다. 4~9월에는 하루 6번 운항하고 오전 9시 첫 배, 오후 5시가 마지막 배다. 계절에 따른 물때 변화로 30분 정도의 시간 조정이 이루어지는 것으로 보인다. 성수기나 휴가철에는 배 운항 시간이 연장되기도 하며, 한때 야간 도항선이 시범 운영되기도 했으나 현재는 운영되지 않는다.

우도의 마지막 배가 출발하는 항구는 요일에 따라 다르므로 유의해야 한다. 월·화·수·목요일은 하우목동항에서, 금·토·일요일은 천진항에서 마지막 배가 출발한다. 이렇게 정해진 시간표가 있지만, 도서 지역 특성상 입도 관광객 수, 바람, 파도 높이에 따라 운항이 중지되거나 재개되는 등 탄력적으로 운영되는 날도 있다. 이 점을 염두에 두어야 보다 안정적으로 배를 이용할 수 있다.

우도 입도 시 원칙적으로 자동차는 도항선에 실을 수 없다. 다만 숙박 여행자나 6세 이하 아동 또는 70세 이상 노인을 동반한 경우 신고 후 자동차를 실을 수 있다. 보통은 자동차 없이 입도하므로 우도에 도착하면 전동차, 스쿠터, 전기자전거를 대여하여 이동한다. 대중교통으로는 버스를 이용할 수 있으며 택시는 없다. 성산항과 종달항에서 우도까지 소요 시간은 약 15분 정도다.

차량을 가져갔다면 주유소는 중앙동 면사무소 옆에 한 곳뿐이므로 유류 상태를 미리 점검하는 것이 좋다. 유료 가격 차이는 크지 않다. 매표는 카드 결제가 가능하며 승선 전 승선 신고서를 작성해 신분증과 함께 매표소에 제출해야 한다. 신고서는 터미널 데스크에 준비되어 있으며, 차량 반입 시 차량 모델과 번호를 함께 기재해야 한다. 이때 데스크 아래에 비치된 우도 관광 지도를 챙기면 여행에 도움이 된다. 매표가 끝나면 선착장 앞에서 대기하면 된다. 선착장에는 여행객들이 기다리는 줄이 된다. 배가 어느 항구로 들어가는지 궁금하다면 승선 안내 직원에게 물으면 친절하게 알려준다.

차량은 대부분 후진으로 싣는다. 진입로 바닥에는 미끄럼 방지 홈이 있어 차량이 덜커덩거릴 수 있으니 당황하지 말자. 선적 시에는 안내 직원의 지시에 따라 운전석 창문을 반드시 열고 후진하는 것이 안전하다. 제주 방언과 거친 말투로 인해 오해가 생겨 서비스 정신에 익숙해 있는 도시인들은 다툼의 발화점이 될 수 있으니 참고할 필요가 있다. 주말이나 성수기에는 차량 대기 행렬이 길어지니 가능하면 오전 일찍 서두르는 것이 좋다. 특히 우도 도로에는 차선이 없고 마을 안쪽 길이 좁아 운전에 미숙한 경우 불편을 겪을 수 있다. 그래서 사고가 나면 보험 처리에도 애매한 문제가 발생한다. 해안도로는 차량 교차가 비교적 나은 편이지만 마을 안쪽 길은 좁은 곳이 많아서 쌍방 교차하기 어려운 길이 많다.

우도 입도 총괄요금표(선박료+입장료+터미널이용료 포함, 2025년 기준)

구분	왕복 요금(1인)	들어갈 때(입도)	나올 때(출도)	비고
성인	10,500원	6,000원	4,500원	만 19세 이상
중·고등학생	10,100원	5,600원	4,500원	학생증 제시
경로·장애인·유공자	9,000원	4,500원	4,500원	신분증 제시 (입장료 면제)
초등학생	3,800원	2,300원	1,500원	
미취학(2~7세)	3,000원	1,500원	1,500원	

차량 선적 요금(왕복 기준, 운전자 1인 요금은 별도 구매)

차종	왕복 요금(1대)	들어갈 때	나올 때	해당 차량 예시
경차	21,600원	12,800원	8,800원	모닝, 스파크, 레이 등
중소형	26,000원	15,000원	11,000원	아반떼, 쏘나타, K5 등 (9인승 이하)
대형	30,400원	17,200원	13,200원	그랜저, 제네시스, 싼타페 등 (12인승 이하)
승합차	37,000원	20,500원	16,500원	15인승 이하 승합차
카운티	61,000원	33,500원	27,500원	25인승 이하 (e-카운티 등)

※일반 렌터카라도 우도에서 1박 이상 숙박하면 입도 가능. 렌트카는 숙박 여부 관계없이 입도 가능

이렇게 우도 입도 시 뱃삯을 정리해 보았는데 가격을 일일이 기억할 필요는 없다. 매표소에서 자동으로 계산해 주니 복잡하게 생각할 필요 없다. 또 가격이 조정되는 경우가 있으니 당일 터미널에서 알아보는 것이 제일 정확하다. 우도 운항 해운회사 전화번호를 남겨두니 필요한 분들은 요긴하게 사용하면 좋겠다. 특히 우도에 숙박을 예약했거나 숙박하는 여행자들이 항상 고려해야 하는 일은 변화무쌍한 섬 날씨다. 기상 상황에 따라 풍랑주의보, 파랑주의보가 내리면 배가 뜨지 않을 수도 있다. 해운사와 해양경찰서의 협의로 수시로 변경되니 날씨 변화가 많은 날은 운항 여부를 확인하는 확인 전화가 필수다. 성산항 터미널이나 천진항, 하우목동항 대합실 중 어디든 전화해도 답해준다. 자칫 섬에서 나오지 못하는 일이 발생할 수 있어서 날씨에 귀기울여야 사전에 대비할 수 있다. 당일에도 도항선 시간이 축소되는 경우가 있어서 우도 여행자라면 아래 전화번호를 반드시 알고 여행하는 것이 좋다.

- 성산포항 종합여객터미널(우도행): 064-782-5671
- 우도 하우목동항 대합실: 064-782-7730
- 우도 천진항 대합실: 064-783-0448
- 우도해운·우림해운: 064-782-4210/064-782-1002

어쩌면 일생에 한 번뿐일 수 있는 우도 여행이다. 어떤 여행도 마찬가지지만 올바른 정보를 알고 가면 훨씬 편리하고 유용한 여행이 된다. 정보가 많다면 바가지요금 때문에 기분이 나쁘거나 억울할 필요

가 없다. 행복해야 할 여행길이 얼룩진 기억으로 남는 여행이 되지 않
으려면 사전 준비가 필수다. 우도가 상술로 뒤덮인 섬은 아니다. 주민
으로 살아보니 우도는 인정이 넘치고 사랑이 가득한 마을이다. 이 글
이 우도를 찾는 이들에게 작은 길잡이가 되어 모두가 행복한 삶으로
이어지기를 바란다.

나는 우도 주민이 되기로 했다

우도
교통편 이야기

우도를 여행하는 방법은 다양하지만, 오늘은 전반적인 우도 교통편 이야기를 해볼까 한다. 우도에는 두 군데 항구가 있는데 천진항과 하우목동항이다. 천진항은 최근에 바다 청소를 하고 준설 작업을 마쳐서 배를 항구에 접안시키는 일이 더욱 안전하고 편리해졌다.

양쪽 항구의 공통점은 선착장 바로 앞에서부터 우도의 필수 교통수단인 전동차와 전기자전거 대여 업체들이 자리 잡고 있다는 점이다. 우도 여행을 하기 위해서는 전동차와 전기자전거 대여는 필수다. 우도는 걷기에는 제법 넓고, 교통수단을 활용하기에는 좁은 섬으로 느껴지기 때문에 적당한 속도를 가진 교통수단이 제격일 것이다. 가격은 업체별로 차이가 있지만 대체로 사용 시간 3시간을 기준으로 정해지는 것 같다. 오전 사용권, 오후 사용권, 종일 사용권으로 나뉘어 판매되고 사용 시간은 마지막 배편 전까지다.

운영시간과 방법, 가격 등은 업체에 따라 차이가 많으니 반드시 꼼꼼하게 알아보고 예약하는 편이 좋다. 특히 사고나 고장으로 인한 변상 또는 A/S는 여행자가 전적으로 부담해야 하는 경우가 대다수여서 보험 가입 여부를 잘 살펴보아야 한다. 특히 중국 관광객에게는 전기자전거 외에 다른 교통수단을 대여하지 않는다. 게다가 여권을 맡겨야 대여해 주는 업체들도 있다. 그들에게 고장과 사고의 책임을 묻는 데 어려움이 있음을 알지만, 이 또한 장기적인 측면에서 보면 우도 이미지를 격하시키는 일이다. 입장을 바꿔 생각해 보면 금방 알게 될 텐데도 이런 정책을 적용하는 것은 역시 고객 중심은 아닌 정책이다.

양쪽 항구 앞에 집중적으로 늘어선 업체들은 배가 도착하자마자 여행객을 대상으로 경쟁적으로 호객행위를 한다. 격화된 경쟁은 매번 바로 옆 업체와의 다툼으로 이어지고, 경찰서로 신고하고, 면사무소로 민원을 제기하는 일을 반복하고 있다. 여행객들에게 부끄러운 민낯을 보여주는 일 같아서 우도 주민으로 창피할 때가 많다.

     나는 우도 주민이 되기로 했다

경쟁 업체보다 더 나은 아이디어를 통해 다양한 서비스를 개발하여 고객을 유치할 수 있어야 한다. 자본주의 사회에 살면서 경쟁은 당연하고 자연스러운 일이겠지만, 영업을 방해할 목적으로 경쟁 업체를 신고하는 행위는 결코 좋은 방식이 될 수 없다. 더구나 좁고 좁은 우도 섬이고 매일 눈만 뜨면 마주해야 할 이웃이 아닌가 말이다. 전동차 대수가 지정되어 있으니 운영 업체들이 가격을 협의하고 대여 방법을 함께 공유하는 방식을 도입하는 것도 고려해 보아야 하지 싶다. 여행자 입장에서 정가나 정찰제가 적용되지 않는다면 바가지요금에 대한 불안을 가질 수밖에 없다. 이는 지금 당장의 문제가 아니라 해도 우도 미래를 좌지우지할 수 있는 이 섬의 이미지와 직결되는 일이다.

전동차는 2인이 타고 다닐 수 있는 것을 빌려야 한다. 3인 이상 탑승할 수 있는 승용차용 전기차는 하나뿐인 렌트카 업체에서 빌려야 한다. 숙박을 하는 고객은 렌트카 입도가 가능하고, 그렇지 않다면 입도 후 전기차 렌트를 할 수 있다. 여기서 약간 기이한 현상이 있다. 전동차 대여 업체는 더 이상 늘어날 수 없는 규정이 있어 사실상 독점권을 받아 운영된다. 왜 그런 것인지 이해되지는 않지만, 독과점이니 미리 예약하지 않으면 무척 어렵다는 정보만 공유해야겠다. 가격은 성수기와 비수기에 따라 다르니 자세한 내용은 업체 사이트에서 확인하길 바란다.

다음으로는 우도에서 운행되는 버스 편에 대해 알아보자. 버스는 두 종류가 있다. 우도마을 주민들은 빨간색 버스, 하얀색 버스로 구분하여 말한다. 주로 단체관광객을 태우는 빨간색 버스는 주요 관광지 두 곳만 가고 다른 지역은 운행하지 않는다. 관광 전세 버스 같은 개념이라 대중적인 버스라고 볼 수 없다. 처음에는 분명 검멀레 해변, 우도봉, 하고수동, 산호사 해변, 비양도 등 주요 관광지를 경유하였다고 한다. 30분 단위 배차 간격도 단체 관광용으로 활용되면서 의미가 사라져 버렸다. 나도 단체로 찾아온 지인들이 있어서 빨간 버스를 예약해 본 적이 있다. 주요 관광지 두 군데 이상 운행할 수 없었고, 예약된 식당까지 버스를 운행하는 것도 한참 실랑이하듯 협의하고 사정해서 겨우 운행할 수 있었다. 단체 관광용 버스로 운영되면서 여행객은 여러 가지로 불편을 견뎌야 하는 셈이다. 왜 이런 방식으로 바뀐 것인지는 나도 잘 알지 못한다. 하지만 빨간 버스 운영 방식으로 늘 마을은 시끄럽다. 최근에는 운임비마저 1인 1만 원으로 올랐다. 나도 단체 여행객을 유치하면서 빨간 버스 운행에 너무 큰 불편을 겪은 나머지 이제는 여행자들에게 권유하지 않는다.

한편 하얀색 버스는 개인 여행객을 위한 노선버스다. 대다수 노선이 해안도로를 따라 운행하면서 27개 정류장을 경유한다. 대중교통 수단으로 그 역할을 다하는 버스다. 색깔별로 노선 승차권을 구매했다면 그 색상 버스만 이용 가능하다는 점을 유의해야 한다. 또 하나의 팁은 이용권을 항상 소지하면 하차 후 탑승은 무제한 이용 가능하다. 탑승 때마다 기사님에게 승차권을 보여주면 탑승할 수 있다. 이 이용권은 우도 여행을 마치고 선착장 하차 시 반납하면 된다.

   나는 우도 주민이 되기로 했다

자~ 그럼 하얀색 버스에 대해 좀 더 자세히 이야기해 보자! 하얀색 버스는 우도 해안순환도로 버스라고 하는데, 우도의 주요 관광지를 포함한 27개의 정류장을 경유한다고 앞서 말했다. 미니밴형으로 25인승 버스다. 좌석이 작아서 앉아 가기 쉽지 않아 보통 입석이 많다. 우도는 이동거리가 그리 길지 않으니 입석한 채 여행하는 것도 묘미다. 참고로 우도에는 택시나 대리운전이 없다는 사실을 기억하자. 우도 해안순환도로 운행 버스의 경우 종일권뿐 아니라 일반 버스처럼도 이용이 가능하다. 일반 버스처럼 티머니 사용도 가능하고, 현금을 내고 탈 수도 있다. 탑승 횟수가 5회 미만이라면 종일권보다는 일회성으로 탑승하는 것이 현명하다.

27개 노선은 관광객이 방문하는 주요 관광지로 정류장이 구성되어 있다. 검멀레 해변이 최종 종착지로 운영된다. 버스 승강장이 있지만, 여행자가 없을 때는 정차하지 않는 경우가 종종 있으니 하차 시에는 미리 버스 기사님께 요청해야 한다. 또 우도에는 차선이 없고 버스 노선이 왕복 형태로 운영되지 않는다. 월·수·금은 시계방향으로, 화·목·토·일은 반시계 방향으로 운행한다. 그래서 버스 표지판이 보이지 않는다며 여행자센터로 문의해 오는 여행자가 제법 많다. 또 배차 간격은 20분으로 되어있지만, 조금 일찍 도착하고 출발하는 경우가 많아서 버스 시간에 주의를 기울여야 마지막 배를 놓치지 않을 수 있다.

나는 우도에서 가장 좋은 교통수단은 걷기라 여기고 있다. 우도는 해안도로를 따라 걸으면 14~15km 정도고, 마을 길을 포함하여 걸으면 18~20km 걸으면 되는 섬이다. 짧은 코스는 3~4시간이면 충분하고, 우도 마을 길을 경유하는 코스는 5~6시간 정도면 우도 곳곳을 볼 수 있다. 진정한 우도의 속살을 보고 싶다면 걷기가 가장 좋은 여행이 될 수 있다. 마을 길을 따라 걷다 보면 우도 마을 사람들과 인연을 맺을 기회가 생기고 우도의 다양한 특산물이 생장하는 것을 볼 수 있어 좋다. 어디를 다녀왔느냐의 문제보다 무엇을 배웠느냐는 질문을 할 기회를 가지는 것이 여행의 본질이라면 추천해 볼 만한 여행법이다.

다양한 교통수단은 주민들의 생계를 유지하는 경제활동이다. 그래서 경쟁적인 영업 방식이 주민들을 화합하지 못하게 만들고 있는 것도 사실이다. 당장 눈앞의 이익과 상업적인 논리에만 매몰되어 더 큰 미래의 그림을 그리지 못하기도 한다. 우도를 찾아주는 많은 여행객들에게 좋은 서비스를 제공하는 것이 우도 경제의 미래를 담보하는 것이라면, 지금 갖추어진 인프라를 어떻게 운영해야 더 나은 방향일지 주민 모두가 중지를 모아야 할 시점이다. 여행자들은 이 정보를 자세하게 챙겨보고 자신들에게 맞는 교통수단을 선택해서 아름다운 우도 여행을 다양한 방법으로 즐겨보면 좋겠다.

우도 윤슬

우도의 삶 중에서 인생의 아름다운 낭만을 한 가지 이야기하라고 한다면 당연히 일 순위는 바다를 곁에 두고 사는 것이라 할 수 있다. 누군가에게는 일평생 바다를 그리며 살고 싶은 것이 소원이고, 또 다른 누군가는 〈나는 자연인이다〉처럼 산에서 평화로움을 찾는 인생이 더 나은 삶이라고

말할지도 모른다. 그러나 내게 바다를 곁에 두고 사는 첫 번째 낭만은 윤슬의 아름다움에 반할 때다.

우도는 계절이 바뀔 때마다 윤슬의 옷이 제각각이다. 나는 그중에도 여름 윤슬을 가장 좋아한다. 여름 윤슬은 강렬한 햇살이 빛을 뿜어낼 때마다 불붙은 힘찬 바다를 만들어 내기 때문이다. 바다가 순식간에 산산이 부서져 버릴 것 같은 기세로 열기를 뿜어낼 때 나는 이 불끈불끈한 에너지를 가슴으로 옮겨와 나의 에너지가 되는 것 같아 좋다. 가을 윤슬은 해류의 부드러움을 전해주어 좋다. 광채는 산란하여 잔잔한 바다를 물들인다. 가벼운 보석들이 수면 위를 떠다니는 느낌이 들 때면 채석의 기쁨을 가져보고 싶은 욕구가 생겨난다. 겨울이면 햇살의 따뜻함이 윤슬 속에 내려앉는다. 겨우내 차가워진 마음을 데워주는 온기가 있다. 고향을 떠나 낯선 이방인으로 살아가는 허전함과 서글픔이 밀려들 때 겨울 윤슬은 어머니 품처럼 나를 따뜻하게 감싸안아 준다. 생동감 넘치는 봄 햇살 속에 발견되는 윤슬은 내 눈을 반짝이게 만들어 준다. 유년 시절 아련한 추억의 짝지를 만난 듯 기쁨과 설렘을 동시에 가져다주는 윤슬로 태어난다.

계절마다 이렇게 다른 아름다움을 주는 우도 윤슬을 사랑한다. 태양과 바다가 어우러지는 이 현상을 과학적인 방법으로 설명하면서까지 낭만을 깨뜨리고 싶지 않다. 그저 바다를 향해 흩어지고 때로는 녹아들면서 나의 심장을 뛰게 하고, 나의 감성을 차오르게 하는 순간순간을 간직하고 싶을 뿐이다.

 나는 우도 주민이 되기로 했다

유성이 쏟아지는 날, 윤슬은 바다에서 불이 되어 태어난다. 아버지의 조언을 무시하고 태양까지 날아가다 날개가 타버려 추락한 이카로스 신화처럼 불덩이가 되어버린 윤슬을 내 손으로 기어코 만져보고 싶은 유혹에 휩싸인다. 태양을 정면으로 응시할 수 없을 때 나는 윤슬로 시야를 돌린다. 광채는 모든 것을 태우고 바다에 흩뿌려 놓은 듯 바스락거린다. 빛은 조각나고 별은 산산이 부서져 매혹으로 다가온다. 그 순간 숨을 쉬지 못할 정도의 흥분이 잦아든다. "그래! 그래! 맞아! 맞아! 바로 이것이 생명의 물결이야!" 연신 주억거리며 그 자리에서 꼼짝하지 못한 채 부동의 자신이 되고 만다.

윤슬은 처녀 가슴처럼 설렘으로 온몸을 파고든다. 새색시 붉은 얼굴같이 돌담 위로 샐쭉이 고개 내미는 두근거림의 흥분이다. 잊었던 첫사랑과 잊지 못할 첫 섹스의 감흥처럼 전율의 흥분 자체다. 천진동 길에 있는 '우도 실크로드길'에 올라서면 돌담은 윤슬을 기다리고 있다. 막 익어가는 검은 보리는 돌담과 윤슬을 친구 삼는다. 같이 생장하기 위한 어깨동무를 나누는 이들이 만들어 내는 우정은 세상 어떤 풍경보다 아름답다.

우도가 아름답고 또 아름다워지는 이유는 대지의 자연 속에서 발견하는 생명의 잉태에 있다. 예로부터 우도의 보리는 종자 역할을 할 정도로 품종이 우수했다고 한다. 씨종자가 가지는 수확의 기쁨은 두 배, 세 배였겠지만 이보다 더한 기쁨은 희귀종의 위상을 가진 흑보리로 품질을 인증받는 것에 있었을 게다. 흑보리를 이곳에서 발견하는 날은 마치 〈인디아나 존스〉에서 유물을 찾아다니던 존스 박사가 되어버린 느낌이다. 고대의 전설 뒤에 감추어진 유물을 찾아 헤매다 마침내 발견한 보물 앞에서 환호성을 지르는 모습 말이다.

　우도 주민들은 검멀레 해변 마을을 '뒤바당'이라 부른다. 가장 주민이 많이 모여 사는 오봉리 지역을 '앞바당'이라 부른다. 이 말에는 뒤바당 지역이 낙후된 지역이라는 비하의 뜻이 숨어있다. 그 옛날 검멀레 해변 마을은 검은 암석으로 뒤덮여 쓸모없는 땅이었다고 한다. 그럼에도 불구하고 망치로, 정으로 바위를 깨고 부수어 지금의 비옥한 땅으로 일구어 삶의 터전을 만든 마을이라고 한다. 앞바당과 뒤바당 주민은 집안 제사의 대소사가 없으면 일 년에 한두 번조차 왕래가 없을 정도로 괴리감이 크고 먼 동네로 치부되었다고 한다. 오랜 세월 성실하고 부지런히 삶의 터전을 일구어 온 노고를 생각하면 터부시해야 할 일도 비하의 이유도 아닐 텐데, 이들의 괸당 문화의 속내는 도무지 알 길이 없다. 아마도 오랜 시간 숨어있는 뒷이야기를 내가 모르는 것이리라 짐작만 할 뿐이다. 차로 십여 분이면 앞바당에서 뒤바당으로 이동할 수 있는 좁은 섬 속의 왕래 길임에도 쉬이 교류가 이루어지지 않는 것을 보면 '소통'의 진정한 정의를 자문해 보곤 한다.

　오늘처럼 뒤바당의 윤슬이 빛을 발산하며 말을 걸어오는 날이 있다. 여기서 너를 만나 반갑다고 말한다. 나를 발견해 주어서 고맙다고, 내 얘기를 들어줘서 감사하다고 말한다. 파도가 동무하고 바람은 웃음꽃을 피워내면서 이야기 친구가 되어주는 날이다. 돌담 사이로 삐쳐 나오는 한 줄기 햇살은 "이런 아름다움을 어디서 볼래?"라며 잘난 척을 해댄다. 앞바당과 뒤바당 사람들이 윤슬처럼 닮았으면 좋겠다.

수확의 기쁨을 잉태한 흑보리가 자라는 모습을 보면서, 길가에 어우러진 유채꽃들이 들려주는 5월의 소식에서, 돌담 아래 피어있는 이름 모를 꽃들이 들려주는 계절의 전령에서 모두 제 나름의 이야기를 들려주는 우도다. 자연이 그러하듯 서로의 이야기를 경청하고 마을 모두가 상생할 수 있는 일을 함께할 수 있도록 소통이 되었으면 좋겠다. 우도가 가진 아름다운 이야기들을 하나하나 듣다 보면 경계도, 울타리도 모두 사라져 버린다. 가식 없이, 숨김없이 그저 우도 주민으로 살아가는 것에 흥미가 있을 뿐이다.

햇살이 서쪽 방향으로 서서히 기운다. 윤슬의 자태도 조금씩 감추고 달아난다. 퇴색되지 않으면 선명함이 있을 수 없고 순간의 아름다움을 발견하지 못한다면 영원한 아름다움이 있을 수 없다. 영원한 삶을 살기 위해서는 바로 지금을 잘살아야 한다. 세상은 매일 변해가듯 우리도 변해가지 않을 수 없다. 인간이 아름다워질 때는 성숙에서 발효로 이어지는 과정에 있지 않을까 싶다. 미완의 인간이기에 완성의 과정을 아름다움으로 이해할 수 있어야 진짜 아름다워지는 것이지 싶다.

일 년의 세월만큼 마음의 거리를 만들 것이 아니라 우도 바다가 내어주는 넓이만큼 큰마음이면 좋겠다. 계절마다 다른 색깔을 가진 윤슬의 아름다운 자태처럼 토착민이 가진 아름다움과 정착민이 가진 멋스러움이 함께 어우러지면 좋겠다. 우도는 우리라는 이름으로 윤슬처럼 빛나는 지혜를 닮았으면 좋겠다.

우도를
떠나는 마음

봄기운을 몰고 온 우도는 이제 쌀쌀함을 느낄 수 없는 섬이 되었다. 태양의 강렬함을 감히 정면으로 응시할 수 없을 만큼 에너지를 뿜어내는 계절이다. 강렬한 햇살만큼이나 천진항의 아침은 역동적이고 활발하다. 우도 도항선은 아침 7시 30분이면 천진항과 하우목동항 두 선착장에서 동시에 배가 출항한다. 마을 주민이든 여행객이든 첫 배를 타기 위해서는 분주히 서둘러야 한다. 여행객을 맞이

나는 우도 주민이 되기로 했다

해야 하는 해운사의 직원들이 가장 바쁘게 움직이는 시간이다.

우도의 아침은 늘 이렇게 역동적인 에너지로 넘친다. 그래서 의기소침해지는 날에는 항구 앞으로 나와 역동의 에너지를 담아가곤 한다. 오늘은 육지에 강의 일정이 있어 우도를 떠난다. 자동차를 배에 싣고 한 시간 남짓 공항까지 운전해 비행기로 갈아타야 하는 수고스러움이 있다. 그러나 이제는 여행이라 여기면서 다니다 보니 그 기쁨이 남달라진다. 도항선은 어느새 하나둘 차량을 가득 싣고 정시에 닻을 올린다.

지난날 우도를 떠날 때면 언제 돌아올지 기약이 없었다. 이 섬에 딱히 기다리는 이가 없고 특별히 할 일이 정해진 것도 없었던 까닭이다. 그저 내가 머무는 자리에서 열심히 일을 하다가 글을 쓰고 싶거나 우도가 그리워지면 돌아오곤 했다. 우도는 늘 쉼표의 공간이었고, 아름다운 여행지를 보러 오는 여행자라 여기며 살았다. 그러나 이제 이 섬은 주민으로 살아가고 있는 정주의 고향이다. 마을 공동체 일을 만들고 가꾸어 가면서 이 섬에 더 많은 애착이 생긴 것도 사실이다.

반면 급격한 우도의 상업화는 집단 이기주의와 기울어진 운동장을 만드는 현상들이 곳곳에서 보여 씁쓸하기도 하다. 이익과 이권으로 움직여지는 일들을 자주 목도하면서 안타까움이 많다. 입도하는 사람 중에는 가진 돈을 전부 투자해서 새 삶의 희망을 안고 정착하는 사람들이 적지 않다. 그러나 얼마 지나지 않아 이 섬의 이질적 문화를 견디지 못하고 육지로 돌아가는 일이 빈번해졌다. 기울어진 운동장에서 살아가는 것이 정의로운 일인가 싶은 마음이 들 때마다 불편한 마음이 고개를 자꾸 쳐들어 나를 괴롭혔다. 평평한 운동장을 만들어 공정한 경쟁이 있는 마을로 만들어 보면 좋겠다는 생각은 여행공동체 아이디어를 떠올리게 했고 조직을 만들고 운영하게 했다.

그렇게 세월이라는 녀석은 이 섬에서 해야 할 일을 만들었고 기다리는 사람이 있는 마을이 되었다. 육지로 나가 일정을 마치고 나면 빨리 돌아와야 하는 마을이 된 것이다.

처음 우도에 입도해서 '사과발효커피'를 개발한 부릉이 카페 김영제 대표님을 만났다. 이 섬에도 창의적인 생각을 행동으로 옮기는 분이 있다는 사실에 만남은 즐거운 일과가 되었다. 그렇게 맺은 인연 덕분에 우도 주민으로 살아갈 수 있게 됐다. 도서관 독서 모임에서 Y 형님을 만나게 되면서 우도에 대한 많은 애정을 가지게 되었고, 두 분의 관심과 소통 덕분에 마을 공동체 일을 시작할 수 있었다. 상업 활동을 위해 작은 카페를 열게 된 것도 이맘때였다. 내가 임대하게 된 가게는 신기하게도 오래전 아내와 우도 여행길에서 첫 식사를 했던 곳이었다. 시절 인연은 그렇게 식당과 인연을 맺게 했고 우도 주민으로 살아가는 인연으로 피어났다. 이 식당이 우리 매장이 된 것을 보면 마법이 나를 이끌었다는 생각마저 든다.

이 섬 한 귀퉁이에서 활동할 수 있는 작은 공간이 생기고 여행공동체 일을 하면서 조금씩 마을 주민들과 어우러져 살게 되었다. 살다 보니 연대 의식이 점점 더 두텁게 자라났다. 도항선을 탈 때 온전히 이곳 주민이 아님을 확인받을 때마다 생겨나는 이질감이 있지만, 그저

     나는 우도 주민이 되기로 했다

우도 주민들이 정하고 살아온 방식이라 여기며 탓하고 싶진 않았다.

　중요한 것은 배를 타면 인사를 나누는 도항선 직원들이 생겼고, 안부를 물으며 잘 다녀오라는 인사를 정겹게 나누어 주는 사람이 있다는 사실이다. 오늘처럼 뜻하지 않게 제주공항을 나가는 날에도 마을 주민을 만나면 차에 태워 이동하면서 이런저런 담소를 나누는 즐거움도 있다. 그 이야기 속에서 인정을 느끼고 마을 주민들의 이야기를 경청할 수 있어 좋다. 또 이야기를 듣고 있다 보면 정착민들이 토착민들을 잘못 이해하고 있어 오해로 점철되고 있다는 데 놀라기도 한다. 원하는 자리에 내려드리면 운전하느라 수고했다며 아침 식사를 권한다. 웃으면서 거절하지만, 끝까지 붙잡는 통에 마음이 훈훈해질 때가 많다. 전복죽을 끓여 오셔서 아침을 내어줄 때는 넉넉한 인심에 눈물이 핑 돌 지경이다. 이런 마음이 오고 갈 때면 함께 어우러져 살아가는 우도를 만드는 일에 작은 열정이라도 보탤 수 있어 다행이라는 마음이 든다. 육지로 나가는 발걸음은 느긋하지만 우도로 돌아오는 발걸음이 바빠졌다는 사실은, 나의 일상에서 놀라운 변화다.

　어느 마을에서 이사 온 젊은이가 그 마을 초입에서 노인을 만났다. 젊은이는 노인에게 "이 마을 사람들이 어떤가요?"라고 물었다. 노인은 "젊은이가 이전에 살았던 마을 사람들이 어땠소?"라고 되물었다. 젊은이가 "이전 마을 사람들은 불친절해서 불행했다"고 대답하자, 노인은 "그렇다면 이 마을에서도 별반 다르지 않을 것이다"라고 말했다는 이야기가 있다. 사람들이 다른 곳에서 새로운 시작을 하더라도 자신이 가진 관점이나 태도가 바뀌지 않으면 환경이 바뀌어도 자신의 행복을 찾기 어렵다는 교훈을 담고 있다.

나는 우도에 살면서 이 일화를 늘 잊지 않고 지낸다. 한 번도 경험하지 못한 일들이 넘쳐나는 이곳에서 행복하게 살아가는 방법은 스스로 가진 마음에서 비롯된다는 것을 잘 알기 때문이다. 눈만 뜨면 생겨나는 문제를 부딪히고 해결해 나가는 것이 인생이라 여기고 있다. 그 속에는 늘 관계라는 것이 존재한다. 특히 사람의 관계에서 오는 어려움은 어디서나 겪어야 하는 삶의 일부다. 내가 어떤 모습으로 살아갈지는 스스로 선택하고 결정할 수 있는 일이다. 우도가 탈출하고 싶은 마을이 아니라 머무르고 싶은 마을이 되고 있다는 사실을 확인할 때마다 잘 살아가고 있음을 증명받는 것 같아 기분이 좋아진다.

나는 이 마을에서 소설 〈상록수〉의 주인공 영신과 동혁 같은 마음이 되어보곤 한다. 자신이 머무는 자리를 바꾸어 보기 위해 스스로 헌신의 길을 선택한 그들의 이야기는 세상 어디에서든 존재하는 인물이라고 믿는다. 그리 대단한 삶을 살아온 것은 아니지만 내가 할 수 있는 작은 역할이 이 마을에 있다면 상록수의 푸르름을 남기면서 살아가고 싶다. 도회지로 나가 다양한 업무를 하면서도 늘 이곳 우도에 빨리 돌아와야 한다는 마음이 절로 드는 것을 보면, 이제 나는 우도 정착민이며 주민이다.

 나는 우도 주민이 되기로 했다

　책이 출간되기까지 고마운 분들이 많다. 사과 효모를 활용한 커피가 있다고 해서 찾아온 우도에서 흔쾌히 대화 상대가 되어주시면서 사과발효 커피의 역사와 노하우를 아낌없이 알려주시고 여행공동체 일에 흔쾌히 참여해 주신 김영제 대표님이다. 무엇보다 4년 동안 연구한 비건 우도땅콩 아이스크림을 여행공동체 운영에 보탬이 될 수 있도록 아낌없이 배려해 주신 덕분에 지금까지 이어올 수 있었다. 또한 여행공동체 아이디어를 처음 의논했을 때 정말 멋진 아이디어라며 적극적으로 지지해 주며 응원을 아끼지 않으셨던 전 우도 면장 윤○○ 형님에게도 감사의 인사를 전한다. 또 우도의 미래와 향후 발전을 걱정하시면서 공동체 일에 변함없이 참여해 주고 계시는 우도띠띠빵빵 김창식 형님과 현진숙 형수님에게도 감사의 인사를 꼭 드리고 싶다. 무엇보다 이 책을 내기까지 많은 영감을 준 우도 정착민들의 모임 모든 회원에게 감사 인사를 드리고 싶다. 우도 정착민들의 든든한 버팀목으로 지속적으로 자리해 주기를 바라는 마음이다. 이방인으로 낮선 우도에서 외로움과 고독이 교차할 때마다 힘이 되어준 여행공동체 회원님에게도 감사드리며 특히 언제나 아낌없는 관심과 격려 주시는 우도 소섬바라기식당 고창조 형님에게 감사 인사를 드린다. 특히 하얀산호펜션 윤제관 대표님, 윤필녀 우도, 예쁘다 카페 대표님 등 많은 토착민분들이 생각나고 감사의 마음 한가득하다.

우도 주민으로 살아가는 내내 어려움이 많았다. 그 어려움은 아직 현재진행형이다. 이 책을 출간하면서 실명과 상호명을 사용하는 데 동의를 구하는 문자 또는 전화를 드렸을 때 토착민과 정착민의 경계가 너무 극명하게 나뉘었다. 무엇보다 책을 읽고 글을 쓰는 분에게서 "이 책에 당신들의 내용을 담지 않으면 좋겠다"는 답변이 왔을 때는 큰 충격을 받았다. 글을 쓰는 주제까지 통제한다는 발상은 대체 어디서 기인한 것인지 모를 일이지만, 소위 지성인이라는 집단에서 편을 가르며 확실하게 선을 긋는 것은 나로서는 상상하기 어려웠고, 받아들이기도 힘들었던 순간이었다. 그래서 부득이 실명을 영문 이니셜이나 ○○으로 처리하는 일은 진정 슬픔으로 다가왔다. 그렇지만 감사 인사를 드려야 하는 사람들이 많은 만큼 어려움을 잊게 해주는 분들이 많다는 사실 덕분에 이곳에 대해 글을 쓸 수 있었고 여기서 사는 맛이 있는 것 같다. 아직도 감사 인사를 드리지 못하고 지나친 분들이 있을지 모르겠다.

마지막으로 제주로 확장된 우리 여행공동체가 '썸타요'라는 브랜드로 상표권 특허를 내면서 더욱 인지도를 강화하게 되었다. 덕분에 썸

타요 우도 여행권을 구매하여 우도 여행을 오는 분들이 점차 늘어나고 있다. 모든 분에게 감사 인사를 드려야 할 일이다. 앞으로도 우도의 발전과 미래를 위해 더욱 고민하고 숙고하는 1인으로 살아가길 희망한다.

나는 우도 주민이 되기로 했다

초판 1쇄 인쇄 2026년 02월 03일
초판 1쇄 발행 2026년 02월 11일
지은이 지혜찬

펴낸이 김양수
펴낸곳 도서출판 맑은샘
출판등록 제2012-000035
주소 경기도 고양시 일산서구 중앙로 1456 서현프라자 604호
전화 031) 906-5006
팩스 031) 906-5079
홈페이지 www.booksam.kr
블로그 http://blog.naver.com/okbook1234
이메일 okbook1234@naver.com
ISBN 979-11-5778-735-7 (03800)